TRILOGIA NÃO PARE!

LIVRO 1
NÃO PARE!

LIVRO 2
NÃO OLHE!

LIVRO 3
NÃO FUJA!

BEST-SELLER DA AMAZON

FML PEPPER

NÃO PARE!

valentina

Rio de Janeiro, 2024

8ª Edição

Copyright © 2014 by FML Pepper

CAPA E PROJETO GRÁFICO
Marina Ávila

FOTO DE CAPA
Lapina / Shutterstock

FOTO DA AUTORA
Simone Mascarenhas

DIAGRAMAÇÃO
editoríârte

Impresso no Brasil
Printed in Brazil
2024

CIP-BRASIL. CATALOGAÇÃO NA PUBLICAÇÃO
SINDICATO NACIONAL DOS EDITORES DE LIVROS, RJ

P479n
8.ed.

Pepper, FML
Não pare! / FML Pepper. – 8. ed. – Rio de Janeiro: Valentina, 2024.
280p. ; 23 cm. (Trilogia Não pare!; 1)

Continua com: Não olhe!
ISBN 978-85-65859-66-0

1. Romance brasileiro. I. Título. II. Série.

CDD: 869.93
15-20917
CDU: 821.134.3(81)-3

Todos os livros da Editora Valentina estão em conformidade com
o novo Acordo Ortográfico da Língua Portuguesa.

Todos os direitos desta edição reservados à

EDITORA VALENTINA
Rua Santa Clara 50/1107 – Copacabana
Rio de Janeiro – 22041-012
Tel/Fax: (21) 3208-8777
www.editoravalentina.com.br

PARA ALEXANDRE, HOJE E SEMPRE.

"Ainda que eu falasse as línguas dos homens e dos anjos,
e não tivesse amor, seria como o metal que soa
ou como o sino que tine.
Ainda que tivesse o dom de profecia, e conhecesse todos
os mistérios e toda a ciência, e ainda que tivesse
toda a fé (...), e não tivesse amor, nada seria.
O amor tudo sofre, tudo crê, tudo espera, tudo suporta."

I CORÍNTIOS, 13:1-2,7

CAPÍTULO

1

Arrependo-me de não ter prestado atenção aos sinais. Se pudesse imaginar que estes seriam os últimos dias da minha vida, ou melhor, da vida com a qual eu estava acostumada, isso faria alguma diferença?

De uma coisa eu tinha certeza: eu deveria ter ficado em casa naquele dia e jamais ter colocado os pés naquela maldita praça. Jamais!

— Venha, Nina — chamou Stela eufórica, apontando para um showzinho prestes a começar na praça Dam, a minha predileta em Amsterdã.

Quando me aproximei, foi tudo tão rápido que meu cérebro mal conseguiu processar a sequência de eventos que aconteciam diante de meus olhos.

Zooomp! Zooomp! O gemido surdo do ar sendo apunhalado. Fragmentado. *Zooomp!* Uma praça. Uma aglomeração de pessoas numa roda. O artista de rua em sua assustadora exibição com facas voadoras. Seu olhar concentrado ficando estranho, aéreo talvez. As cintilantes facas se movimentando com incrível rapidez. O homem se aproximando de mim. *Zooomp!* As lâminas afiadas se chocando, produzindo hipnóticas faíscas e gritos de delírio. O exibicionista se aproximando ainda mais. A atmosfera cinzenta, o inebriante tilintar e brilho das facas, o burburinho de excitação da plateia e... meu cérebro processando as imagens com dificuldade. *Zooomp!* As facas letais cada vez mais perto. Meu estado de transe subitamente interrompido por uma voz incisiva atrás de mim.

— Abaixe-se!

Tive a sensação de que alguém havia me puxado e, ao me inclinar para ver quem era, senti um vento frio passar pelos meus cabelos. Só deu tempo de ouvir um *ohhh!!!* das pessoas ao meu redor. *Por que todas estavam olhando para mim?* Aturdida, instintivamente levei a mão à ardência em meu pescoço e meus dedos se depararam com um filete de sangue. Então entendi o que acabara de acontecer: uma das facas havia se desprendido da mão do tal sujeito e voado diretamente em minha direção. Com certeza teria transpassado meu pescoço se meu reflexo não fosse tão... tão incompreensivelmente rápido!

— Nina, você está bem? — gritou Stela supernervosa. — Oh meu Deus, foi por pouco!

— E-estou bem! Foi só de raspão. — Num misto de atordoamento e preocupação, as palavras saíam trêmulas de minha boca. *Céus! O que havia acabado de acontecer ali? Uma vertigem por queda de pressão?*

— Meu Deus! Meu Deus! — gemia Stela olhando em pânico para todas as direções. — Venha, vamos sair deste lugar! — Acelerada, ela me empurrava para longe da multidão.

— Calma, mãe. Não aconteceu nada! — Tentei refrear sua fuga enlouquecida dali, mas perdi a força e meu coração entrou num compasso desritmado quando seus dedos gelados tocaram a minha pele.

Ah, não! Por favor, mãe. Não. Não. Não. De novo, não.

Confusa em meu próprio caos, presenciei a expressão de pânico se agigantar dentro de seus olhos negros e, à medida que nos aproximávamos de casa, fui perdendo espaço para o costumeiro (e maldito!) brilho opaco da angústia. Respirei fundo, lutando a todo custo para abafar a sinfonia desafinada do desespero que explodia em meus ouvidos, mas os sinais deixavam claro que era um caminho sem volta.

O estrago estava feito. Adeus, Holanda!

Já imaginava o que viria a seguir: a neura de minha mãe nos faria deixar Amsterdã, assim como acontecera com as dezenas de cidades em que tínhamos vivido nos últimos dezessete anos. Bastava apenas algo ruim acontecer comigo.

O que também não era nada incomum...

— Arrume suas roupas, filha. — Ela mantinha a cabeça baixa enquanto abria aleatoriamente as gavetas do armário da cozinha. Seu típico cacoete. Conhecia seus modos melhor que a minha própria sombra: ela estava ganhando tempo e coragem antes do novo confronto, antes de se deparar com a ira e a frustração estampadas na minha face e na minha alma. — Partiremos amanhã!

Eu sabia!

— Mãe, nós acabamos de chegar à Holanda! Isso é um absurdo! — retruquei inconformada. Por mais que tentasse não surtar com os acessos de pânico de minha mãe, podia sentir minha razão entrando em colapso. Eu já era crescida e Stela tinha que aprender a respeitar as minhas vontades também. — Comecei o ano letivo em Oslo, pouco tempo depois estávamos aqui em Amsterdã e agora você já quer mudar de novo só porque eu sou a garota mais azarada da face da Terra? Você não vê que está me prejudicando?

— Não! Além do mais, recebi uma oferta irrecusável de emprego fora da Europa... — Sua voz saía cambaleante.

— Eu não aguento mais isso! EU NÃO VOU! — explodi.

Excluída.

Diferente.

Solitária.

Infeliz.

Como minha mãe poderia achar normal viver entre vinte cidades e países diferentes num curto intervalo de dezessete anos? Por que tinha que ser assim?

— Nina, se eu recusar esse trabalho, uma série de portas vão se fechar para mim. Lembre-se que eu sou referência em minha área. O mercado está muito competitivo e vem engolindo os que não se adaptam.

Claro! A desculpa que sempre me fez calar, mas que não me convencia mais.

Minha mãe especializou-se em um ramo da indústria de produção de lentes de contato. Sei que fez isto por amor a mim. Nasci com um defeito em ambas as córneas. Apesar de ter uma visão perfeita, a anatomia de minhas pupilas é estranhamente incomum, fina e vertical, assemelhando-se à de uma cobra, lagarto ou de um felino, como prefiro imaginar. Assustador, eu sei, mas graças a Stela nunca me foi constrangedor. Ela percebeu que aquela aberração poderia influenciar o modo como as pessoas me tratariam. Como sempre foi uma mãe protetora e uma mulher inteligentíssima, arregaçou as mangas e começou a estudar por conta própria os meios de confecção das lentes de contato existentes no mercado. Especializou-se nos diversos tipos de materiais, modelos e matizes das lentes que existiam no mundo, de maneira que seu grau de conhecimento se tornou tão singular nessa área, que ela foi rapidamente absorvida pela indústria de produtos oftalmológicos.

Costumava me sentir culpada por nossa solitária vida de nômades porque, sempre que Stela ouvia falar de algum avanço científico na área, lá estávamos nós de novo fazendo as malas e partindo para outra cidade ou país. Mas hoje não acredito mais nisso. Sei que sua experiência nesse ramo de atividade é a desculpa perfeita para as suas costumeiras mudanças bruscas de vida e lugar, e a válvula de escape ideal para as suas habituais inconstâncias de temperamento.

Para piorar a situação, nasci de mãos dadas com o azar e a minha segurança se transformou na maior das suas paranoias. Para uma mãe solitária e neurótica isso já seria um prato feito. Agora imagine se essa mãe fosse também tremendamente supersticiosa, do tipo paranoica elevada à décima potência…

Imaginou?

Então chegou *quase* perto. *Quase.*

Dessa forma, sempre que algum fato estranho acontecia, já era motivo para mamãe pensar em mudar de cidade. Como sempre fui muito azarada, aprendi a omitir acontecimentos nada convencionais que, vez ou outra, insistiam em ocorrer comigo. Cheguei a pensar que talvez fosse algum problema com a minha visão ou com as lentes de contato especiais que ela confeccionava para mim, mas compreendi que era apenas falta de sorte.

— Por que eu não posso ser como todas as garotas da minha idade, hein? Sempre que começo a fazer amigos você parece que fica aborrecida. Eu quero uma vida normal, mãe!

— Que conversa é essa, Nina? Sempre tivemos uma vida normal e, bem... eu nunca me importei com as suas novas amizades. — Mas o semblante culpado de Stela evidenciava o contrário.

— É claro que não se importa, afinal de contas eu não tenho amigos mesmo! Eu não tenho tempo sequer de conhecê-los! Mal consigo gravar os nomes dos meus colegas! Isso é normal pra você? — indaguei com as sobrancelhas cerradas, o sangue bombeando forte dentro das veias. — Ah, já sei! — acrescentei sarcástica: — Normal para você é começar o ano letivo em Varsóvia, mudar logo em seguida para Viena e terminá-lo em Copenhague, reiniciar o outro ano em Oslo, mudar para Amsterdã, para então ir não sei lá onde. Aliás, Stela, deve ser por isso que sou tão boa em Geografia, não é?

— Não me chame de Stela! Você sabe que eu não gosto! — retrucou soltando o ar com dificuldade, em sua vã tentativa de disfarçar os nervos à flor da pele. — Filha, eu prometo que nós vamos mudar cada vez menos. As coisas só precisam se acalmar... Aí a gente se estabelece na cidade que você escolher.

— O que precisa se acalmar?

— Na hora certa você saberá. — Ela esfregou o rosto, deixando transparecer o tremor em suas mãos, e sepultou o assunto com a enervante resposta de sempre. *No fundo eu sabia que ela não responderia. Nunca respondeu e agora não seria diferente.*

Abaixei a cabeça e segurei na marra as lágrimas de impotência que forçavam passagem. *Por que ela não me contava o que a afligia? Por que fazia questão de manter essa muralha entre nós?*

— Não tive tempo de dizer para onde vamos nos mudar. É um local de que gosto muito e que você adorou quando criança. Quer uma pista? — Esboçou um sorriso triste e continuou, estudando minhas reações com ansiedade: — Nova York!

Apesar de não querer dar o braço a torcer, minhas expressões se suavizaram. Se havia um local de que eu tinha boas recordações, embora poucas, esse local era Manhattan. Não que eu não gostasse de Amsterdã, seus lindos canais, passear de bicicleta pela cidade, a vida tranquila. Mas algo dentro de mim borbulhava. Agora eu queria mais. Queria mais gente, mais agitação, e até mesmo mais buzinas, sirenes, fumaça, escadas rolantes em minha vida. É isso mesmo: eu queria mais vida na minha vida!

— Partiremos amanhã à tarde — completou, percebendo a melhora em meu semblante.

— Peraí, você já tinha decidido?

— Não tinha nada decidido. A oferta apareceu e pronto. Fim de papo! — A voz grave confirmava que seu delicado humor rolava ribanceira abaixo e que de nada adiantaria estender aquela conversa: Stela havia se fechado em seu casulo particular.

Dois assuntos costumavam encaminhá-la diretamente para o maldito casulo: o primeiro era discutir algo que ela já havia decidido, como mudar repentinamente de cidade; o segundo, que também me incomodava cada vez mais, era falar sobre nossa família, principalmente sobre meu pai. Stela nunca falou. Nos últimos dois anos as nossas brigas aumentaram de forma exponencial. Queria saber algo sobre ele. *Ela não teria uma foto sequer?* Eu deveria ter muitas semelhanças com ele. Stela é morena, baixa, corpulenta, seus cabelos são negros assim como seus miúdos olhos. Completamente diferente de mim! Minha pele muito branca, meu biotipo longilíneo, meus fartos cabelos castanho-claros assim como meus arredondados olhos dessa mesma cor são a prova viva da herança genética herdada de meu pai. Dela herdei minha incapacidade de aceitar um *não* como resposta e meu gênio indomável... *Por que não podia me dizer alguma coisa sobre ele? Ele havia nos abandonado ou estava morto?*

— Estou indo acertar os detalhes da mudança. Aproveite para arrumar as malas — finalizou ela com um olhar distante enquanto abria a porta.

Eu conhecia aquele olhar. O mesmo olhar que confirmava que minha mãe estava com os pensamentos bem longe dali. Aqueles mesmos pensamentos que nos fizeram mudar constantemente, as mesmas neuras que insistiam em me afastar de todos ao meu redor, em me isolar. Já deveria ter me acostumado, mas a cada dia tal situação ficava mais insuportável. Queria outras pessoas para dividir as minhas dúvidas e contar meus segredos. Queria amigos de verdade! Os poucos que fiz se perderam no caminho, ficaram para trás. Amizade exige presença, e eu não ficava muito tempo em lugar algum.

— Por que tem que ser assim, mãe? — A tristeza impregnava meu murmúrio.

Com a testa lotada de vincos, ela voltou, mexeu na gargantilha do meu pescoço, beijou minha testa e desconversou:

— Estou indo devolver as chaves do carro e do apartamento.

Nós nunca comprávamos nada de valor, como imóveis ou carros. Mamãe sempre os alugava.

— Eu te amo, filha. Mais do que tudo nesta vida.

— Eu sei, mãe. Eu também — soltei baixinho.

Senti meu coração encolhendo dentro do peito. Apesar de tudo, eu a amava demais. E esse amor conseguia suplantar a raiva que alimentava por suas loucuras e nossa vida cigana. Eu tinha que aprender a aceitar a mudez e o temperamento de minha mãe. Se ela não queria falar do seu passado é porque devia existir uma boa razão. A dor que podia ser vista por trás do seu semblante sofrido me paralisava. Eu sabia que ela me amava. Mas era um amor estranho, doentio de certa forma. Talvez porque não tivéssemos família. Talvez porque houvesse... algo mais.

Talvez.

O entardecer estava nublado quando nos dirigimos para o aeroporto e Amsterdã despediu-se de nós com gelados beijinhos em forma de pingos de chuva. Stela mantinha o hábito de vestir seu semblante frio e ilegível, traje ideal para as desconfortáveis ocasiões de mudança de cidade ou país. Eu, por minha vez, aprendi a não me apegar a lugar algum, a não olhar para trás. Despedidas mexem fundo com a nossa alma e eu estava cansada de sofrer.

O check-in teria sido tranquilo se eu não tivesse me aproximado de uma banca de jornal no saguão do aeroporto e visto algo que me intrigou.

— Mãe, olhe!

— Que foi?

— Aquele artista de rua da praça Dam! Foi... assassinado! Apareceu hoje boiando num dos canais, cheio de facadas, ou algo assim.

Com o corpo rígido e o rosto indecifrável, Stela se aproximou e leu a matéria em silêncio. Não falou absolutamente nada. Nem um único comentário. Não gostei da reação.

— Vamos — disse ela, mais seca do que nunca —, temos que despachar nossas bagagens.

— O que está acontecendo?

— Nada, Nina. Por quê?

— Você parece assustada.

— É impressão sua.

Algo dentro de mim fazia perguntas sem sentido: *Será que Stela sabia de alguma coisa sobre aquele assassinato e não me contou? Seria por isso que estávamos saindo dali com tamanha urgência?* Não! Era óbvio que não! Até porque sair às pressas de um local para outro já era seu famigerado hobby, e eu já devia ter me acostumado.

— Vou comprar um sanduíche. Quer um? — perguntou ela apontando para uma lanchonete após despachar nossas malas.

— Não — refutei de má vontade.

— Que foi, Nina?

— Posso perder o ano letivo, mãe. Você não fica nem um pouco preocupada?

— Você sempre se saiu bem e, além do mais, tem coisa pior nesta vida...

Seu descaso me enervou.

— Pior?! O pior é a minha mãe ter que levar uma vida normal, não é mesmo?

— Você não sabe de nada! Se sentisse o que eu sinto...

Ah, não! Agora ela era a vítima?

— Como não sei? Sou eu quem convive com você! Sou eu quem aguenta de tempos em tempos esse seu olhar de depressão e suas atitudes egoístas! E em mim? Você não pensa?

— Claro que sim, Nina! É por você que faço essas mudanças!

— Que papo é esse agora? Eu nunca pedi para me mudar! — Soltei uma risada sarcástica diante da resposta descabida.

— Olhe! Estão chamando para o embarque. Vamos, eu como no avião! — Ela fechou a cara como se eu tivesse dito algo ultrajante, como se fosse ela a ofendida, e se levantou. — Rápido, Nina!

Argh! Sem opção, sufoquei minha ira e peguei meu iPod. Botei Evanescence pra tocar no volume máximo e, atrapalhada, deixei meu fone de ouvido cair quando ele se enroscou em meus cabelos. Ao abaixar para pegá-lo, senti uma fisgada nas costas e um calafrio muito forte estremeceu todo o meu corpo. Ao virar para trás, encontrei Stela com a expressão petrificada, o olhar acurado como um bicho pronto para dar o bote.

— O que foi agora, mãe?

— Nada. Fique quieta!

— Como nada? E essa sua cara de quem viu assombração, hein? Por que quer que eu fique quieta?

— *Shhhh!* — Ela agarrou meu braço e, empurrando as pessoas pelo caminho, foi avançando pela fila como uma jamanta desgovernada.

— Você vai ter que me dar uma explicação para isso tudo, mãe! — rebati num misto de vergonha, ódio e incredulidade com o seu comportamento enlouquecido em público.

— Eu vou dar na hora certa — respondeu ela entre os dentes enquanto me conduzia às pressas para dentro do avião.

Mas ela nunca chegou a dar.

CAPÍTULO
2

— Está na hora de acordar, dorminhoca — brincou Stela, carinhosamente me fazendo um cafuné.

Zonza, demorou alguns segundos até meu cérebro conseguir processar a situação. Eu estava no meu novo quarto no East Village e, apesar do bairro ter uma atmosfera amigável e intimista, era possível sentir a energia pulsante de Nova York entrando pela janela. Stela alugara um apartamento em um prédio bem antigo e, embora ele ficasse próximo a butiques e barzinhos, era bem silencioso. Possuía dois quartos e, como de costume, ela deixava o melhor para mim. Apesar de a minha janela dar para os fundos do edifício e não ter uma vista muito bonita — tudo que via eram as fachadas descascadas dos prédios vizinhos e, forçando o pescoço, um pedaço da rua onde se localizava nossa portaria —, era, no entanto, claro e quentinho. Bem diferente do de Amsterdã.

— Ah, não! — soltei um muxoxo e afundei a cabeça no travesseiro.

— Em pouco tempo você se acostuma com o fuso horário, meu amor. — Stela estava com ótimo humor e, pensando bem, ela estava assim desde o momento em que colocamos os pés em Nova York.

— Os fusos horários é que precisam se adaptar à nossa vida de ciganas, mãe — alfinetei-a, chateada por ter que passar por aquela via-crúcis novamente.

— Tenho que ir. — Como sempre, ela se esquivou. — Boa sorte no novo colégio.

— Ugh!

Tudo de novo. Novo colégio a ser descartado em breve. Novos colegas cujos rostos seriam rapidamente esquecidos. Meus nervos ainda se ressentiam, mas minha mente já havia se acostumado a apagar os primeiros dias em uma nova turma. Algo perfeitamente normal para quem já havia passado pelo estresse de trocar de escola umas quinze vezes em menos de dez anos.

Rapidamente tomei um banho e me vesti da forma mais despojada possível: calça jeans, tênis All Star, uma camiseta preta básica. A última coisa que eu queria era chamar atenção. Como sempre, discrição era a minha palavra de ordem.

Minha mãe me matriculou em uma conceituada escola pública no Upper East Side. O trajeto de casa até o lugar seria mais rápido de ônibus, porém estaria sujeito ao imprevisível trânsito de Nova York. Preferi não correr o risco de me atrasar logo no primeiro dia de aula e decidi pegar o metrô, mesmo que para isso tivesse que percorrer um caminho bem maior. Situando-se em uma rua transversal a uma movimentada avenida, o colégio conseguia a incrível façanha de ser relativamente silencioso dentro de uma turbulenta Manhattan. Diferentemente das demais escolas pelas quais eu havia passado, os tijolinhos marrom-avermelhados da fachada e o sol refletindo nas janelas davam ao prédio um aspecto acolhedor, quase familiar. Caminhando despercebida pelo pátio de entrada, pude observar as rodinhas de alunos que conversavam animadamente e captar as gargalhadas soltas no ar. Por uma razão desconhecida, meu inerte coração se agitou dentro do peito...

— Nina Scott? — Fui acordada por uma voz estridente no exato instante em que coloquei os pés na secretaria. Confirmei com a cabeça. — Olá, querida! — saudou a senhora baixa, gordinha e com os cabelos grisalhos arrumados num penteado que não economizava laquê. — Eu sou a Sra. Nancy, secretária do colégio. Estou a par do seu caso. Venha! Vou lhe mostrar sua turma. Por aqui, querida.

A escola tinha cinco andares bem iluminados, assim como salas de aula espaçosas, dois modernos laboratórios de ciências com bancadas de mármore branco, um colorido estúdio de artes, um ginásio esportivo com um lustroso piso de tábua corrida marrom-claro, além de uma encantadora sala de música com paredes à prova de som. Lotada de fotos, desenhos e partituras fixadas ao quadro-negro, um piano de cauda em tom marfim era a estrela principal dentre os demais instrumentos expostos.

— Ah! Aqui está a grade de matérias e horários, querida — mostrou, parando no corredor em frente a um painel de vidro com iluminação interna onde orgulhosamente a escola exibia seus troféus e medalhas.

Definitivamente meu cérebro nunca ouviu tantos "querida" em um intervalo de tempo tão curto. No mínimo, acho que ela estava tentando me fazer algum tipo de lavagem cerebral.

— Bom, querida, o dever me chama — disse ao escutar uma solicitação via rádio. — O restante da escola você terá que descobrir por conta própria. Bem-vinda à Eleanor Roosevelt High School e boa sorte!

Agradeci com meu costumeiro sorriso desanimado. Usaria a tática de sempre para passar despercebida e evitar situações constrangedoras: chegaria cedo todos os dias, sentaria no fundo da sala de aula e vestiria minha armadura de indiferença até o inevitável dia em que teria que me mudar para outra cidade ou país.

Quase deu certo.

Apesar de não me livrar dos olhares curiosos, durante duas semanas consegui ficar incólume às habituais abordagens dos novos colegas de classe. Por mais incrível que possa parecer, elas eram as mesmas, estivesse eu em Lisboa, Londres, Praga ou Nova York. Se não fosse por dois alunos, meu método de invisibilidade teria dado certo.

Um deles era Philip, um garoto sorridente de cabelos escuros e encaracolados que fazia questão de "esbarrar acidentalmente" em mim quase todo dia e perguntar se eu estava gostando da escola, se tinha alguma dúvida com as matérias antigas etc. E Melanie, uma menina ruiva que se sentava sempre próxima a mim, qualquer que fosse a carteira que eu ocupasse. Gravei o nome dela porque era o anterior ao meu na chamada de classe.

Uma cutucada em minhas costas.

Eu estava sentada em uma carteira ao lado da janela, o queixo afundado nas mãos, o pensamento distante. Do lado de fora o tempo estava nublado, como meu coração. Pela manhã eu tinha visto a minha mala de viagem fora do lugar onde costumava ficar. Na certa Stela estava planejando sair de Nova York. Mudar. Mais uma vez... Meus olhos opacos permaneciam vidrados em uma folha seca que era levada de um lado para outro pelas mãos do vento. A similaridade entre mim e aquela folha chegava a assustar: solitária, sem destino, impossibilitada de um pouso tranquilo e feliz.

Uma segunda cutucada.

Despertei.

— E aí, esquisita? — cochichou Melanie na carteira atrás da minha. Era a primeira vez que ela se dirigia a mim. Faltavam cinco minutos para a aula acabar. A turma estava em silêncio, terminando os exercícios de Química Orgânica.

"Esquisita?" Finalmente encontrei alguém que teve a coragem de dizer o que até eu mesma pensava de mim. *Gostei.*

— O que achou dos alunos novos que chegaram hoje? — perguntou ela quando virei discretamente meu rosto em sua direção. O Sr. Hastings era um professor tranquilo, mas eu não estava a fim de arriscar receber uma repreensão. — O colégio liberou geral, né? Eu não sabia que aceitavam tantos alunos novos com o ano letivo adiantado assim — continuou ela com as sobrancelhas arqueadas e sem esperar minha resposta. Melanie tinha os cabelos ruivos crespos e muitas, mas muitas sardas no rosto e colo, o que parecia achatar o tamanho do seu pescoço. — Fala sério! Que roupa é aquela que a perua loura tá usando? Os peitos estão quase pulando da blusa! Mas o garoto até que é bem interessante... — Ela tamborilava animadamente os dedos na carteira.

Eu não tinha a menor ideia sobre quem ela estava falando. Sinceramente, eu mal reparava nos meus colegas de classe. Não saberia dizer se a metade das pessoas que ali estavam já frequentava as aulas desde o dia em que comecei ou se tinha acabado de chegar.

— Quem são eles, Melanie? — sussurrei de volta, tentado parecer "normal" e demonstrar interesse na fofoca.

— Ui! Você fala! — Ela arregalou os olhos. — Me poupe, né? Melanie é só para a chamada. É Melly — corrigiu-me com uma piscadela amistosa e apontou os novos alunos com um revirar de olhos.

Parei então para observá-los: a garota era loura, de cabelos curtos e espetados. Não parecia ser alta e usava roupas excessivamente justas que acabavam evidenciando um corpo muito bem-feito e torneado. Já o garoto era lotado de sardas no rosto, ruivo e de porte atlético. Parecia ser bem reservado, bem *na dele*. Enquanto eu o espiava, tive a impressão de que, por um breve instante, a garota loura me fuzilou com um olhar furioso.

— E *também* não são nada sociáveis. — Melly repuxou os lábios. *Entendi. Aquela indireta era* também *para mim.* — Will tentou puxar papo com eles, mas não deu em nada. São calados como túmulos!

Will havia sido minha dupla em uma experiência no laboratório de Biologia na semana anterior e, apesar de termos conversado muito pouco, ele parecia um rapaz simpático e inteligente.

— Como se chamam? — indaguei.

— O ruivo se chama John Bentley, e a loura, Samantha Exibida Sei Lá O Quê — respondeu espevitada.

O sinal tocou e a turma rapidamente começou a se retirar.

— Que tal se a gente tentasse se enturmar com ele? Ops! Quero dizer, com "eles"? — sugeriu Melly.

— Desculpe, Melly, mas não estou nem um pouco a fim — rebati de forma seca.

Sabia que não era uma postura simpática da minha parte, talvez até uma forma de defesa que eu havia criado para mim, mas não estava de fato nem um pouco interessada em conhecer esses novos colegas. Em breve estaria me mudando dali e eles seriam nada mais do que meras lembranças do passado.

Melly apertou os olhos.

Ok. Lá vinha a resposta gravada em meu chip de memória. Era a mesma há séculos e já não a suportava mais:

— Veja, Melly, eu entrei nesta escola na metade do ano letivo, o trabalho de minha mãe nos obriga a mudar muito de cidade, e não sei se estarei aqui até o final do ano. Aliás, não sei se estarei aqui até o final desta semana, portanto, acho desnecessárias todas essas apresentações, ok?

— Você é fechadona, né? — respondeu ela após me estudar por alguns segundos.

— Foi mal. Eu não quis ser rude. E-eu… — travei sem graça. Eu sabia que Melly estava apenas tentando ser gentil. A coitada não tinha culpa da vida que eu era forçada a ter e que não suportava mais.

— Gosto do seu jeitão. Acho que vamos nos dar bem. — Piscou de repente, lançando-me um sorriso cúmplice. Sua reação me surpreendeu positivamente e, enquanto recolhia minhas coisas, Philip "tropeçou" em mim. Mais uma vez. — Parece que o Phil gostou mesmo de você, Nina. — Melly soltou um longo suspiro e, assim que ele saiu, ela desatou a imitá-lo com trejeitos para lá de cômicos.

— Para com isso, Melly — retruquei com o ego inflado e segurando o riso. Lógico que eu havia percebido o olhar interessado de Philip, mas tentei disfarçar. Poderia ser uma excelente aluna, mas no quesito *garotos e flertes* meu histórico era uma negação.

— Tá legal! — desculpou-se ela, levantando as mãos. — Você vai pegar o metrô da rua 77?

— Sim, mas eu…

— Beleza. Eu também — interrompeu-me sem cerimônia enquanto entrelaçava o braço no meu. — Vamos nessa?

FML PEPPER

A atitude acolhedora e divertida de Melly começava a derreter a muralha de gelo em que eu havia me escondido por anos e, quando dei por mim, saía do colégio sorrindo. Apesar de não querer dar o braço a torcer, eu estava feliz em saber que alguém queria a minha amizade, sem contar que, ao falar por nós duas, Melly era a companhia ideal para mim.

— Nina, o que você acha de eu fazer clareamento dental? — indagou quando estávamos a menos de um quarteirão do metrô. Ela olhou para seu próprio reflexo na vitrine de uma loja de roupas, exibiu um amplo e artificial sorriso e, sem me dar a chance de responder, continuou: — Meus pais acham desnecessário, mas eu estava lendo uma revista, a *Beauteenfull* e...

Enquanto Melly falava sobre seus planos de estética algo inusitado começou a acontecer. Todos os sons ao meu redor desapareceram. Mas logo o silêncio aterrador começou a perder espaço para um ruído de fundo atordoante, como se estivessem esfregando pedaços de vidro dentro dos meus ouvidos. A claridade havia desaparecido.

— Melly, eu preciso me sentar — minha voz saiu fraca.

— Que foi? Caraca! Você está pálida e... suando frio?

— Eu estou um pouco tonta — sibilei. Um calafrio paralisante se espalhava pelo meu corpo seguido de uma fraqueza generalizada. Gelei ao identificar que era semelhante ao que havia experimentado na praça Dam em Amsterdã.

— Venha, vamos sair daqui. Vou te levar para dentro dessa loja — disparou Melly visivelmente preocupada.

— Não consigo, está tudo escuro e minhas pernas estão bambas... — E, antes que eu acabasse de falar, desabei na calçada. Meu tombo aconteceu sincronizado com um estrondo, um barulho alto como de metal se chocando contra uma superfície dura.

— Nãããooo!!!

Horrorizada, Melly deu um salto para trás. Seu berro estridente paralisou os olhos e as pernas das pessoas que passavam. Zonza, ainda tive forças para olhar para cima e ver o que o destino me reservava: um gigantesco andaime havia despencado e caía acelerado na minha direção. Eu seria esmagada! Apavorada e com o coração na boca, tentei esboçar algum movimento, mas nada. Nem um músculo se moveu. Tentei novamente. Em vão. Nada respondia. Braços e pernas inertes. Todo o meu corpo formigava. Fechei os olhos, cerrei os punhos e, com muita dificuldade, obriguei-me a tragar oxigênio. Bloqueada. A passagem de ar para os meus pulmões estava totalmente vedada. Eu estava me asfixiando. Ar. Eu precisava respirar. *Meu Deus! O que está acontecendo comigo?* Quase perdendo a consciência, concentrei todas as minhas forças para um último e decisivo impulso. Um, dois, três...

— Aaah!!!

Senti um forte puxão pela cintura, como se eu fosse abruptamente lançada em outra direção. Novamente, foi tudo num piscar de olhos. Quando dei por mim, estava com o corpo todo retorcido a alguma distância das vigas metálicas e dos enormes pedaços de janela espatifados. Miraculosamente, havia saído ilesa daquela situação aterradora.

O andaime fizera uma curva ao cair ou eu tinha conseguido reunir forças de algum lugar dentro do meu ser?

Meu estado de torpor só conseguiu captar as expressões de pânico e incompreensão das pessoas próximas a mim. Melly estava boquiaberta, em estado de choque, atrás de um grupo de pedestres também apavorados. Ainda caída e atordoada, investiguei ao meu redor algo que pudesse me dar alguma explicação. Nada. Nem uma pista. Mas o calafrio continuava. A despeito do medo que sentia, tentei encontrar o que nem eu sabia que deveria procurar. Em um rápido passar de olhos, vasculhei cada canto, cada movimento, cada pessoa, o que já havia ficado muito difícil, pois uma aglomeração de curiosos se formara ao meu redor. Nada de novo. Então instintivamente voltei minha atenção para os semblantes dos transeuntes. Foi quando me deparei com um par de olhos absurdamente azuis por debaixo de grossas sobrancelhas negras que me fariam perder o chão, se eu já não estivesse deitada sobre ele. Eram de um azul-turquesa vivo incomum, muito brilhante e tão penetrante quanto um tiro de fuzil num coração sem colete à prova de balas. Seus olhos, no meio de tantos outros, fulguravam nos meus. Sob tensão e constrangimento, desviei meu olhar com rapidez, e quando resolvi encará-los novamente... eles já não estavam mais lá.

— Nina! Nina! Você está bem? — Descontrolada, Melly vinha ao meu encontro.

— Sim, estou bem — respondi levantando-me do chão aos tropeços. — Ainda estou um pouco tonta... — Eu estava era ficando realmente preocupada. Não poderia ser só azar. Tinha que haver alguma explicação para todos aqueles "quase" acidentes em minha vida, mas me faltava coragem para enfrentar minha mãe. Stela com certeza devia saber de alguma coisa, mas, se eu resolvesse perguntar, obviamente ela perceberia que algo havia acontecido e com incrível rapidez estaríamos mudando para outra cidade ou país. E eu não aguentava mais aquela vida de errantes.

O celular começou a tocar e, com ele, a minha intuição.

— Melly, posso te pedir um favor muito importante? — perguntei afobada sem precisar checar o visor do aparelho.

— Claro. O que foi? Você ainda está tonta? Quer que eu atenda o celular para você?

— Não! — soltei descontrolada. — Desculpe. Eu estou bem... É a minha mãe. Ela não pode saber sobre o que acabou de acontecer aqui.

— Como você sabe que é ela? — Melly arregalou os olhos.

O aparelho berrava nas minhas costas.

— Eu *simplesmente*... sei — murmurei.

— Mas... por quê? — Perdida, ela olhava desconfiada para a minha mochila.

— Melly, ela só tem a mim e é uma pessoa muito nervosa e supersticiosa — tentei explicar enquanto pegava o impaciente objeto. — Se eu contar tudo o que aconteceu comigo, ela vai pirar, arrumar as nossas malas e novamente iremos nos mudar. E eu não quero mais essa vida. Você compreende?

Melly engoliu em seco.

— *O que foi, mãe?... Sim, está tudo bem, por que não estaria?... Tá bom. Tá bom, eu ligo. Eu também te amo. Tchau.*

— É por isso então que vocês se mudam tanto? — indagou com assombro assim que finalizei a ligação.

— É. Quer dizer, também por conta do trabalho louco dela, mas tenho certeza de que o principal motivo sou eu. Ela tem obsessão por tudo que diz respeito à minha segurança e, pra variar, sou muito azarada, como você acabou de perceber. Quando algo assustador acontece, ela pira.

— Bizarro! — disparou Melly com as sardas ainda mais avermelhadas. — Mas, peraí, como ela ficou sabendo? Quero dizer... Como ela soube que você acabou de passar por uma situação de perigo?

— Nós somos muito ligadas... eu acho.

— Você quer dizer que vocês conseguem pressentir que uma ou outra se encontra em perigo?

— Eu não. Só Stela consegue.

— Uau! Sinistríssimo!

— Pois é.

Um silêncio constrangedor.

— Tudo bem, esquisita. Eu não vou contar nada para a dona Stela.

— E nem pra ninguém — adverti. — Vai que cai nos ouvidos dela por meio de outra pessoa e...

— Ok. Já entendi. Bico calado — completou Melly dando um selinho nos dedos cruzados.

Antes de nos despedirmos, ainda ficamos ali na calçada por um tempo. Melly tagarelando, e eu, sem me reconhecer, satisfeita em ouvir suas histórias malucas. A adrenalina do susto já havia se dissolvido em minhas veias e uma sensação agradável, a de me sentir uma garota integrada e normal, tomava seu lugar e se transformava num bálsamo para a minha alma inquieta.

Melly jamais poderia imaginar, mas aquele início de amizade, aquela simples cutucada na sala de aula, foi o empurrão que eu precisava para tomar uma decisão que vinha adiando havia muito tempo: conseguir um emprego e criar raízes. Fui privada de uma infância e adolescência normais, mas não abriria mão da minha juventude, de sonhar. Stela não podia me negar isso também. Se mamãe estava realmente pensando em se mudar, eu sabia que estava marcando dia e hora para o nosso grande confronto. Mas era chegado o momento. Eu tinha que pagar pra ver!

Despedi-me de Melly e, em vez de ir direto para casa, saí à procura de um emprego, meio-expediente, de preferência noturno. Preenchi o cadastro em várias lojas e também numa livraria que eu amava. Já era noite quando cheguei em casa.

— Esqueceu-se da sua mãezinha predileta? — Stela me recebeu na porta de entrada do apartamento.

Em meio a tantos acontecimentos, acabei esquecendo completamente da data especial: *era aniversário dela!*

— Puxa, mãe. Desculpa. Parabéns!

Ela repuxou os lábios, mas sorriu em seguida.

— É bolo de morango com chocolate? — tentei disfarçar minha mancada colossal apontando animadamente para a apetitosa torta sobre a mesa da sala de estar.

— Claro. O nosso preferido!

Na verdade era o meu sabor predileto, e não o dela. Sorri, satisfeita. Era muito bom vê-la assim tão descontraída, como raras vezes tive a oportunidade de presenciar. Como sempre, mamãe comprava um belo bolo e soprávamos as velinhas. Pelo menos este ano ela estava feliz, e felicidade, com certeza, era o presente que eu, no meu mais profundo desejo, gostaria de poder lhe dar. Na verdade, era *o* presente para mim também.

Minha mãe já havia morado em Nova York e nunca escondera o carinho que nutria pela cidade. Eu era pequena quando estive aqui com ela. Não tenho recordações dessa época, a não ser por flashes desfocados e aleatórios das nossas brincadeiras no Central Park, de botões de rosas brancas, de um sorriso feliz estampado em seu rosto constantemente triste. Aceitaria aquela trégua de bom grado.

— Filha, apesar de ser meu aniversário, tenho um presente para lhe dar — começou ela com o olhar brilhante. — Não vamos deixar Nova York. Eu decidi.

Minha boca despencou e meu peito começou a inflar.

— E-então... as malas que estavam aqui na sala hoje cedo... — gaguejei atônita.

— Já me desfiz delas. Não precisaremos mais partir.

— Vou poder participar do baile de formatura? — Minhas mãos suavam sem parar e meu coração ricocheteava alucinadamente dentro do peito. Estava difícil demais encontrar as perguntas corretas. — Q-quando acabar o ano poderei me candidatar a universidades?

— Claro.

— E se me aceitarem? Aí não vou poder mais mudar de cidade por um bom tempo, quanto mais de país, mãe!

— É evidente que não! Você terá de concluí-la para que possamos pensar em nos mudar de novo, não é mesmo? — Ela deixou brotar um sorrisinho torto. — Além do mais, é óbvio que vão te aceitar. Filha, você é uma aluna exemplar e seu currículo escolar é ótimo! Com certeza será uma excelente psicóloga.

Alguém tinha de me beliscar. *Eu teria uma vida normal?! Poderia fazer planos para o futuro e não apenas viver o presente?* Estava louca de felicidade, de vontade de sair correndo para a escola e contar para Melly, para o mundo inteiro. Antes que eu saísse da sala dando cambalhotas de alegria, minha mãe fez uma cara brava:

— Você estava esperando alguma ligação?

"Ligação?" Como assim?

— Não.

— Não mesmo? — insistiu ela e eu gelei.

Céus! Será que alguma loja já havia entrado em contato? Tão rápido assim?

— Bem, mãe. Quer dizer, é que…

— Estou ouvindo — disse Stela com firmeza.

Ah, não! Ela ia me matar!

— Hoje à tarde eu preenchi alguns formulários de empregos em várias lojas e… — Sob tensão, a voz me escapava. — Desculpa, mãe.

— Tudo bem, filha. Já entendi. — Seu semblante suavizou após um silêncio apavorante. — Eu sei que também tenho a minha parcela de culpa nessa história.

— Eu quero uma vida diferente, mãe — murmurei sem ter coragem de olhar para ela. Havia um mundo de lamentações e desejos implícitos naquelas tristes palavras. — Quero conhecer pessoas novas e não apenas os colegas do colégio. Acho que nossa inusitada vida fez de mim uma garota estranha. Eu sinto que tem algo errado em mim.

— São os hormônios, filha. Na sua idade eu também era cheia de dúvidas, também queria coisas diferentes.

— Não é isso... É que eu me sinto diferente dos meus colegas e...

— Isso passa quando chegar a hora! — interrompeu-me bruscamente. Sua resposta áspera escondia os olhos inchados e cheios de lágrimas. Ela os secou, com o pretexto de ajeitar os cabelos. — Você recebeu uma ligação de uma livraria, da Barnes & Noble.

— Não brinca! Sério?

Ela assentiu com um ligeiro movimento de cabeça.

— Você não acha que trabalhar à noite pode prejudicar os seus estudos? Vai acabar ficando muito cansada. Além disso, você não precisa, Nina.

— Eu sei, mãe. Mas eu quero muito trabalhar nessa loja. Nem que seja por pouco tempo — explicava agitada. — Eu nem acredito que consegui o emprego! O fato de saber muitas línguas deve ter ajudado.

— Eu não disse que você acabaria me agradecendo por termos morado em tantos lugares? — Ela me lançou uma piscadela. — Tudo bem. Que assim seja e que Deus te proteja.

— Mãe, eu não estou indo para a forca! Eu só vou trabalhar. Quem sabe o fato de eu lidar com tantas pessoas já não seja um estágio para a minha faculdade de Psicologia?

— É. Pode ser. Vamos ver.

CAPÍTULO
3

Acordei com um misto de alegria e excitação. O dia não estava claro. Apesar da época, ventos frios começaram a invadir de forma violenta a ilha de Manhattan. Bati uma vitamina de banana com aveia, coloquei um casaco e, de tão ansiosa, resolvi descer os encardidos degraus da escada do meu prédio de dois em dois, deixando o lerdo elevador para trás. Como estava bem adiantada, optei por saltar do metrô duas estações antes e fazer o restante do caminho para a escola a pé. Liguei meu iPod e, eufórica, deixei-me levar pelo *Dark Side of the Moon* do meu adorado Pink Floyd. A felicidade transbordava em meu peito e eu estava impaciente. Pela primeira vez em muitos anos eu conseguia visualizar pinceladas de cores na tela desbotada da minha vida. Queria ver as pessoas com pressa, ouvir muitas buzinas, gritar de alegria. Aguardei o sinal fechar para atravessar a avenida supermovimentada próxima ao colégio. O sinal ficou vermelho para os carros, e uma grande multidão, assim como um frenético formigueiro, caminhou a passos largos de um lado para o outro, em seu desanimado e repetitivo percurso diário. Para elas, mas não para mim, pois meu estado de êxtase era entorpecente. Comecei a atravessar a grande avenida, quando subitamente senti uma descarga elétrica contrair todos os músculos do meu corpo, e aquele estranho calafrio atravessar sem piedade cada camada de tecido, cada estrutura do meu organismo.

Ah, não! De novo, não!

Meu oxigênio se fora e eu perdi o foco. Petrificada, perdi também a compreensão do que acontecia à minha volta. Senti minhas pernas fraquejarem e meus joelhos ameaçaram se dobrar, como se alguém os acertasse por trás. Eu ia tombar. Mas eu não podia ceder. Tinha que aguentar.

— Oh, meu Deus!

A vários metros de distância, um desfocado pisca-pisca alertava-me para o escasso tempo disponível. Teria que correr! Mas como? Caminhar já era uma tarefa árdua, quase impossível. Sentia-me presa ao chão enquanto observava, agoniada, as pessoas passando aceleradas por mim até não restar mais ninguém. Apenas eu. *Deus! Será que ninguém vai me ajudar?* A outra calçada insinuava-se distante, quase inatingível. Eu não conseguiria alcançá-la a tempo. O horror se agigantou em meu cérebro. Naquela fração de segundo, recordei-me do andaime assassino e da sorte que vivenciei na véspera. *Mas a sorte não costuma bater duas vezes na mesma porta, muito menos em dias seguidos. E o azar? Seria ele capaz de fazer um percurso bem distinto de sua antagonista?* Não havia tempo para pensar em mais nada. Eu precisava sair dali e tinha que ser naquele instante. Ordenei meu cérebro a controlar aquela estranha dor, a dar o comando para que meu corpo impotente e atordoado reagisse. E, em meio às terríveis descargas elétricas, consegui utilizar forças que jamais imaginei possuir. Com muita dificuldade, ordenei minhas pernas a caminharem até o meio-fio que a cada piscar de olhos parecia estar ainda mais distante. Lentamente, muito lentamente, fui me aproximando dele e, justo quando uma pontada de alívio começou a brotar em meu peito, tornei a me desequilibrar. Ou fui "desequilibrada"? Na verdade tive a sensação de que havia sido empurrada de volta para a movimentada via.

FML PEPPER   32

Céus! O que é que está acontecendo comigo?

O sinal verde anunciava a largada da enlouquecida manada de veículos e, quando me dei conta, um ônibus crescia rápido e impiedoso em meu campo de visão, sua buzina desligando à força todos os demais sons ao meu redor. Em estado de torpor eu cambaleava e, num salto inesperado, desequilibrei-me novamente — minha impressão é que havia sido puxada violentamente pela mochila —, só que agora para o lado certo, ou seja, para a calçada. Caída de joelhos e sem entender o que havia acabado de acontecer, senti apenas o vento quente e a fumaça asfixiante do ônibus que passara a centímetros de mim, fazendo o chão e meu corpo tremerem em conjunto. Levantei a cabeça à procura de alguma explicação e, à exceção da minha visão pra lá de turva, não havia nada de anormal ao meu redor. Respirei fundo, forcei o equilíbrio e, pegando-me de surpresa, senti uma mão sustentando meu ombro e me ajudando a levantar.

— Você está bem? — Um novo arrepio percorreu minha nuca. Forcei a visão e identifiquei um rapaz alto e louro segurando meus braços. *Gostei.*

— De onde você veio? Eu não te vi por perto e...

— Dali! — apressou-se em explicar, apontando a direção. — Estava passando bem na hora em que tudo aconteceu. Você está bem mesmo?

Eu balançava a cabeça afirmativamente, mas não tinha a menor compreensão do que havia acabado de acontecer.

— Fala sério! Como você apareceu tão rápido? Não me diga que também é um vampiro? — Tentei fazer graça da situação.

— Hã? Que maneira estranha de agradecer. — Ele estreitou os olhos, confuso.

Pelo visto o garoto não tem muito senso de humor. Tudo bem. Ele é um gato e para gatos esse é um defeito perdoável.

— Eu não sei o que aconteceu... Acho que fiquei tonta e aí me desequilibrei. — Ajeitei a roupa tentando disfarçar a vampiresca e infame piada. — Obrigada.

— Tá bom. Eu confesso! Eu estava passando na calçada quando ouvi um berro preocupado de uma senhora, uma buzina barulhenta e, a seguir, um ônibus crescendo para cima de você. Então resolvi utilizar meus superpoderes para salvá-la. — Piscou, segurando o sorriso que se formava no canto da boca. — Pode andar?

— Ca-claro! Estou bem — gaguejei. *Gaguejei? Argh!*

— Acho que eu deveria me apresentar, não? Meu nome é Kevin Brum, seu salva-vidas nas horas vagas. — Liberou um sorriso maroto. — Ah! Só pra constar, corre sangue nas minhas veias, tá?

Sorri de volta, satisfeita. *Kevin era espirituoso! E lindo!* As bochechas rosadas e os olhos verdes somados aos cabelos loiros lembravam uma pintura caprichada de um querubim.

— Mas você ainda está muito pálida — insistiu ele sem me soltar. Senti o calor dos seus dedos gentis em meu braço, o que não me impediu de experimentar outros tremores. Disfarcei.

— Estou... estou bem agora e não posso perder a aula. Tenho muita matéria para colocar em dia.

Estremeci ao notar que ele observava os meus olhos de um jeito curioso. *Droga! Será que minhas lentes tinham se deslocado?*

— O que você está olhando? — Abaixei a cabeça e, disfarçadamente, cocei os olhos enquanto pescava meus estratégicos óculos de sol de dentro da mochila.

— Nada. Qual o seu nome?

— É Nina.

— Ok, Nina. Não seria melhor voltar para casa e descansar?

— Eu... eu estou bem. Sério.

— Já que insiste... — Repuxou os lábios de um jeito cômico. — Como seu atual salva-vidas tenho a obrigação de acompanhá-la.

— Não precisa — soltei num tom de voz falso e convidativo.

— Preciso sim. Quem vai pagar a conta do meu analista?

— Analista? — Segurei o sorriso que me escapava.

— Vou me sentir culpado para o resto da vida se você resolver voltar e se atracar com uma betoneira...

— Muito engraçadinho — rebati de estalo, deliciando-me com o inusitado momento.

Meu coração estava mais acelerado em ter aquele gato lindo ali do meu lado do que com o acidente propriamente dito. Enquanto caminhávamos, nossa conversa foi interrompida pelos ruidosos toques do meu celular. Eu já imaginava quem era. De maneira mecânica, tornei a abrir a mochila e saquei aquele odioso aparelho, desligando-o em seguida.

— Não vai atender?

— Não conheço o número — menti. — Você também estuda...

— Começo hoje. Por quê? — adiantou-se em dizer.

Arqueei uma sobrancelha e estreitei os lábios.

— Não vai me dizer que... — Kevin perguntou com um novo brilho nos olhos.

— Sim, também sou aluna nova.

— Nina! — Uma voz distante rompeu nossa bolha e me sugou daquele momento tão agradável. Era Philip, todo feliz em me ver.

— Oi, Phil — respondi sem tirar os olhos de Kevin.

— Tenho que ir, mas algo me diz que não terei dificuldade em te encontrar, Nina. Vou ficar ligado nos acidentes ao meu redor. — Kevin estreitou os lindos olhos verdes em minha direção e eu assenti, sem conseguir conter o sorriso que se desenhou em minha face enquanto observava o anjo louro se afastar. Eu conhecia minha constante falta de sorte.

— E aí, Ninazinha? — indagou Phil, todo animadinho, mas não pude deixar de perceber o olhar assassino que ele lançou de esguelha para Kevin.

— Ninazinha?! — Soltei uma risada. — Poupe-me, Phil. Meu nome já é pequeno e você então coloca um diminutivo para aumentar?

— Tudo bem, tudo bem! Qual a sua aula agora? A minha é Geografia I.

— Biologia I.

— Ok, beleza! A gente se vê depois então — finalizou, presenteando-me com a sua usual piscadela. Sua chegada e saída intempestivas inflaram meu ego, confirmando o que eu já desconfiava: delimitação de território. Phil pressentira a ameaça inimiga e queria apenas afastar Kevin de mim.

Após verificar se minhas lentes estavam devidamente posicionadas, caminhei lentamente para a sala de aula. Minha cabeça vagava em algum lugar bem distante dali. Não conseguia negar que a frase dita por Kevin havia mexido com a minha vaidade. Se ele pensava em me achar, é porque iria me procurar. Zilhões de pensamentos perambulavam por minha mente naquele momento...

— Boa tarde, Srta. Scott — saudou o professor Swayze com ar de gozação assim que coloquei os pés dentro da sala de aula.

Droga! A aula de Biologia I já havia começado!

— Bom dia, professor. Desculpe o atraso — balbuciei, corando.

— Tudo bem, não precisa se explicar... A senhorita tem crédito. Ainda — mandou com um sorriso amistoso. Ele tinha uma cara quadrada que inutilmente tentava esconder por detrás de uma barba enorme, mas era boa gente.

— Obrigada — agradeci, agora com o rosto púrpura de vergonha, e desabei na primeira carteira que surgiu vazia à minha frente.

— Eu acho que ela te pertence. — Will me devolvia uma caneta que caíra de minhas coisas durante aquela entrada triunfal. — E aí, Nina? Tudo bem?

— Obrigada. Tudo ótimo. — Sorri um sorriso desbotado para Will.

— É horrível quando todas as atenções se viram pra gente, né? — Piscou ele para mim através de seus óculos meio fora de moda. Ao me entregar a caneta, a manga de sua camisa levantou, deixando à mostra parte de um "W" maiúsculo tatuado na parte interna de seu antebraço direito. Por um momento me distraí. Minha mente preconceituosa jamais poderia imaginar que Will, todo certinho, estudioso e "quadradão" teria uma chamativa tatuagem em seu corpo. — Tudo bem mesmo, Nina?

— Hã? Ah! É que eu...

— Peguem suas anotações e me sigam até o laboratório de ciências. — A voz do professor Swayze retumbou pela sala de aula, pegando-nos de surpresa e me fazendo dar um pulo no lugar.

— O que é que tá rolando, Nina? — Melly se aproximava no exato instante em que Will se despedia de mim.

FML PEPPER 36

— Tenho uma supernotícia para te contar! — sussurrei eufórica e, segurando seu braço, aguardei até que boa parte da turma já tivesse saído da sala de aula.

A verdade era que meu peito estava preso em um turbilhão de emoções. Do incidente de logo cedo sobrara apenas a parte boa: a parte em que Kevin aparecia. Eu queria contar a Melly sobre o meu encontro com o anjo louro. Contar que eu ficaria em Nova York por um bom tempo e que eu havia conseguido um emprego bacana. E tudo isso era particularmente maravilhoso porque eu agora seria igual a qualquer garota normal, poderia fazer amigos e até, quem sabe, namorar. Pela primeira vez em minha vida, daria pra fazer planos para o dia seguinte, começar algo e não ter que abandonar logo em seguida.

— Quer me contar logo a grande notícia, antes que eu exploda de curiosidade?

— Nós vamos ficar em Nova York, Melly! Mamãe me prometeu que tão cedo não vamos nos mudar! Você consegue imaginar o que é isso para mim?

— Sério?!? Então não vou perder minha nova melhor amiga esquisitona?

— Não mesmo! E também está na hora de eu começar a fazer novos amigos!

O rosto de Melly se fechou e seus lábios se uniram em uma linha bem fina.

— O que foi? — perguntei.

— É que estou pensando...

— E?

— Pensar me dá dor de cabeça.

Segurei o riso.

— Mesmo?

— Falando sério... Agora você vai me deixar de lado, como sempre acontece com as minhas amigas preferidas quando elas encontram garotas mais populares.

— Deixa de ser melodramática, Melly!

— Jura pela felicidade do professor Davis que jamais me abandonará? — E me mostrou os dedos cruzados.

— Do chato do mister Davis? Com certeza! — gargalhei. *Melly era uma figura!* — E tenho mais uma boa notícia. Consegui um emprego na Barnes & Noble lá do Park Slope. Começo semana que vem.

— Demais! — E, olhando-me de soslaio, soltou: — Tem certeza de que é só isso mesmo?

Caramba! Seria Melly mais ligada do que eu imaginava ou meu estado de euforia estava tão evidente assim?

— Bem... Hoje cedo eu me desequilibrei e só não fui atropelada na entrada do colégio porque um garoto me salvou. E ele era lindooo!

— Gato e poderoso? Que espetáculo! — E me lançou um olhar de águia. — Ele pegou o seu telefone?

— Não foi preciso.

— Hã? — Melly chacoalhou a cabeça. — Como assim?

— Ele vai estudar aqui também.

— Uau! — Assoviou. — Isso é que é destino!

No meu caminho para casa compreendi o porquê do dia ter transcorrido tão tranquilamente: eu simplesmente havia me esquecido de religar o celular após o incidente em frente ao colégio. *Droga! Outro confronto à vista!* Sabia que Stela deveria estar arrancando os cabelos. A cada passo em direção ao meu prédio, meu instinto alertava sobre a possibilidade de uma nova e desgastante discussão com minha mãe. *E logo agora que havíamos hasteado nossa bandeira de paz...* Resolvi, num impulso, jogar o coitado do celular no chão, partindo-o em vários pedaços. *Desculpa pronta!* Ao abrir a porta, lá estava ela: petrificada, sem uma única gota de sangue, como um vampiro sedento.

— Graças a Deus! — berrou vindo ao meu encontro. Trêmula, ela me abraçava com vontade. — Você está bem? — Seu tom de voz agora caminhando do aflito para o colérico.

— Por que essa cena toda, mãe? — retruquei.

— POR QUÊ?!? — ela berrou e eu me encolhi. — Qual o nosso trato, Nina?

— O celular caiu e quebrou. Que saco! Agora tenho que te dar meu relatório diário? — Tentei deixar a encenação o mais convincente possível.

— Como aconteceu? — arqueou a sobrancelha inquisitiva.

— Eu esbarrei num colega e o aparelho voou longe.

— Quando foi?

— Hoje cedo.

— Fique com o meu. — Estendeu-me seu velho aparelho. A voz rascante e a expressão sombria estampavam sua desconfiança. — Preciso voltar ao trabalho. Acabei deixando alguns serviços pendentes... Nunca mais faça isso, Nina.

— Mas que droga! Para de me vigiar vinte e quatro horas por dia, mãe! — Mesmo sem querer, as lágrimas me escapavam. — Se meu pai fosse vivo, nada disso aconteceria!

Meu pai.

O assunto proibido.

A mesma dor que nos unia e nos afastava.

Subitamente o semblante furioso de Stela foi substituído por um preocupado, que logo deu lugar a um pesaroso, triste. Ela caminhou lentamente para a porta e partiu sem olhar para trás.

No fundo eu também estava ficando preocupada com os estranhos incidentes em um intervalo de tempo tão curto. Na internet procurei por respostas que explicassem a sintomatologia que eu vinha apresentando: calafrios, perda de visão e desmaio. Após longo tempo de busca, achei um blog onde garotas trocavam confidências sobre seus estranhos e repentinos calafrios. Enviei uma pergunta e cinco minutos depois a resposta estarrecedora apareceu na tela do meu notebook:

Oi, eu sou Anna e vivo na Espanha com minha mãe. Tenho passado por episódios semelhantes aos seus, com a diferença que eu só desmaio, não tenho os calafrios e a perda da visão. Pessoas surgem do nada e, de repente, resolvem me atacar. Acidentes estranhos também vêm me cercando. Antes achava que era mania de perseguição, mas agora até a minha mãe está ficando preocupada e contratou um segurança para me vigiar vinte e quatro horas por dia. Apesar de ser chato, me sinto mais confiante, e, por incrível que pareça, os episódios estão diminuindo.

De início senti brotar uma pitada de esperança em meu peito: eu não era a única a passar por tais bizarros atentados! Mas, antes de desligar o computador, sem querer deparei com uma manchete do *New York Times* que me fez arregalar os olhos e suar frio. Ela anunciava a morte do encarregado pelo andaime que havia caído em mim, assassinado em uma briga na delegacia onde estava detido. Segundo o jornal, a polícia suspeitava que a queda do andaime tinha sido proposital.

O artista de rua em Amsterdã também havia sido encontrado morto no dia seguinte ao incidente na praça Dam! Cristo! Os dois sujeitos mortos logo depois dos meus acidentes? Não conseguia acreditar que seria pura coincidência e também não podia contar para Stela porque ela surtaria. *O que fazer então?*

Passei o resto da noite assombrada por uma frase da Anna: "Pessoas surgem do nada e, de repente, resolvem me atacar..."

Que tipo de ligação haveria entre mim e os sinistros acontecimentos?

A resposta viria ao meu encontro, e não era boa.

CAPÍTULO

4

Como eu havia passado a noite insone, para me manter acordada e conseguir me distrair da maçante aula de Matemática da Sra. Applegate, resolvi passar antes em uma pequena loja de doces próxima da escola e comprar um pacote de balas de café. Assim, pelo menos eu faria parte da metade da turma que permaneceria divagando em seus pensamentos e não dormindo a ponto de babar. A lojinha estava mais agitada do que eu poderia imaginar. Uma multidão de alunos mais jovens do que eu travava uma guerra entre si para ver quem conseguia a hercúlea façanha de ser atendido pela lerda e estrábica balconista. *Resumindo: um tumulto danado.* Decidi encarar e parti para o combate quando vi que restava apenas um único pacote da bala. A confusão melhorou um pouco quando o ponteiro do relógio local marcou oito horas e vinte e cinco minutos. Em cinco minutos a aula começaria e o grupo de alunos mais ajuizado resolveu abandonar a missão.

Eu não estava nesse grupo.

— As balas de café! — gritei com esperança de que a balconista me desse atenção. Meia dúzia de alunos era o suficiente para deixá-la desorientada. — Ei! Aquelas ali! — Fazia de tudo para ser ouvida, mas nada. A mulher era devagar quase parando. — Só quero a bala de café! — estendi a mão, agoniada. O maldito relógio agora parecia correr mais rápido do que o Papa-Léguas.

— Tá surda?!? A bala de café! — Uma voz rouca ressoou por detrás de minha nuca. Meu corpo reagiu, estremecendo por inteiro quando uma mão enorme avançou por cima da minha cabeça.

— Puxa! Obrig...

— Aquelas! Tô com pressa! — interrompeu-me o rapaz de fisionomia emburrada logo atrás de mim. Todo vestido de preto, os cabelos estavam escondidos por detrás de uma ridícula bandana preta e os olhos camuflados por óculos escuros esportivos.

Para o meu espanto ainda maior, a balconista o atendeu no mesmo instante. Ela parecia hipnotizada por ele, passando-lhe o pacote de balas com a maior rapidez possível. *Era assim que tinha que lidar com ela? Ordenando?!*

— Pode ficar com o troco. — E o garoto de porte altivo saiu da loja caminhando com passadas firmes e deixando a sombra da balconista congelada num sorriso embasbacado atrás de si.

Eu não sabia se gargalhava ou se ficava "passada" com a cena esdrúxula que acabara de acontecer. *Aquilo era algum tipo de pegadinha. Só podia ser...* Sem pensar duas vezes, dei meia-volta e o interceptei em seu caminho:

— Fala sério! Você só pode estar de gozação com a minha cara, né?

O garoto marrento parou e, com um semblante de indiferença, olhou-me de cima a baixo. Abriu o pacote, pescou uma bala lá de dentro e começou a mastigá-la com gosto.

— Quer? — perguntou com jeito implicante, oferecendo-me uma bala.

Estanquei no lugar.

Não porque meu sangue estivesse fervendo de raiva com aquela atitude cretina sem precedentes, mas com o que meus olhos encaravam estupefatos: *cicatrizes!* Sua mão exibia um amontoado de tudo quanto é tipo de cicatriz.

— E-este pacote me pertence — insisti trêmula. *E por que eu tremia?*

— Não vejo seu nome escrito nele — corrigiu-me com ar arrogante.

— Mas viu que eu já tinha pedido... antes de você — retruquei, sentindo-me estranhamente fraca e nervosa.

— Tente ser mais persuasiva na próxima vez, Tesouro.

O quê?! "Tesouro?"

— Você está me atrasando. — E, sem a menor educação, afastou meu ombro do seu caminho e desvencilhou-se de mim.

— Ora, seu...

Quando dei por mim, o idiota já havia desaparecido do meu campo de visão. E fiquei ali, parada como uma estátua, catatônica na calçada, incapaz de acreditar que existem pessoas tão insuportáveis neste mundo. A indignação virou repulsa quando ouvi o sinal do colégio tocar.

Cretino dos infernos! Por causa dele novamente entraria atrasada na sala de aula e com certeza a Sra. Applegate não ia deixar aquele episódio passar em branco.

— Por que perdeu a hora da aula da Sra. Applegate? Por que você está com essa cara tenebrosa? — indagava Melly, empoleirando-se ao meu lado assim que entrei em sala de aula.

— Tive um probleminha — saí pela tangente. Não ia contar que havia levado uma educada advertência da Sra. Nancy por chegar atrasada em dois dias consecutivos.

— Que "probleminha"? — ela insistia. *Argh!*

— Eu tropecei.

— Ah, não! Teve outra vertigem?

— Não, Melly! — rosnei. — Tropecei num *cavalo preto*.

— Hã?

— Deixa pra lá! — arfei e, após respirar fundo, resolvi mudar o rumo da conversa. — Quais as novidades?

— Como você sabe?

— Sei do quê? — A pergunta saiu áspera. Estava difícil amansar meu mau humor.

— Das novidades!

— Maneira de falar, Melly — rugi. *Deus! Hoje eu enforcaria a Melly. Precisava decidir se seria naquele instante ou esperaria o término da aula.*

Ela pouco ligou para meu potencial homicida e, mudando seu semblante para um bem mais diabólico, continuou:

— Então não sabia que seu lindo Kevin foi transferido para a nossa turma?

— Eu não…

— Já vi que não. — Ela arqueou as sobrancelhas ruivas ao sacar meu estado abobalhado. — Mas tem mais. A escola escancarou geral! Kate me contou que tem outro aluno novo lá na secretaria. Acho que ele vai começar hoje.

— Hum — resmunguei. Já estava perdendo a graça ver tanto aluno novo entrando dia após dia.

— Kate disse que ele é lindo, mas assustador.

— Como assim? — O estado animado de Melly ultrapassava o normal e me deixou curiosa.

— É como se ele tivesse um raio-x dentro dos olhos, como se nos despisse por completo só em nos encarar.

Antes mesmo que Melly começasse com suas teatrais e detalhadas explicações, o professor Davis limpou a garganta e pediu que nos acomodássemos em silêncio no seu autoritário timbre de voz. A aula de História iniciaria em dois minutos. Enquanto os alunos se sentavam, Kevin entrou pela porta e piscou ao passar por mim.

— O lourão piscou pra você, Nina! — soltou Melly num misto de surpresa e empolgação.

— É — respondi, sem ter sequer um mísero segundo para ficar em êxtase.

— Olha! É ele! — Melly vibrou, tamborilando animadamente os dedos na carteira.

— Quem?

Então ele apareceu: *o cretino do ladrão das minhas balas!* O aluno novo que acabava de chegar era justamente aquele idiota egoísta. Dessa vez pude observá-lo com atenção. Era alto, de pele clara, e continuava com a aparência marrenta. Estava vestido de preto, como se viesse de um velório ou fizesse parte de algum grupo de darks. Tinha os olhos escondidos por trás das lentes escuras de seus óculos de sol, usava um lenço preto amarrado na cabeça, no estilo bad boy, e mantinha as mãos dentro dos bolsos. O corpo parecia musculoso sem exageros, mas também estava escondido, encoberto por uma jaqueta puída. No caminho até seu lugar, ele passou muito próximo a mim, raspando de leve em meu braço esquerdo. Imediatamente um relâmpago subiu pela minha espinha dorsal e deixou todos os meus pelos eriçados.

— Ah, não! — gemi baixinho, na expectativa de um desmaio iminente.

— Tudo bem, Nina? — Melly percebeu minha mudança de cor.

— Tudo. — E me virei ao escutar batidinhas aceleradas na porta da sala de aula. Era a Sra. Nancy, carregando desajeitadamente uma pilha de papéis.

— Com licença, professor? — pediu com seu habitual sorrisinho afetado.

— Em que posso ajudá-la? — indagou o professor Davis meio sem paciência.

A Sra. Nancy despejou os papéis e seu celular sobre a carteira de Melly. Devia ser uma missão impossível para ela falar em público sem poder gesticular os braços.

— Eu vim avisá-los de que vocês têm até sexta-feira para trazer suas fotos para o anuário da escola. Não teremos prorrogações. Portanto, não se esqueçam, hein?

Um burburinho se formou com a notícia.

— Mas esta aqui é para a minha coleção particular — disse ela depois de apanhar nossa agitada turma num clique inesperado.

— Ei, este celular é o meu — reclamou Melly.

— Ops! Que distração a minha! — desculpou-se, trocou o aparelho, exatamente o mesmo modelo, e tornou a virar para a classe: — Digam x!

— A senhora já acabou? — rosnou o Sr. Davis num revirar de olhos.

— Sim, sim. Obrigada, professor.

Demorou algum tempo para a turma se acalmar após a sua saída. O professor Davis estava visivelmente aborrecido com a interrupção que sofrera. Sua aula, que costumava ser superagitada e interessante, ia devagar, quase parando. *O mercantilismo era um tédio!*

— Aiíí! O que foi? — perguntei após Melly cutucar o meu braço direito com a ponta da lapiseira.

— O deus grego louro não para de te olhar — cochichou com uma risadinha infame.

— Para com isso, Melly.

— É sério!

Fiquei imóvel, fingindo prestar atenção à aula, mas já era! Meus pensamentos estavam longe, bem longe. Resolvi me conter e não olhar para trás, quando então recebi outro cutucão.

— O que foi agora? — resmunguei baixinho.

— Posso me matricular no seu curso de esquisitos caladões? — implicou ela, olhando-me de canto de olho.

— Hã?

— Seus feromônios tão mandando bem, amiga.

— Como é que é?

— Eu acho que o garoto marrento também está olhando fixamente pra você — sussurrou Melly intrigada.

— O outro garoto? — indaguei com violência. Um misto de raiva e curiosidade me alfinetou com vontade e, contrariando o comando emitido por minha massa cinzenta, virei-me à procura daquele traste de expressão furiosa.

Estranho magnetismo. Não demorei mais que um centésimo de segundo para identificá-lo. Algo nele me dava medo, mas também me intrigava de modo irracional. Suas feições eram rudes, porém incrivelmente interessantes. Seu semblante num instante estava aéreo, noutro alerta, e parecia perceber que eu o observava, inclinando-se em minha direção. Se seus olhos não estivessem escondidos atrás daqueles óculos, eu poderia jurar que me fuzilavam com ferocidade. O ladrãozinho de balas me encarava. Provavelmente queria me enfrentar. Senti minha visão ficar turva e o calafrio se espalhar pelo meu corpo.

Não! Não vou desmaiar agora! Realmente, preciso procurar um médico o mais rápido possível! Forcei a recuperação imediata de minha concentração, e, graças a uma grande golfada de ar, fiquei bem. Quando dei por mim, Kevin me analisava de um jeito esquisito. *O que estava acontecendo? Por que ambos estariam me observando com tamanha intensidade? O que haveria de errado ali?* Minhas perguntas permaneciam perdidas. Nada fazia sentido.

— Qual o principal objetivo do mercantilismo europeu, Srta. Scott? — arguiu-me, de repente, o Sr. Davis. Com certeza ele observara que eu estava completamente aérea e aproveitou a oportunidade para me repreender.

De volta à Terra.

— Como?

— A senhorita não estava prestando atenção na aula?

— Estava sim, é, que... bem... eu acho que... — Ao invés de apenas me desculpar e ficar calada, caí na asneira de dizer algumas coisas que lembrava sobre o assunto. — O mercantilismo visava o maior comércio entre as nações.

— E o que o rapaz acha disso? — rebateu o professor voltando-se para o bad boy, que em nada se intimidou, permanecendo reclinado na carteira e mastigando as malditas balas com vontade.

— Não concordo — sua resposta veio como um torpedo em minha direção: direta e letal.

Risadinhas abafadas emergiram de todos os cantos. Samantha, a aluna nova de cabelo louro e espetado, gargalhou alto, divertindo-se com a minha humilhação em público. Fechei o punho e senti minhas unhas perfurando a pele tamanha a vontade que tinha de cravá-las em seu rosto irritantemente perfeito.

— É mesmo? — O Sr. Davis parecia finalmente animado com a dinâmica que a aula estava tomando. — Qual seria então? — desafiou-o. A alfinetada deu certo. O garoto marrento se empertigou e respondeu sem hesitar.

— O objetivo, claro, era fortalecer o poder dos reis e dos países por meio da acumulação interna de ouro e prata. A resposta da colega é superficial e evasiva — continuou com ar de descaso —, o popular *embromation*. Comércio por comércio sempre existiu entre os países, desde que o mundo é mundo. O mercantilismo europeu fundamentou-se no metalismo e na balança comercial favorável, pois com os metais podia-se investir em exércitos e em outras coisas mais como, por exemplo, no próprio comércio. Dessa forma tentava-se não só exportar a maior quantidade de produtos possível, mas também reduzir as importações.

— Perfeito! — soltou satisfeito o professor Davis. — Notei que você também é novo aqui. Qual o seu nome?

— Richard Trent.

— Parabéns, Richard.

O garoto deixou transparecer uma expressão de triunfo através de um sorrisinho sarcástico. *Idiota!* De fato, a resposta dele era perfeita. No fundo eu sabia que estava enrolando, mas não queria dar o braço a torcer. E paguei caro por isso! Meu adversário era inteligente e estava mais preparado do que eu.

— Obrigado. Aliás, posso fazer um comentário, professor? — indagou Richard de repente.

— Claro.

— Acho que os alunos deviam vir mais preparados e, na falta de conhecimento do assunto, que se mantivessem quietos para não prejudicar o andamento da aula.

Meu queixo tombou na carteira.

Cretino de uma figa! Além de insuportavelmente petulante, ele estava me passando um sermão em público!

— Você tem mais alguma consideração a fazer, Nina? — indagou o professor sem vontade. Comecei a suar, invadida por um misto de cólera e vergonha. Minha língua travou e balancei a cabeça em negativa, completamente sem graça. Então o Sr. Davis me lançou um olhar de reprovação e jogou a toalha. Fim da luta! Eu havia sido nocauteada. Tive de arcar com as chacotas e o desprezo de uma turma que mal me

FML PEPPER

conhecia. Sem contar que aquele garoto demonstrava um convencimento que fazia todo o meu sangue entrar em ebulição.

E entrou!

Faltando poucos minutos para a aula terminar, o cretino pediu para ir ao banheiro e, ao passar por mim, fez questão de esbarrar em minha carteira e derrubar todas as folhas do meu fichário.

— Qual é o seu problema, hein? — esbravejei inflamada.

Calma, Nina. Inspire, expire, inspire...

— Não tenho culpa se você é descuidada com as suas coisas.

O ódio me fez esquecer de todos ao redor, inclusive do professor.

— Descuidada eu?! Sabe o que você é? — rugi, meu rosto crispado numa expressão de fúria. — Um ladrão de balas! Um cretino furador de fila que precisa aprender a ter modos. Sua mãe não te deu educação?

— Não — soltou debochado. Parecia achar graça do meu comentário.

Novas risadas explodiram na turma e estraçalharam meus nervos. O Sr. Davis nos encarava boquiaberto.

— Se liga, Tesouro. — Ele mordia os lábios como se estivesse segurando o riso à força.

— Para de me chamar assim! Escuta aqui, seu idiota...

— Quietos os dois! — bradou o Sr. Davis. — Não admito esse tipo de conduta em sala de aula!

— Argh — bufei de ódio e comecei a recolher as folhas espalhadas pelo chão.

De costas para o professor, o idiota metido a sabichão abaixou-se também e, fazendo de conta que iria me ajudar, ele propositalmente pisou em duas e ainda fez um presunçoso sinal com o polegar e o indicador para que eu calasse a minha boca. Foi a gota d'água! Voei em cima dele. Esbofeteei-o, mas o cara segurou os meus braços com uma força absurda. Meu corpo tremia, tomado por uma repulsa sem precedentes.

— CHEGA! — ordenou o Sr. Davis. — Menos dois pontos no próximo teste e os dois para o SOC agora!

SOC era o Serviço de Orientação Comportamental do colégio.

Que ótimo! Só me faltava essa!

— O que aconteceu, Nina? — tentava interceder a Dra. Green. — Acho melhor algum dos dois começar a falar. E logo — ameaçou após dez minutos de entrevista em que eu e aquele cretino permanecíamos mudos e nos encarando com fúria.

— Esse garoto tirou o dia para tirar onda com a minha cara — reclamei. — Está me perseguindo desde cedo.

— Perseguindo?! — ele gargalhou com vontade, mas mantinha as mãos dentro dos bolsos da jaqueta.

— O que houve? — indagou pela milésima vez a Dra. Green. O ódio havia feito ninho em minha garganta e dado frutos em minha mente. Perdi a voz e o raciocínio. — Pois bem — sentenciou. — Vocês pediram. Uma semana de suspensão!

— Mas, Dra. Green, eu... — comecei a implorar, enquanto aquele garoto idiota esboçava satisfação diante do meu desespero.

— Pensem antes de agir da próxima vez — respondeu ela de forma austera. — Pode ir, Nina.

— E ele?

— Vá, Nina. Liberarei Richard depois — finalizou.

— Droga de vida! — praguejei e, antes mesmo que eu me levantasse, Richard já havia se inclinado na minha direção e bloqueado a passagem. As mãos agora à mostra, apoiavam-se nos braços da minha cadeira. Vacilei. As cicatrizes arderam em meus olhos. Ele percebeu. Sua expressão debochada foi assustadoramente substituída por uma fisionomia ameaçadora, quase feroz.

— Pois aproveite-a bem enquanto ainda pode, garota.

Meu corpo e cérebro tremeram involuntariamente. Ele não parecia estar de brincadeira.

— Ande logo, Nina! Deixe-a passar, Richard! — ordenou nervosa a Dra. Green.

Saí da sala perplexa com o estrago que aquele dia tinha causado em meu imaculado histórico escolar. Mal conseguia compreender minhas reações, quanto mais o que acabara de acontecer.

— Sério?! — Para minha grata e inesperada surpresa, Stela ria sem parar quando lhe contei sobre minha semana de suspensão. — Finalmente!

— Finalmente?! — Fechei a cara.

— Ora, Nina! Já era hora de fazer alguma estripulia na vida! Você sempre se cobrou demais, filha! Sempre foi certinha demais.

— Mas...

— Tudo bem que não quero ver você por aí partindo para briga com um colega do colégio, mas até que a suspensão foi por um motivo bem engraçado, não acha? Eu bem que queria ter assistido! — E, gargalhando, lançou-me uma piscadela maliciosa. — Você chegou a acertar algum de seus golpes?

— Ah, mãe! — Revirei os olhos e bati a porta do meu quarto, deixando-a rindo de se contorcer na sala de jantar. Para falar a verdade, eu estava aliviada com a reação dela e extremamente chateada comigo mesma por ter tido uma atitude tão infantil como aquela. Quanto mais pensava naquele garoto, mais bile produzia em meu fígado. Precisava destilar aquele veneno. Cheguei a pensar que uma semana colocando meus estudos em dia e sem botar os olhos naquele bad boy de araque viria bem a calhar.

Pensei errado.

CAPÍTULO
5

Tendo que aturar a semana de suspensão em casa, foi com enorme ansiedade que cheguei àquela segunda-feira, meu primeiro dia de trabalho na Barnes & Noble. Peguei a linha 6 do metrô, fiz baldeação para pegar a linha F em direção ao Brooklyn e, após uns vinte e cinco minutos de percurso, desci na estação 7th Avenue do Park Slope. Seguindo o mapa que havia obtido na internet, caminhei por entre ruas bucólicas e agradáveis. As diversas casas de dois andares do lugar tinham sua estrutura de cimento, com formatos semicirculares e detalhes rebuscados, tentando imitar pilastras romanas. Um afinado coro vindo de uma igreja episcopal próxima à livraria conseguiu acelerar ainda mais meu coração já abalado pela indescritível emoção do primeiro dia no primeiro emprego. Dando tempo para que minha respiração voltasse ao normal, fiquei alguns segundos do lado de fora da loja observando hipnotizada o letreiro luminoso de néon pendurado em uma de suas amplas portas de vidro. Alertava para o horário de funcionamento da loja e que ela dispunha de acesso gratuito à internet sem fio. Finalmente tomei coragem, passei pela porta giratória e entrei. A livraria tinha dois andares e era linda de tirar o fôlego. Muito *clean*, arrumada e colorida, apresentava prateleiras de madeira em níveis diferentes e abarrotadas de livros de todos os tipos e tamanhos, dispostos em diversas maneiras de organização: vertical, horizontal, em círculos e semicírculos. O desejo era claro: encantar o comprador. Se me baseasse no que estava à minha frente, essa não seria uma tarefa difícil.

— Oi! Eu sou Rose, uma das gerentes daqui. Você deve ser a nova vendedora pela qual fiquei responsável, não?

Fechei a boca. A mulher havia me pego desprevenida.

— S-sim — gaguejei.

— Muito prazer — disse ela. Rose devia ter uns trinta anos de idade, era magra, cabelos longos e orelhas de abano. — Ei, pessoal, essa é a Nina. — E foi me apresentando um a um aos simpáticos vendedores da equipe. — Aquele bonitão ali é o Bob, nossa enciclopédia ambulante — continuou Rose, fingindo gritar enquanto apontava para um rapaz gordinho que estava atrás do balcão. Tomado de espinhas no rosto, vestia roupas muito apertadas para o seu avantajado manequim.

— E aí, Nina — saudou Bob. — Quanto à enciclopédia, é tudo mentira, mas pode acreditar no quesito beleza aqui do papai — completou rindo por baixo dos óculos sem desgrudar nem um segundo da tela de seu computador.

— Ok — respondi. Ele parecia ser um cara engraçado.

— E aquela ali é a Beth — gesticulou Rose —, superbem informada de todos os lances que acontecem por aqui. Sabe como é: fofocas, festinhas etc.

— Oi, Nina. Pode deixar que manterei você informada sobre tudo que estiver rolando — retrucou Beth, uma funcionária baixinha e com a pele cor de jambo.

— Estou contando com isso — observei em tom de brincadeira.

Sem perder tempo, Rose foi direto ao assunto. Mostrou-me a melhor forma de abordagem aos clientes, como deveria ser o atendimento,

FML PEPPER **54**

como acessar os cadastros, estoque, lista de pedidos etc. Explicou-me que a loja tinha seis gerentes, mas que apenas nos horários de maior fluxo de clientes é que conseguiria encontrar todos simultaneamente. Em geral, dois ou três estavam sempre por lá. Perdi a conta do número de vendedores que ela me passou, mas de início ela pediu que eu observasse e tentasse reproduzir a forma como Beth e Bob trabalhavam.

— O Sr. Crawford, nosso supervisor, disse que você domina vários idiomas. É verdade, Nina?

— Na verdade, não domino tantos assim, Rose. Apenas sei me comunicar o suficiente para me fazer entender — respondi constrangida.

— Quais são eles?

— Além do inglês, falo francês, espanhol, alemão e um pouco de holandês, dinamarquês e português.

— Uau! Você é uma poliglota, Nina! O Sr. Crawford tinha razão. Recebemos muitos turistas e agora nossas vendas vão deslanchar! — concluiu sorridente e saiu.

O turno passou de forma tranquila. Enquanto eu conversava com um chileno que me pedia explicações sobre um livro de culinária francesa, percebi que o chão começou a sumir debaixo dos meus pés. O estranho e já familiar calafrio passeava pelo meu corpo.

— Ah, não. De novo, não — murmurei, apoiando-me no balcão mais próximo para não cair de boca em cima da bancada à minha frente.

— O que foi, moça? Você está bem? — perguntou assustado o chileno.

— Sim. Só um pouco tonta.

Decidi que não iria desmaiar no meu primeiro dia de trabalho. *Hoje não!* Em questão de segundos, vi entrar em nossa seção um grande grupo de turistas japoneses. À medida que se aproximavam o calafrio aumentava, mas eu estava disposta a lutar. Uma dor de cabeça enlouquecedora me atingiu abruptamente, como se um aneurisma estivesse a ponto de estourar meu crânio. Parecia que meu cérebro estava lutando contra alguma força estranha, penetrante. Senti meu corpo tremer involuntariamente. *Concentre-se, Nina! Você não pode entrar em pânico. Reaja!*

— Você está passando mal? — tornou a indagar o cliente.

— É só uma indisposição. O senhor se incomodaria de terminar o atendimento com outro colega?

— Claro que não. Você está muito pálida!

A dor de cabeça aumentava vertiginosamente. *Aguente firme, Nina!* Mesmo com a visão embaçada, ainda consegui detectar aquilo que abalaria por definitivo os pilares das minhas certezas: os olhos azul-turquesa mais lindos que eu já havia visto na vida! Os mesmos com que me deparara logo após a queda do andaime. E eles me fitavam com ferocidade e tensão. Perdi o fôlego. Na mesma hora interceptei outro par de olhos caminhando em minha direção. Eram de Kevin e me observavam com preocupação. *O que ele estaria fazendo aqui?* Quis caminhar ao seu encontro, mas minhas pernas não obedeceram. Minha cabeça latejava. Concentrei-me, fazendo força contra aquilo que me atacava mentalmente, e, quando dei por mim, não estava mais ali. Acordei sentada em uma cadeira com Rose quase me afogando com um copo d'água, Beth me abanando e Bob conversando nervosamente com o Sr. Crawford enquanto os outros dois gerentes afastavam o bando de curiosos dali. Pude captar uma evidente tensão no ar, como se algo horrível tivesse acontecido.

— Nina, você pode me ver? Pode me ouvir? — gritava Rose.

— Sim. Acho que minha pressão baixou — murmurei arrasada e sem coragem de encarar o Sr. Crawford. *Como alguém podia ser tão azarada como eu? Na certa eu seria demitida logo no meu primeiro dia de trabalho.*

— É isso! É muita pressão, coitada! — defendia-me Rose. — Ela foi submetida a muito estresse. Imagina atender um grupo enorme de turistas logo de cara!

— Claro! — confirmou Bob ainda tenso. — Foi uma fatalidade. Ela nem sabe falar japonês!

— Mas japoneses também falam outros idiomas, como inglês, por exemplo — retrucou o Sr. Crawford.

Sobre o que eles estariam falando? Será que eu tinha feito alguma besteira das grandes? Droga! Não tinha coragem nem de perguntar.

— Tudo bem — concluiu com aspereza o supervisor. — Voltem ao trabalho!

FML PEPPER

Quando o Sr. Crawford se afastou, aproveitei para agradecer o apoio de todos:

— Obrigada, pessoal. Tive isso alguns dias atrás. Acho que vou ter que fazer algum tratamento para a minha pressão — expliquei-me completamente sem graça. *Pressão baixa? Essa era a justificativa que eu dava para mim e para todos, mas, bem no fundo, ela já não me convencia mais.*

— É bom mesmo, Nina. Mas, por ora, está tudo bem. Acho que é melhor você ir para casa — concluiu Rose.

— Não, Rose. Por favor, deixe-me ficar. — Minha voz saiu trêmula. Eu praticamente implorava.

— Tem certeza que está bem? — Ela me estudava.

— Absoluta.

Com olhar ilegível, ela assentiu com a cabeça e, assim que se afastou, aproveitei para me aproximar de Bob e obter algumas informações.

— Bob, o que foi que aconteceu? Por favor, me diga.

Ele respondeu sem rodeios:

— Nina, você é epilética?

— Não! Claro que não!

— Você delirou. Na verdade, você estava possuída, como se tivesse incorporado algum espírito ou coisa do tipo... Foi assustador! Ao mesmo tempo que parecia estar inconsciente, você se contorcia e pronunciava palavras estranhas, nada com nada, entende? Parecia estar lutando contra alguma entidade, sei lá! Foi bizarro!

— Meu Deus! O que mais eu fiz? — Minha voz falhava, mas consegui segurar o choro.

— Bem, um alvoroço se formou. Tinha japonês correndo para tudo quanto é lado.

— Ah, não!

— Mas o pior não foi isso!

— Teve mais?

— Sim. — Ele deu um longo suspiro. — Enquanto Beth ligava para o ambulatório, nós tivemos que nos afastar para conter aquela situação e, quando retornamos, nos deparamos com uma cena pra lá de esdrúxula: um japonês estava sobre você, só que não estava te ajudando. Mesmo com você inconsciente, a impressão que dava era que vocês estavam brigando. De repente, o japonês se levantou e balbuciou algumas palavras, a única que consegui entender foi "morte". Ele estava com um olhar muito sinistro, como se a "coisa" que estava em você tivesse sido transferida para ele, e então o sujeito começou a andar sem rumo, até que saiu pela porta da ala leste e se jogou contra um carro que passava naquele momento. Morreu na hora, bem na frente da nossa loja!

— Não pode ser! — soltei horrorizada. *Meu Deus! Outra pessoa morta após um estranho incidente comigo?*

— Pois é! Mas não esquente a cabeça. Com certeza, tudo não passou de uma infeliz coincidência.

"Infeliz coincidência?" Fiquei ruminando aquelas palavras durante o restante do expediente até chegar em casa. Como poderia acreditar nelas depois de receber este e-mail naquela mesma noite:

Nina, estou muito preocupada! Eu fiquei amiga de duas garotas na internet, Mary e Teresa, que também têm a nossa idade e relatam os mesmos fatos estranhos que vêm acontecendo conosco. O problema é que, como não recebia qualquer resposta de Mary, resolvi ligar logo para ela. Qual não foi a minha surpresa ao saber que ela havia morrido! De repente! Perguntei à empregada da casa como havia acontecido e ela me disse que ninguém entendia. Contou que uma única testemunha a viu atravessando uma grande avenida em Londres. Segundo a mulher, ela já havia alcançado a calçada, mas, inesperadamente, um homem a agarrou e se jogou junto com ela na frente de um carro que passava em alta velocidade. Morreram na hora! Ela ia fazer dezessete anos daqui a dez dias! Então tentei entrar em contato com Teresa e descobri que ela foi encontrada morta no banheiro da própria casa. Morreu por asfixia devido a um vazamento de gás e faria aniversário em quinze dias. Não consegui acreditar: as duas mortas na mesma semana?! Foi aí que entrei em pânico! Nina, eu farei dezessete anos daqui a dezenove dias! Será que eu sou a próxima? E você? Quando faz aniversário?
Anna.

Minha intuição dizia que algo de muito ruim estava para acontecer. Eu faria dezessete anos em vinte e quatro dias. Caso viesse a acontecer, a morte de Anna seria a confirmação da minha logo a seguir? Meu Deus! Será que devo contar para Stela? Não posso! Ela surtaria. Seriam apenas caraminholas da cabeça da Anna? Mas eu também quase tinha sido atropelada! Seria algum tipo de assinatura do criminoso? Seria um psicopata? Ou seriam vários? Será que existia algo em comum que nem suspeitamos? Chacoalhei a cabeça e respirei fundo, não permitindo que meu estado nervoso ganhasse espaço em minha mente. *Deixe de bobagens, Nina! Existem milhares de garotas da mesma idade que você pelo mundo. Você está ficando paranoica, isso sim!*

Na tarde daquela terça-feira, cheguei ao trabalho extremamente tensa. Temia tomar conhecimento das consequências da desastrosa confusão da véspera.

— Aí está ela! — exclamou Bob.

— Aplausos para a garota-propaganda da loja! — Rose pulava de tanta excitação.

Com certeza devo ter feito *cara de paisagem*, ou seja, fiquei paralisada e muda com a cena diante de mim.

— Garota-propaganda? — indaguei perplexa.

— Sim, lindinha — continuou Rose. — Graças à confusão de ontem, a loja hoje apresentou recorde de vendas. Achamos que elas serão ainda maiores no seu turno, porque vão querer ver a *garota do momento*. Nossa loja saiu nas manchetes de todos os jornais!

Eu perdi a cor e engoli em seco.

— Eu apareci no jornal? — Tentei disfarçar o pânico em minha voz.

— Infelizmente não — concluiu Beth com a expressão arrasada.

Respirei aliviada. Se Stela me visse na TV sendo atacada por um japonês suicida, seria o nosso fim em Nova York.

Graças aos céus o expediente foi tranquilíssimo e estava quase terminando quando uma voz macia soou bem atrás de mim:

— Olá, Nina!

Era Kevin. Usando uma camisa de botão rosa-claro, calça jeans e mocassins bege, ele estava mais lindo e angelical do que nunca.

— O-oi — gaguejei. Pra variar. *Argh!*

— Tudo bem?

— Tudo ótimo! Você por aqui de novo?

Meu coração bombeava mais sangue do que o normal e senti minhas pernas tremerem de excitação. *O que ele estaria fazendo aqui novamente? Teria vindo por minha causa?* Tentei segurar a onda.

— "De novo?"

— Sim. Você esteve ontem aqui, não é? Quero dizer... durante a confusão?

— Confusão? Ontem? Infelizmente não — Kevin respondeu apressado e, antes mesmo que eu pudesse contestá-lo, abriu aquele seu anestésico e luminoso sorriso e me deixou sem ação diante de uma proposta inesperada. — Eu gostaria de saber se você tem algum compromisso após o expediente.

Perdi a voz e ele se adiantou ao ver meu estado catatônico.

— Posso te dar uma carona?

— Uma carona? — quase engasguei. *Droga! Eu parecia uma imbecil na presença dele!* — Claro!

— Que horas termina seu expediente?

— Já terminou. Só falta concluir esta venda e...

— Então te espero lá fora. — E me lançou uma piscadinha rápida.

— Ok — respondi robotizada.

Caramba! Ele era um cara sem rodeios.

Liguei rapidamente para Stela e lhe disse que me atrasaria um pouco. Por sorte, ela andava de ótimo humor. Quando saí, Kevin já me aguardava em pé, encostado em um carro estacionado no outro lado da calçada. *Uau! Um Ford Mustang azul-escuro novinho em folha?!* Ele se despedia de um garoto quando me viu chegar.

— Ah! Este é Sebastian, um amigo meu. Sebastian, esta é Nina. — Apresentou-nos com seu jeito educado de sempre.

— Olá, Nina! — O amigo se apresentou. Ele era magro, alto e com um quadro de calvície bem avançado para a idade.

— Oi — respondi.

— Viajo depois de amanhã, cara — disse Sebastian. — Vou fazer um mochilão com um brother por países exóticos. Mas começo e termino pela Espanha.

O garoto deu um tapinha nas costas de Kevin e fez um breve aceno de cabeça para mim. Eu retribuí e tornei a olhar para Kevin, que, como sempre, estampava um enorme sorriso.

— Finalmente! — ele soltou feliz.

— Não quer dar uma carona ao seu amigo? — perguntei, tentando esconder meu estado de ansiedade por estar a sós com ele.

— Claro que não. — Ele fez uma cara marota e acrescentou: — Ele vai se encontrar com a namorada agora.

— Ah!

— Não nos víamos há um bom tempo — explicou. — Nós temos parentes em comum na Europa.

— São da mesma família?

— Mais ou menos. Quer tomar um sorvete?

Eu assenti e fomos caminhando até uma sorveteria superbacaninha a duas quadras do meu trabalho. Com piso, paredes, mesas e cadeiras brancas, todo o destaque ficava por conta do balcão de vidro que expunha um arco-íris feito pelas chamativas cores dos exóticos tipos de sabores.

— Vou pedir um de... pistache com gengibre — adiantou-se ele. — Qual sabor vai querer?

— Chocolate africano — balbuciei e ele sorriu. Eu ainda estava abobalhada demais e não conseguia acreditar que me encontrava ali sozinha com ele. *Aquilo era um encontro?*

Sem perceber, eu me peguei hipnotizada apenas em observar a desenvoltura com que ele pedia e pagava os sorvetes. Kevin era extrovertido, bem-humorado e, para meu desagrado, rapidamente já tinha conquistado a simpatia das atendentes do lugar.

— Quer tomar aqui ou prefere caminhar um pouco? — perguntou de maneira gentil.

— Prefiro caminhar — respondi de imediato após identificar a fisionomia animadinha das atendentes.

Fala sério! Eu mal o conhecia e já estava com ciúmes?

— Está gostando do colégio? — começou ele.

Estou amando o colégio desde o dia em que você apareceu!

— Estou, mas preciso colocar muita matéria em dia. O colégio aqui é bem mais puxado que o de Amsterdã. — Sem fome, remexia no sorvete. Estava tão nervosa que meu estômago tinha encolhido ao tamanho de um grão de mostarda.

— Você morava em Amsterdã?! — Ele arregalou os olhos. — Uau! Você é de lá?

— É uma longa história, Kevin — suspirei.

— Quem disse que eu tenho pressa? — Ele piscou e eu corei.

Jamais poderia imaginar que um dia eu gostaria de resumir toda a complicada história da minha vida de errante para alguém. Kevin aniquilou minhas certezas. Ele era um ouvinte tão lindo, tão atento e animado, que eu tinha a sensação de que estava narrando uma incrível história de ficção. Estar ao seu lado era tão agradável que o tempo passou sem que eu me desse conta.

— Acho que está ficando tarde e preciso levar você para casa sã e salva — suspirou ele, limpando com delicadeza o sorvete que havia caído em meu queixo. Estremeci com o seu contato e assenti sem graça.

A rua onde eu morava era muito calma durante o dia e, como já passava das onze da noite, ela estava praticamente deserta quando chegamos. Após estacionar o Mustang azul próximo ao meu prédio, nossos assuntos se esgotaram. Estávamos os dois ali, completamente mudos. Talvez ele estivesse tão nervoso quanto eu. Tentei engatar uma ou outra conversa, mas nada parecia fluir. Por fim, comecei a falar da minha falta de sorte e o quão grata eu era a ele por ter me salvado daquele quase atropelamento. Tive a sensação de que era o assunto pelo qual ele esperava com ansiedade.

— Você fica tonta com muita frequência? — perguntou.

— Já tive algumas tonturas na minha vida, mas nada como agora. — Abaixei a cabeça sem graça, mas, pelo canto dos olhos, dava para ver que ele me observava com atenção.

— Sabe, Nina, estou um pouco preocupado com você — disse num tom baixo. Gentil, ele passou as costas de sua mão pela minha bochecha.

— Por causa dessas tonturas? Não precisa, eu...

— Também por isso, mas porque eu vi uma coisa que me deixou grilado, sei lá! — Sua voz saiu mais baixa ainda, agora era ele quem estava sem graça.

— O que você viu?

— Sabe aquele tal do Richard?

— O mal-encarado? O que tem ele?

Kevin respirou fundo, refletiu por um instante e assentiu com a cabeça.

— Nada... É que...

Meu coração dava cambalhotas de alegria. *Ele teria tipo... ciúmes de mim?*

— Não gostei dele logo de cara. Ele tem um olhar que me dá calafrios — assinalei.

— Calafrios? — Havia curiosidade no seu semblante.

— Por aí. Não me sinto nada bem perto dele.

— É. Isso acontece comigo também.

— Jura? — Estava surpresa com aquela confissão.

— Não gosto do jeito dele. — Suas bochechas vermelhas fizeram meu coração saltitar. *Sim! Ele tinha ciúmes de mim!* Sua fisionomia ficou repentinamente rígida. — Como eu vou te contar isto...

— Contar o quê?

Ele desviou o olhar do meu.

— Por favor, fale! — insisti.

— Nina, eu... — Respirou profundamente. — Eu não tenho como provar o que digo, mas tudo me faz crer que o Richard é algum tipo de psicopata.

Meu estômago se revirou.

— Eu não havia ligado os fatos — soltou pensativo. — Então finalmente compreendi. Semana passada, quando eu caminhava pela Lexington, vi o sujeito agindo de forma suspeita com uma senhora que atravessou o seu caminho. De início achei que tinha imaginado coisas, mas, aí, depois de ontem... Tudo fez sentido!

Eu o acompanhava sem conseguir assimilar o que me dizia. Ele se adiantou em explicar:

— Eu acho que ele também tem alguma coisa a ver com aquele incidente que você sofreu na avenida em frente à escola — disparou.

— Mas como? — balbuciei atônita ao sentir minha garganta se fechando. — Eu não vi...

Kevin fechou os olhos com força.

— Mas eu vi o esquisito naquele dia, só que eu não conhecia o cara naquela época. Não liguei os fatos.

— Você viu o Richard?

Ele assentiu com a cabeça.

— Você não disse que se sentia mal perto dele, com calafrios? Então? Você não sabe que existem pessoas que têm o poder de afetar mentalmente a psique de outras, fazendo com que cometam atos estranhos e inexplicáveis, inclusive suicídios?

— Não é possível! — deixei escapar meu pânico.

— Sim, Nina. Eu já li sobre isso, e é perfeitamente possível. E eu acho que é o que vem acontecendo com você. Foi o que eu presenciei ontem lá no seu trabalho.

— Ontem?! Então você...

— Sim. Por isso fiz questão de aparecer hoje. Eu não queria te assustar ainda mais, mas você precisava saber. — Ele olhou pela janela, como se procurando as palavras corretas. — Me desculpe por ter mentido hoje mais cedo.

— Tudo bem — murmurei, mas no fundo sentia que não estava nada bem. Tinha a sensação de que Kevin me omitia informações importantes. *Estaria evitando me deixar ainda mais assustada?*

— Este convite de hoje era para ter acontecido ontem — confessou baixinho. — Assim que cheguei à loja, fiquei muito assustado com o que vi.

Suas palavras me açoitavam.

— O que você viu, Kevin? — indaguei apreensiva.

— Aquele garoto encarando você de um modo muito assustador enquanto balbuciava palavras indecifráveis. De repente, um inesperado tumulto se formou e você...

— Eu o quê?

— Você entrou numa espécie de hipnose, transe ou coisa do tipo. Quando tentei te socorrer, senti que algo me repelia, me paralisava. Fiquei completamente sem ação, mas Richard percebeu que eu o tinha visto. Não sei se foi isso que o impediu de ir adiante, só sei que o coitado do japonês não teve a nossa sorte.

Como é que é? Ele estava querendo dizer que Richard manipulara a minha mente e a daquele turista também? Meu cérebro me obrigou a rechaçar a insana ideia da cabeça. Até podia fazer algum sentido, mas era loucura demais, inclusive para mim, uma pessoa acostumada com coisas estranhas. Eu era uma pessoa estranha... E, se retirasse as lentes, ficaria bastante assustadora. Senti um frio intenso percorrer minha barriga ao me recordar da questão mais preocupante de todas: *o que aconteceria quando Kevin visse meu defeito de nascença? Ainda estaria interessado em mim ou surtaria quando se deparasse com as minhas pupilas verticais?*

— Não vai acontecer nada com você. Ele já viu que estou de olho nele. Que estou contigo. — Tremi quando ele segurou uma de minhas mãos e me resgatou de meus próprios tormentos. Meu corpo respondia de modo involuntário a qualquer contato com o dele.

— Comigo?

— Sim, Nina. Com você. — E abriu outro lindo sorriso que me fez enrubescer.

Agindo por conta própria, minha razão ralhava comigo. Advertia-me que já era tarde, que eu precisava entrar e que, se Stela resolvesse aparecer, eu estaria em maus lençóis. Apesar da tremenda vontade de ficar ali com ele, resolvi não arriscar.

— Kevin, eu... eu preciso entrar — balbuciei sem força, olhando para os nossos dedos entrelaçados. Não tinha coragem de soltar a minha mão da dele. Naquele momento havia deixado minhas preocupações e a descabida teoria de Kevin de lado. Eu queria que ele parasse de falar e começasse a agir. *Droga! Será que não estava na cara que eu era a fim dele?*

— Imagino. — Então, ele se inclinou, beijou minha bochecha e tornou a se afastar, liberando, para minha tristeza, a sua mão da minha.

Ah, não! Só isso?

— Boa noite. Durma bem e tente não esquentar a cabeça, ok? — disse ele com um sorriso tímido nos lábios.

— Ok. Tchau, então — respondi decepcionada, desejando que ele deixasse sua timidez de lado e se despedisse de mim de um jeito bem mais interessante que aquele.

Ele ficou parado, ainda sorrindo. Seu semblante denunciava que ele queria algo mais, mas que estava sem coragem de ir adiante. Eu estava na mesma situação.

Ao abrir a porta do carro ele novamente me chamou:

— Nina?

— Sim?

Quando tornei a me virar, ele já estava bem próximo do meu corpo. Sem deixar de sorrir para mim, ele acariciou meu rosto lenta e cuidadosamente. *Ele ia me beijar?*

— Senti sua falta essa semana. Fiquei com muita raiva daquele sujeito por ter colocado você nessa suspensão ridícula. — Seus lindos olhos verdes brilharam e suas bochechas coraram no mesmo instante. *Ele estava se declarando?*

— Volto depois de amanhã. — Sorri e tentei disfarçar o tremor que me invadiu quando os olhos vidrados de Kevin passearam pelo meu rosto e desceram pelo meu pescoço.

— É muito bonito — disse ele, segurando meu cordão.

— Foi presente da minha mãe — respondi quase sem respirar. — Pra dar sorte.

— Sortudo é o cordão, Nina — confessou baixinho e meu coração foi à boca de emoção.

— Engano seu — murmurei. — Tenho ímã para acidentes.

Ele meneou a cabeça.

— Desde o dia em que te vi, eu soube que você era uma garota especial — sussurrou olhando bem dentro dos meus olhos.

Sim! Ele estava se declarando!

Kevin delicadamente aproximou seus lábios dos meus, quentes e gentis. Senti uma breve tontura, mas fui sugada daquele inebriante momento por uma buzina estridente, seguida de um ofuscante farol. Quebrando o silêncio da rua e o nosso clima, o escandaloso veículo estacionou a alguma distância atrás de nós. Kevin se recompôs meio assustado.

— Está tarde. Acho melhor você entrar, Nina. — E, sem sucesso, tentou checar o retrovisor. Seus olhos contraíram assim que deram de cara com a luz refletida do inoportuno farol alto. — Quer sair amanhã? — perguntou, visivelmente agitado.

— Quero.

— Te pego no mesmo horário.

— Ok — despedi-me quase sem enxergá-lo. Olhei para trás, mas não consegui ver o maldito carro que havia interrompido o meu primeiro beijo. A luz era tão potente que embaçou minha visão.

E embaçaria muito mais coisas...

CAPÍTULO
6

O dia seguinte se arrastou. Na minha ansiedade em reencontrar Kevin as horas pareciam passar em câmera lenta. Pensando bastante no que ele havia dito sobre Richard, achei tudo meio exagerado. Uma pitada teatral temperada de ciúmes, talvez. O que me deixava ainda mais empolgada com o nosso encontro após o expediente.

O tumulto na Barnes & Noble finalmente cessara e as coisas retornaram ao normal. Rose aproveitou a calmaria para sair mais cedo e resolver algumas pendências de ordem pessoal, deixando sua gerência com Beth pela primeira vez. Orgulhosa de si, Beth se esmerava em fazer tudo com extremo cuidado.

— Olha a postura, Beth. Um gerente de respeito tem que ter pose. Seu cabelo tá meio despenteado, Beth. Um gerente de futuro não pode ter o cabelo desgrenhado. Arruma sua blusa pra dentro da calça, Beth. Beth, isso verde aí no seu dente é comida? — Bob aproveitava para implicar com a coitada a cada instante e eu tinha que me segurar para não gargalhar da situação.

— Você já despachou aquelas mercadorias, Bob? — Beth fingia não ligar, mas peguei-a dando várias espiadas no espelho para conferir se era verdade ou pura travessura do amigo.

— Que tal se a gente pedisse umas pizzas e umas cervejas, Beth? — Bob não dava trégua.

— Não enche — Beth retrucava, algumas vezes até perdendo a paciência, outras segurando o riso.

— Considere como um brinde para os nossos queridos clientes... — insistia ele em tom formal. Se a pessoa não o conhecesse, podia jurar que falava sério.

— Cerveja para os clientes? Sei... — matutou ela. — Ou seria para você tomar coragem para conversar com a loura que aparece toda quarta-feira aqui?

Bob finalmente soltou uma gargalhada.

— Pense no movimento que gerará na livraria, Beth. Pode ser o empurrão para a sua promoção.

— Acho que você tem muito trabalho pra fazer e que vai acabar saindo bem depois do expediente por causa dessa conversinha fiada — respondeu ela com os lábios repuxados e uma sobrancelha levantada.

— Tá bom, tá bom. Não precisa engrossar.

Bob gozando de tudo e Beth ameaçando-o a cada instante fizeram o turno passar de forma rápida e divertida. Faltando poucos minutos para fechar a loja, ouvi Beth disparar uma série de "Sim, claro!", "Fique à vontade!", "Pode deixar!", "Com certeza!", que me deixaram intrigada. Virei-me para ver o que estava acontecendo.

— Essa não! Logo agora! — pensei alto, quando percebi uma baita venda prestes a começar, a poucos minutos da minha tão esperada saída. De costas, segurando uma comprida lista de compras, estava um rapaz alto, de ombros largos, cabelo bem preto, liso e farto. Trajava calça e jaqueta pretas e segurava um capacete também preto com o desenho de um raio dourado. Ele devia ser bem interessante, porque não só os olhos de Beth estavam hipnotizados como também seus lábios encontravam-se congelados em um sorriso tão amplo que expunha até seus sisos. Ela estaria assim porque ia realizar a melhor venda dos últimos meses ou porque o rapaz era muito gato? Pela quantidade de produtos que ele pretendia levar, aquela venda não seria nada rápida. *Tinha que ser logo agora? Logo quando Kevin viria me buscar para um encontro de verdade? Devo ter nascido no dia do azar!*

— Nina! — chamou Beth. — Venha me ajudar, por favor!

Eu fingi que não ouvi, empilhando alguns livros numa banqueta embaixo da prateleira principal. Se eu me fingisse de compenetrada, talvez ela chamasse Bob, que, apesar de mais distante, estava desocupado. Mas ela voltou a me chamar e agora com um tom bem mais enérgico do que da primeira vez. *Droga!*

— Nina?! — berrou.

— Pois não? — tive que responder.

— Me dá uma mãozinha aqui, por favor.

— Beth, eu estou um pouquinho ocupada. Não dá pra chamar o Bob? — retruquei abaixada, sem olhar para ela.

— Você por acaso está vendo o Bob por aqui? — sua resposta veio azeda.

Levantei a cabeça com má vontade e, quando meus olhos fizeram a varredura, não encontraram nada ao nosso redor. Nem sinal de Bob. *Estranho... Eu jurava tê-lo visto ali dois segundos atrás.*

— Estou indo — murmurei.

Fiquei sem cor quando o rapaz se virou para me olhar. Senti meus pés perderem o chão e minha visão esmorecer ao entrar em linha direta com um par de olhos atormentados em um rosto que chegava a incomodar de tão perfeito. Meu estômago se revirou. Sem os óculos escuros e a ridícula bandana na cabeça, ele era outra pessoa.

Ai. Meu. Deus. Não podia ser! Richard?

O garoto passou as mãos pelos cabelos e, de maneira marrenta, abriu o familiar sorriso irônico ao ver meu estado perturbado. *Argh! O principal permanecia inalterado: sua insuportável expressão de sarcasmo!*

— Nina, o Sr. Trent deseja fazer uma compra de grande porte. Sugiro que você o ajude na seleção de alguns títulos enquanto inicio o cadastro de todos os que ele já solicitou para que a gente consiga sair daqui antes das onze — adiantou-se Beth.

O som grave da aldrava se fechando encheu o recinto e o meu peito de aflição. *Ah, não! A Barnes & Noble já havia encerrado seu turno e eu estava ali, presa, e por causa dele.*

— "Onze?!" — Arregalei os olhos. Kevin passaria às dez.

— Com licença, senhor. Nina, venha cá! — Disfarçadamente, Beth me puxou pelo braço, levando-me para uma área mais reservada da loja. — Este rapaz vai fazer uma das maiores compras que eu já vi neste setor. Eu pedirei a Rose para lhe dar hora extra ou parte da porcentagem da venda, o que acho justo. Agora, se você fizer jogo duro para sair cedo no seu terceiro dia de trabalho, sinto lhe informar que é melhor não retornar amanhã. Fui clara?

— Com certeza — balbuciei cabisbaixa.

— Ok. Pode ir ajudá-lo.

Assim que me virei, Beth emendou:

— E, Nina?

— Hum?

— Afinal, não vai ser tão difícil assim, não é mesmo? — Abriu um sorrisinho maroto. — Fazia tempo que eu não via um garoto tão lindo! Lindo é pouco. ES-PE-TA-CU-LAR! — vibrou e, com outra risadinha, virou-se para adiantar os lançamentos.

— O que mais o senhor deseja? — retornei, fingindo eficiência. O ódio que sentia por aquele garoto me fazia perder a lucidez. Por uma razão inexplicável ele mexia com uma parte selvagem e desconhecida dentro de mim. *Por que eu me sentia tão fora do meu normal, tão afetada por ele?*

— Por hoje, só isto — soltou de forma seca. Seus gestos pareciam desencontrados, como se ele estivesse ali contra a sua própria vontade e, agitado, entregou-me outra lista imensa. Quando nossos dedos se tocaram, senti um calor excitante se espalhar pela minha pele. — Seja rápida, Tesouro — ordenou, dispensando-me um sorriso tão verdadeiro quanto uma nota de três dólares.

Quem esse idiota pensa que é para mandar em mim?

FML PEPPER

— Ora, seu nojen... — Tornei a encará-lo com furor e me peguei observando suas feições arrebatadoras. *Como ele conseguia a façanha de ser tão... tão bonito... tão exuberante... e tão absurdamente insuportável?!*

— Tudo bem? — gritou Beth a distância, já sentindo o clima esquentando entre nós dois.

— Beth, e-eu...

— Perfeitamente — acelerou ele em responder, presenteando-a com um sorriso gentil.

Como mentia com naturalidade o dissimulado!

A esta hora, Kevin devia estar cansado de me esperar, ou talvez tivesse ido embora, achando que eu tinha lhe dado o maior bolo, enquanto esse garoto intragável ficava aqui enchendo a minha paciência depois do horário. *Por que não chegou mais cedo? Por que esse cretino não comprou via internet?* Era isso! Ele queria me enervar, eu podia sentir seu olhar cínico tripudiando sobre mim.

— Aqui está. — Depois de uma cansativa "caça ao tesouro", despejei tudo que havia encontrado sobre o balcão. — É o que temos no momento.

Ele mal reparou na montoeira de livros que havia colocado à sua frente. Com o olhar indecifrável, coçou lentamente o lábio inferior enquanto fazia uma varredura completa do meu corpo. Enrijeci no lugar e ele achou graça da minha reação. Então ele tirou vagarosamente uma das mãos do bolso da jaqueta e verificou as horas em seu relógio. *Ele estava tirando onda com a minha cara!*

— Algo errado, senhor? — enfrentei-o.

— Absolutamente. — Alargou o sorriso cafajeste. *Argh!*

— Mais alguma coisa, senhor?

— Por que a pressa, Tesouro? — indagou, divertindo-se com a minha aflição.

Filho da mãe! Primeiro me manda ser rápida e agora quer ir em slow motion?

— Para de me chamar assim! — grunhi entre os dentes.

— Algum problema? Se for o caso, farei os pedidos diretamente à Beth e...

— Nenhum! — esbravejei e respirei aliviada ao me certificar que Beth não estava nos observando. — Deseja mais alguma coisa?

— Muitas, deixe-me ver... é... — Com a nítida intenção de me irritar, ele esfregava o queixo com calma e deliberação, os olhos azul-turquesa me avaliando de cima a baixo. *Ele não estava satisfeito com a minha semana de suspensão? Queria também me fazer perder o emprego?* — Vejamos... Quero estes dois livros do Ernest Hemingway e este box do Paulo Coelho.

Paulo Coelho? Eu queria aquele box há tempos.

— Acabou? — insisti, assustada com a velocidade dos meus batimentos cardíacos.

Por que ele conseguia me afetar daquela maneira? Por que seu olhar me queimava tanto? Seria ele realmente capaz de agir sobre a minha psique com algum tipo de truque, como Kevin havia dito?

— Não. — Arqueou as sobrancelhas e apertou os lábios. Ele ainda se divertia à minha custa.

— Idi... — Levei as mãos à boca, ciente do meu comportamento imperdoável. Ali ele era um cliente e não o colega de turma que havia me colocado em suspensão.

Richard fechou a cara e se dirigiu até o balcão onde Beth estava. *Ah, não!*

— Hã? Oi! O senhor está sendo bem atendido? — Os olhos dela brilhavam.

O cretino passou lentamente as mãos pelos fartos cabelos, olhou para mim e fez uma pausa cinematográfica.

Pronto. Acabo de perder meu emprego!

— Muito bem — soltou e, com seus bélicos olhos azuis, desferiu um tiro certeiro em Beth, que se deixou abater com incrível facilidade. — É que tem um probleminha.

— Pode falar, Sr. Trent.

— Eu preciso levar toda essa mercadoria ainda hoje.

— Isso não é problema! Nós temos todo o restante do que o senhor pediu no estoque.

— Pois é, mas estou de moto.

FML PEPPER 74

— Então nós faremos um embrulho bem compactado e o prenderemos ao banco do carona. Vai nos tomar só mais alguns minutinhos, se o senhor não se importar em esperar...

— Tudo bem. Eu aguardo.

"Minutinhos?" O tempo gasto naquela maldita venda duplicou. Ou pior, triplicou. Beth se enrolou mais do que o previsto nos lançamentos, quer por falta de prática, quer por estar em êxtase diante da excelente venda. Para meu desespero, o tom de sua voz dizia tudo:

— Nina?! O Sr. Trent precisa levar a mercadoria ainda hoje e...

Eu tinha ouvido toda a conversa com a esperança de que Bob já tivesse retornado não sei de onde. Comecei a tremer, deixando à mostra meu estado de nervos ao perceber que os olhos selvagens de Richard me observavam com vontade exagerada. *Céus! Era óbvio que ele havia armado tudo aquilo! O que queria comigo afinal de contas?* Não poderia ir sozinha com ele até lá fora. Se o que Kevin presenciara era verdade, eu estaria correndo um risco absurdo. No entanto, como explicar toda aquela teoria a Beth? Além de achar que agia de má vontade, seria tachada de louca, no mínimo.

— Tudo bem, Beth. Pode deixar que eu ajudo — rebati de bate-pronto, tentando disfarçar meu medo.

Beth expressou sua satisfação com um balançar de cabeça.

— Está dispensada. De lá, pode ir. Eu ainda tenho muitas coisas para lançar. Até amanhã.

— Até, Beth. — Peguei minha mochila, mas, hesitante, resolvi inventar um álibi para que ela desse por minha falta. — Iiiih, ainda precisarei retornar para guardar algumas mercadorias.

— Ok — respondeu-me no modo automático.

Apostaria meus dois dentes da frente que ela não havia prestado a mínima atenção.

Saímos da loja e, em silêncio, fomos andando lado a lado até o lugar onde ele havia estacionado a moto e que, pelo horário, estava completamente deserto. *Só me faltava essa!* Durante todo o tempo mantive-me alerta a qualquer movimento suspeito da parte dele. Richard caminhava em direção à moto esportiva mais imponente que eu vira em toda a minha vida, talvez uma Kawasaki Ninja top de linha. Era negra e, assim como seu capacete, exibia um enorme raio dourado estampado no lado direito da carenagem. Enquanto eu me esforçava em transportar o desajeitado pacote, ele carregava seus dois embrulhos com a maior facilidade, confessando a ridícula encenação. Um discreto ruído, como um estalar de dedos, foi o suficiente para fazê-lo reduzir o ritmo de suas passadas. Com uma expressão sinistra, começou a olhar em todas as direções. Senti uma descarga de adrenalina e minha garganta se fechando. Outro barulho, como de uma porta de carro sendo batida, e Richard já estava plantado atrás de mim. Minhas pernas começaram a tremer. *Droga! O que é que estava acontecendo?*

Uma fisgada gelada me atingiu por trás e, novamente, o terrível calafrio passeava por minha pele. Olhei por cima do ombro e Richard me indicava a direção que devia seguir da pior forma possível: camuflado por detrás da jaqueta de couro, ele pressionava um objeto pontiagudo contra as minhas costas. *Uma faca?*

— Nem pense em gritar, garota. Continue andando — ordenou entre os dentes e, em estado de choque, obedeci. O horror de ter aquele objeto pressionado contra o meu corpo parecia drenar minhas energias. Comecei a ficar fraca. Eu sabia que precisava berrar enquanto ainda tinha forças, mas minha garganta queimava. — Deixa tudo aí — sussurrou em meu ouvido. Aflita, livrei-me da pesada carga colocando-a sobre o banco da moto. Ouvi novos ruídos semelhantes ao anterior, como se várias pessoas estivessem entrando em seus carros ao mesmo tempo. Um trepidar. Senti a respiração dele me atingindo por trás. Atordoada, vasculhei tudo ao meu redor. Mas não havia nem uma alma viva que pudesse me socorrer. Absolutamente ninguém. O que fazer agora? Outros sons me resgataram do meu estado de pavor. Gotas d'água minando de uma rachadura de uma marquise e mergulhando numa poça de óleo logo adiante, como um cronômetro denunciador do tempo que se esvaía.

— Não! — meu grito saiu afônico, quase um assovio rouco quando, subitamente, Richard me segurou pela cintura.

— Fique quieta!

— Me solta!

FML PEPPER

— Sua...

— Tudo bem aí? — uma voz conhecida resgatava-me daquele pesadelo. Era Bob. — Nina?! Você está bem?

Após balbuciar qualquer coisa, Richard me soltou no mesmo instante.

— Olá! Então você é o Bob? Acabei de fazer esta compra em sua loja — começou ele com a cara mais cínica deste mundo.

— Reconheci o embrulho — respondeu Bob. Eu continuava em choque, imóvel. Com os olhos arregalados, tentei pedir a Bob que me socorresse, mas minha voz teimava em não sair. Richard foi rápido:

— Nina veio me ajudar a trazer a mercadoria até a moto, já que você havia saído.

— Sei. Por que então ela está com essa cara de quem viu um fantasma?

— Porque acho que ela não estava passando bem. Parece que estava se sentindo meio estranha quando, sem querer, esbarrei nela. Então eu a segurei com força bem na hora em que ela ia desmaiar sobre essas ratazanas aqui no chão. — E apontou para os meus pés.

Bob e eu olhamos simultaneamente para o local indicado. Quatro enormes ratazanas semiputrefeitas jaziam a centímetros do meu pé esquerdo.

— Ai!!! — Dei um pulo para trás enquanto Bob gargalhava.

— Mulheres! — zombou Bob, e os dois riram entre si. — Pode ir, Nina! Eu ajudo o moço. Estas caixas estão bem desajeitadas mesmo.

Eu estava mais que atônita com a situação, eu estava perdida. *Cristo! Eu estava enlouquecendo? O que havia acabado de acontecer, afinal de contas?* Minhas pernas ainda tremiam e minhas mãos suavam absurdamente.

— Nina? — chamou Bob quando eu começava a me afastar. — Procure logo um médico, menina. Você não está nada bem.

Com a respiração descompassada, assenti com a cabeça e saí dali o mais rápido possível.

Somente duas quadras mais adiante me lembrei de respirar. Eu sabia que havia algo errado acontecendo comigo ultimamente, mas não conseguia aceitar que o terror pelo qual havia acabado de passar tinha sido pura imaginação da minha cabeça. *Ou teria sido uma grande farsa? Estaria ficando paranoica por causa das frequentes tonturas e calafrios?* Meu peito ardia. Um indefinido misto de fúria por ter perdido meu tão esperado encontro com Kevin, medo por estar desenvolvendo algum tipo de doença mental e alívio por ter escapado daquele garoto amedrontador distraiu-me de tal forma que custei a perceber a queda vertiginosa no número de pedestres pelas redondezas. Poucos carros cruzavam a avenida. Constatei imediatamente o porquê. Já passava das onze da noite e um vendaval arrepiante anunciava uma tempestade a caminho. Saquei uma parca vermelha e minha sombrinha da mochila para me proteger da chuva grossa que começava a me atingir.

— Ah, não! Mais essa!

A ventania era tanta que a sombrinha se entortou de uma forma estranha, quebrando em duas partes. Uma delas voou contra o meu rosto e a ponta afiada do cabo de alumínio atingiu meu ombro direito, furando meu casaco novinho em folha. Enquanto eu checava os danos, ouvi um ruído fino, metálico, como o de chaves se chocando, mas, ao fazer a varredura do local, não encontrei ninguém por perto. Desconfortável com o ermo ambiente, joguei o capuz da parca sobre a cabeça e acelerei. Meu coração veio à boca quando, ao virar a esquina, percebi passos cadenciados logo atrás dos meus. *Estava sendo seguida!* Sem coragem de olhar para trás, apertei o ritmo a ponto de começar uma corrida. Minhas pernas bambearam ao ouvir o meu nome ecoar pela calçada deserta.

— Nina?

Meu corpo congelou. Sem comando. A voz tornou a me chamar e eu a reconheci.

— Phil?!

— Caramba! Já estava ficando preocupado com você!

— Hã?

— Depois eu explico. Agora vou te dar uma carona antes que um dilúvio desabe sobre nós — respondeu acelerado.

— Ok! — Um sorriso se estampou em minha face. Philip era o meu anjo da guarda naquela noite macabra.

— Ainda bem que meu pai me emprestou o carro — arfou ele enquanto entrávamos no seu antigo Chevrolet Malibu e saíamos dali. — Você sempre faz hora extra assim?

— Não, Phil. Hoje foi uma loucura. Aliás, como me achou aqui?

— Melly me disse que você estava trabalhando na Barnes & Noble daqui. Então eu resolvi fazer uma surpresa e oferecer uma carona após o expediente — suspirou. — Só não imaginei que seria tão difícil! — E me olhou pelo canto do olho.

Eu devia estrangular Melly por fazer fofoca da minha vida, mas, naquele momento, sua língua rechonchuda viera bem a calhar.

— Puxa, Phil! Você estava me esperando desde as dez?

Ele sacudiu a cabeça, confirmando.

— Acho que um aluno novo da nossa turma também estava esperando alguém... — Levantou a sobrancelha direita, indagando-me com o olhar. — O garoto louro bonitão, sabe qual é?

— O Kevin? — Meus pulmões se estufaram de felicidade. Pensei em fazer algumas perguntas, mas me contive. Bem a tempo.

— Ele foi embora agora há pouco... e sozinho. — Havia um certo veneno de satisfação escorrendo pelo canto de sua boca.

— Ele também estava esperando desde cedo?

— Não sei. Estava estacionado do outro lado da avenida e eu só reparei instantes antes dele ir embora.

— Ele não deve ter te visto.

— Pode ser — matutou. — Mas o que é isso?! Tá maluco?!? — Phil abriu a janela e desatou a xingar um motoqueiro que acabava de nos dar uma fechada e tanto. Mudou de ideia ao ser atingido por uma rajada violenta de vento e chuva. A tempestade tomara proporções assustadoras. Relâmpagos rasgavam o céu negro, trovões açoitavam nossos ouvidos. — Onde estão os guardas para multar um imbecil como esse?

— Em casa e bem quentinhos. É a chuva, Phil! A visibilidade está péssima — disfarcei com tom casual, mas uma pergunta preocupante surgiu imediatamente dentro de minha cabeça: *Teria sido Richard o motoqueiro que acabara de nos dar a fechada?*

A tensão no ar se dissolveu.

— É verdade. Eu já andei de moto num temporal como esse e posso garantir que é horrível. E o mané ainda tava sem capacete!

Sem capacete? Senti um alívio imediato. Não era Richard.

— CUIDADO! — gritei ao ver um carro crescendo na sua lateral assim que entramos em uma rua transversal. Por sorte os reflexos de Phil estavam em ordem e, ao invés de frear, ele acelerou e nos fez escapar de um grave acidente.

— Você viu? Os faróis dele estavam apagados! — Phil xingava alto e ameaçou parar o carro para tirar satisfação com o condutor do outro veículo.

— Não, Phil! Por favor! Pode ter sido sem querer! A chuva está muito forte!

Não conseguíamos enxergar praticamente nada à nossa frente.

— Tá na cara que foi de propósito! — bufou ele.

Pai do Céu! Eu não podia imaginar que Phil fosse tão nervoso assim nem que eu estava dentro de um carro com ele em meio àquela tempestade horrorosa. Que furada!

— Tudo bem! E se foi mesmo de propósito? — retruquei. — E se forem vários? O que você vai fazer? Brigar com todos? — Respirei fundo e tratei de contemporizar: — Desculpe, Phil, mas não dá para enxergar nada! Se foi mesmo de propósito, é porque quem está naquele volante é doido ou está procurando algum tipo de confusão, não vê? Por que você acha que o carro estaria com os faróis apagados numa tempestade como essa?

Phil meneou a cabeça, mas dirigia tenso. Eu o convenci a reduzir a marcha em um sinal, mesmo estando aberto para nós.

— Só por precaução — adverti.

— Isso é um absurdo! — ele reclamava sem parar quando comecei a sentir o calafrio se espalhando pelo meu corpo. Mau agouro.

— Acelera, Phil — ordenei.

— Mas você não pediu para eu reduzir?

Uma sensação obstrutiva invadia minhas células. Todos os pelos do meu corpo se eriçaram no mesmo instante e começou a ficar difícil respirar. *Ah, não!*

— Acelera! — gritei, e antes que ele me desse qualquer tipo de resposta, empurrei com força a perna que se apoiava no acelerador.

— O quê?! Nossa!

Nossos pescoços chicotearam no ar. Sorrateira, aproveitando-se da pouca visibilidade e do barulho da tempestade, uma picape com os faróis também apagados nos acertou pela traseira, e o estrago só não foi maior porque acabávamos de acelerar.

— Estamos sendo perseguidos, Phil! — gritei, enquanto ele assumia o comando da aceleração.

— Como?! Por quê? O que é que tá havendo?

— Não sei! Droga! A picape continua atrás de nós! — esbravejei assustada ao perceber que o demoníaco carro acendera seus faróis altos, cegando-nos por completo.

— De novo?!? Ai!

A picape raivosa havia nos acertado.

— Acelera!

— Eu não sei para onde estamos indo!

— Acelera, Phil! Temos que encontrar um lugar seguro!

De repente estávamos numa corrida de horror. Carros e motos surgiam do nada, avançando desorientados sobre nós. O calafrio aumentava, impondo-se. Senti um tremor causado pelo impacto de uma batida forte na minha porta.

— Aaaah merdaaa!!! — Meu ombro direito ardia. Cacos de vidro explodiram sobre nós.

— Nina?! — Phil estava descontrolado. Olhei para o lado e minha janela não estava mais lá. Havia sido completamente estilhaçada. Estávamos cercados por motoqueiros selvagens, que se chocavam contra as laterais do carro com ferocidade. — Você está sangrando?

Foi quando me dei conta daquela umidade quente escorrendo sob minha parca.

— Cortei meu ombro!

Antes que eu tivesse tempo de averiguar o estrago, Phil me trouxe de volta à nossa terrível situação.

— Vamos bater!

O coitado suava copiosamente, seus reflexos começando a ceder sob a ação do sistema nervoso em colapso. Ele foi tomado pelo pânico quando percebeu que, ao entrar acelerado no túnel Brooklyn-Battery, o caminhão à nossa frente freava bruscamente enquanto a picape nos cercava por trás. Era o nosso fim.

— Desvia! — ordenei histérica.

— Não dá!

— Desvia! Oh, não!

Phil tinha razão. Atordoada, eu não havia me dado conta de que o túnel estava com uma única pista em funcionamento. A outra estava em obras e bloqueada por blocos de concreto. Não tínhamos para onde desviar. Seríamos esmagados e reduzidos a pó. Levei as mãos ao rosto em desespero e vi tudo acontecer em fração de segundos. Prestes a sermos imprensados contra o caminhão, uma moto fez uma manobra suicida, entrou alucinada entre a picape e o nosso carro, alterando o trajeto da picape e fazendo-a rodopiar. Logo em seguida nos alcançou e chocou-se violentamente contra a porta de Phil, o que o fez se assustar e perder o controle do carro. Tudo rodou e depois se apagou.

Quando recobrei meus sentidos, estava sendo arrastada para fora do carro pela janela quebrada. Um som alto e intermitente apunhalava meus ouvidos. Estilhaços de vidro, pedregulhos e poeira encobriam tudo ao meu redor. Havíamos capotado, e o Chevrolet Malibu jazia de cabeça para baixo, com a lateral esquerda esmagada contra a parede oposta do túnel, ou seja, havíamos invadido a pista que estava bloqueada e em obras. O barulho de uma buzina disparada e a fumaça que abafavam o túnel eram emitidos pela picape completamente destruída. Sobrara apenas a carcaça toda retorcida e a lataria espalhada em irreconhecíveis pedaços. Não tive coragem de procurar pelos seus ocupantes. Por um milagre, saí ilesa daquele acidente, mas Phil estava desacordado sobre o volante do carro e tinha a cabeça coberta de sangue.

— Phil!?!? — gritei horrorizada.

— Venha.

Reconheci de imediato aquela voz, e minha visão ameaçou ficar turva quando detectei quem estava me puxando. *Oh, não! Richard?!*

— Foi você! — balbuciei em pânico, aturdida. Senti que tinha batido com a cabeça.

— Você vem comigo.

— Não! O que está havendo? Me solta! — minha voz saía fraca.

— Rápido!

— Eu não vou com você! — zonza, tentei esboçar algum tipo de reação, seguida por um berro abafado. Ambos em vão.

— Ah, mas vai! — Sem fazer o menor esforço, ele me levantou do chão e pôs-me sobre a moto. Ágil como um gato, acomodou-se logo atrás de mim e deu a partida. — Segura firme!

Kevin estava certo? Seria Richard capaz de penetrar em minha mente, deixando-me em um paralisante estado de torpor ou eu estava assim em virtude do acidente? Era tudo muito confuso. O vento congelante e a chuva torrencial começavam a mostrar seus efeitos, recobrando-me a consciência aos poucos.

— O que quer de mim? — O sangue pulsava em meus ouvidos.

— Cala a boca, senão...

— Senão o quê? O que vai fazer? Vai acabar comigo, como fez com Phil? — retruquei, tentando disfarçar meu medo em visível ascensão.

— Você é pior do que eu pensava! — ele rugiu.

— Você sabe onde eu moro?! — berrei preocupada ao vê-lo fazer com perfeição o caminho para a minha casa. Então ele mudou o trajeto e, de repente, deu uma freada brusca, parando em uma rua deserta e mal iluminada.

— Chega! — desceu da moto e agarrou um de meus pulsos com força descomunal. Uma descarga elétrica percorreu todo o meu corpo, deixando-me em estado de confusão mental. O familiar e paralisante calafrio me açoitava sem piedade. Quando dei por mim, ele estava me encarando, fuzilando-me com seus estupendos olhos azul-turquesa. Um tiro certeiro, fazendo tudo ao redor perder o foco e meu raciocínio sangrar. Uma hemorragia de compreensão, o quebra-cabeça começando a tomar forma. *"Estupendos olhos azul-turquesa?!"* Foi como se um filme passasse em minha cabeça em uma fração de segundos. *Era isso!* Seus olhos azuis eram sem sombra de dúvida os mesmos olhos que eu tinha visto quando quase fui esmigalhada pelo andaime, os mesmos olhos que me fitaram na confusão lá na Barnes & Noble.

Em choque com as recentes descobertas, não percebi a expressão de seu rosto se alterar. Richard estava rígido.

— Merda! — ele bradou.

Naquele momento, ouvi a sirene de um carro de polícia passar pela avenida transversal àquele macabro beco. Meu peito se encheu de uma súbita esperança. *É agora! Não vou deixar que ele me leve para lugar algum. Não enquanto tiver forças para lutar!* Como reflexo, no mesmo instante em que ele subiu na moto, rapidamente dei um pulo para trás e desatei a correr e a gritar como uma louca, pedindo ajuda a quem quer que aparecesse no meu caminho.

— NÃO! Sua estúpida! Volta aqui! — ele trovejava.

A rua escura e desabitada em nada me ajudava. Fui surpreendida pelo ronco de um carro dobrando a esquina e acelerando em minha direção.

— Socorro! Aqui, por favor! — eu gritava aos prantos. Cheguei a olhar para trás com medo de que Richard já estivesse se aproximando, mas a escuridão do local bloqueava tudo.

O carro acendeu seus faróis altos ofuscando totalmente a minha visão. Tateando, tentei correr em direção àquela que parecia a única forma de sair viva dali.

— Por favor, aqui! — acenei.

Tive a impressão de que o veículo acelerou ainda mais na minha direção, ao invés de reduzir, o que instantaneamente me fez entender que aquele poderia ser o comparsa do meu algoz, vindo em seu auxílio. Afinal de contas, o que ele estaria fazendo naquele lugar abandonado, durante um descomunal dilúvio? Imediatamente me pus a correr sobre a calçada inundada, porém no sentido contrário. O carro parecia um touro raivoso, investindo contra a capa vermelha de um toureiro. *Eu era a capa vermelha!* Minha visão começava a se adaptar, mas ainda assim não conseguia enxergar com precisão. Todos os postes de luz queimados ou quebrados potencializavam a luz ofuscante que vinha daquele veículo. Enquanto meu fôlego me permitisse correr, eu lutaria pela minha vida.

Para o meu azar, no rumo que tomei, a rua não tinha saída. Escondi-me atrás de um pilar de concreto muito largo. Para me atingir, o sujeito teria que derrubá-lo. *Mas e se ele estivesse armado?* Antes mesmo que eu pudesse pensar em uma alternativa de fuga, o nervoso carro começou a investir pesadamente contra a velha coluna de concreto que me protegia. O motor urrava, parecendo imitar a fúria de seu condutor. Eu só não conseguia entender o que estava acontecendo. *O que eu havia feito de errado? Por que eu?*

Abaixada, encolhida com a cabeça escondida entre os joelhos e pressentindo que o pilar que me protegia podia ceder a qualquer momento, ouvi o rugido de uma moto me atingir. Um inesperado braço estendido em minha direção.

— Suba! — ordenou Richard, mas suas mandíbulas tremiam.

— Não! — Eu chorava copiosamente.

Naquele momento o carro deu ré e atacou novamente, agora com mais violência. O pilar começou a ruir, as estruturas metálicas presas a ele que erguiam um holofote já queimado caíram a poucos centímetros de meu corpo. Minha morte era certa.

— Venha — rosnou ele, impaciente.

Eu senti o chão trepidar, ouvi um estrondo colossal seguido de um clarão, e meu corpo ser arremessado no ar: *eu havia sido atingida por um raio ou pelo carro homicida? Sem dor?* Antes que eu pudesse reagir ou mesmo entender o que acabara de ocorrer, a mão cheia de cicatrizes já tinha me agarrado pela cintura e me puxado para cima da moto no exato instante em que toda a estrutura desabava. Imobilizada em uma ridícula posição, cabeça, braços e pernas ficaram pendurados e sacolejavam a cada guinada da maldita moto. Tudo que consegui compreender era que saíamos daquele beco macabro da maneira mais rápida possível, ou seja, do jeito que deu.

Richard me jogou na garupa da moto e acelerou, pilotando como um louco. O vento gelado era um bálsamo para o meu rosto em chamas. Mesmo estando encharcada, tudo em mim fervia. *O que estava acontecendo comigo?* A chuva torrencial já não me incomodava mais. Por mais absurdo que pudesse parecer, naquele momento meu pânico havia desaparecido e uma espécie de alívio se insinuava. Minha sensação era de que estava saindo ilesa de um terrível pesadelo. *Apenas um sentimento de dúvida me oprimia: como eu podia ficar tão calma abraçada ao meu algoz? Como podia estar tranquila depois dos horrorosos momentos por que acabara de passar?* Subitamente senti sua musculatura se enrijecer por completo.

— Porra! — ele rosnou ao frear violentamente a Kawasaki assim que a moto deu uma guinada e entrou em uma rua bifurcada. Os prédios que nos cercavam pareciam depósitos antigos com suas fachadas descascadas e vidraças quebradas.

Minha estupidez não me permitiu entender o que acabava de acontecer: *estávamos encurralados!*

Do nada, o carro ensandecido surgiu em nosso encalço. Ele acelerava com furor e, sem sair do lugar, ameaçava avançar sobre nós rugindo seu motor a altíssimos decibéis. Seus coléricos faróis piscavam numa espécie de código para outro carro que fechava uma das saídas. Este último respondia fritando os pneus e soltando claustrofóbicas nuvens de uma fumaça escura e que cheirava a borracha queimada. A única saída remanescente encontrava-se obstruída por uma betoneira estacionada. Começava a ficar sufocada e não sabia se era pela ausência de oxigênio no ar ou devido ao medo devastador do que estava por acontecer. Richard não hesitou:

— Você vai passar pela lateral do caminhão! — ordenou enquanto vigiava os dois carros se aproximando de nós.

— O quê? Não dá! — guinchei. — É muito apertado!

— Cala a boca e faça o que eu mando! — berrou.

— Mas não dá!

— AGORA! — trovejou.

Com uma guinada que fez meus globos oculares chacoalharem em suas órbitas, a moto acelerou com extrema rapidez, e ele praticamente me despejou para a estreita passagem entre a betoneira e o muro de um antigo prédio comercial. Então ele e a sua moto desapareceram, indo ao encontro dos seus supostos inimigos. Eu não quis ver mais nada. Arranhando-me ao me espremer contra aquele muro de cimento chapiscado, tentava impor alguma velocidade em minhas pernas, já que meu

FML PEPPER

cérebro estava absolutamente lerdo. Ao conseguir transpor o obstáculo, desatei a correr, sem ter a mínima noção de onde estaria e para onde deveria ir. Depois pensaria nisso. Por ora, teria que me esconder em algum lugar seguro, mas, para meu desespero, as poucas lojas na região já haviam fechado devido ao horário.

A tempestade não dava trégua e, como uma alma penada, avancei pela rua deserta. Corria a esmo e em estado de pânico, as lágrimas camufladas em meu rosto e corpo encharcados, os sentidos absolutamente desnorteados.

— Suba!

O barulho da chuva em meus ouvidos somado ao meu estado de atordoamento não me permitiram ouvir a aproximação da maldita moto. *Como aquele louco havia escapado?*

— Por favor... — supliquei assustada.

— Rápido! Antes que eu me arrependa. — Impaciente, Richard freou a moto, mas a manteve ligada.

— NÃO! Eu não vou com você a lugar nenhum!

Descontrolada, desatei a socá-lo e xingá-lo. Nervoso, ele se livrou das minhas investidas, empurrando-me com violência. Tombei de queixo no chão e senti gosto de sangue. Ele largou a moto no mesmo instante e veio em minha direção. Ainda zonza e com a boca latejando, tentei me afastar, arrastando-me pelo asfalto enlameado.

— Eu não queria... — desatou a dizer com a fisionomia perturbada.

— O que vai fazer agora? — Mesmo tomada por um medo atroz, eu ainda o enfrentava. — Acabar comigo? Como fez com Phil?

Bastou.

No mesmo instante, ele me puxou do meio-fio alagado, cerrou as mãos ao redor do meu pescoço e começou a apertá-lo. Dentro de mim algo sinalizava que havia chegado o momento. Os acidentes anteriores me alertaram, mas não conseguiram me preparar para este terrível momento: minha morte. Ninguém da minha idade está preparado para morrer. E eu sabia que ele ia me matar. Não havia como escapar. Eu seria estrangulada. Em poucos segundos tudo acabaria. Eu acabaria. *Por que eu? Por que agora?*

Por um breve instante consegui pousar meus olhos nos dele e, por mais absurdo que possa parecer, não tive medo, mas sim fascinação. A fúria naqueles magnéticos olhos azul-turquesa borbulhava de um jeito assombrosamente estupendo, quase hipnotizante. *O que estava acontecendo comigo? Eu estava sendo hipnotizada pelo meu assassino? Seria parte de algum truque diabólico?*

Subitamente Richard franziu a testa e soltou uma espécie de uivo raivoso. *Pronto! É agora!* Tentei liberar meu pescoço de suas enormes mãos, debatendo-me e chutando-o inúmeras vezes, mas, quanto mais energia empregava, mais era dominada por uma fraqueza arrebatadora. Sem forças ou condição de agir, senti minhas pálpebras tombarem e aguardei pelo pior. Esperei. Esperei... A pressão diminuiu e, como nada acontecia, esforcei-me ao máximo para reabrir os olhos. Para minha surpresa, deparei-me com Richard me observando de um jeito estranho, como se estivesse me estudando.

— Não torne a aparecer naquele colégio. Desapareça, suma desta cidade e desfrute ao máximo o tempo que ainda tem com a sua mãe — ele sussurrou em meu ouvido.

Pisquei e tudo ficou embaçado. Pisquei de novo e eu não estava mais lá. O que acabara de acontecer comigo tinha sido um truque de ilusão? *Verdadeiro ou falso?*

CAPÍTULO
7

Acordei com barulho de motocicletas acelerando na minha rua.

— Ah, não! — Eu havia esquecido de programar o despertador. Não acreditei que chegaria novamente atrasada no colégio. Meu corpo estava todo dolorido e a sensação era de que eu tinha acabado de deitar, ou melhor, que eu tinha sido atropelada por um caminhão.

"Caminhão?"

Dei um pulo da cama.

— O quê?! — exclamei assustada com o que acabava de constatar: eu estava em casa, mais precisamente no meu quarto, e usava minha camisola de sempre. *Checklist*: boca sem nenhum machucado e uma mínima ferida no ombro direito, apesar de superdolorida. — Impossível! — disse para minha própria imagem refletida no espelho.

Atordoada, procurei pelas minhas roupas encharcadas do temporal da véspera. E lá estavam elas. Só que bem sequinhas e, como eu as deixava sempre, largadas sobre o pufe da escrivaninha.

— Não, não pode ser! — Eu não podia acreditar naquilo. Alguém queria que eu acreditasse que estava ficando doida, mas não ia cair naquele joguinho. A noite macabra de ontem havia acontecido! Eu sei que havia... *Ou teria sido pura imaginação?* Poderia minha mente ter passado para um nível doentio mais avançado do que apenas calafrios, tonturas ou perda de visão? Poderia ela ter, simplesmente, apagado? Ou melhor, produzido situações imaginárias? *Não! Eu não estava ficando louca!* Foi então que me lembrei da parca. Sim, a parca! Ela tinha rasgado quando a janela do carro de Phil explodiu. Procurei pelo quarto todo e nem sinal dela. A dúvida crescia em meu peito. Eu nunca a levava para o quarto mesmo. Sempre a deixava no cabideiro do hall de entrada. Com o coração acelerado, fui até a sala. Meus olhos procuraram pelo cabideiro e não havia nada nele. Então eu a vi, caída no chão. Corri até ela e a segurei em minhas mãos. Completamente seca. Inconformada, procurei pelo rasgo no ombro direito. Só um pequeno furinho. O furo que o cabo da sombrinha havia feito? *Não era possível! Meu Deus! Aquilo tudo era um pesadelo ou eu estava realmente enlouquecendo?* Afundei o rosto em minhas mãos e ia desatar a chorar quando o telefone tocou.

Mãe?!

Nova taquicardia.

Onde estava minha mãe? Meu Deus! Eu não conseguia me lembrar de nada! Aliás, eu me lembrava de tudo. De tudo até... Até o momento em que Richard tentara me matar. *Ou não?*

O telefone continuava tocando. Ao lado dele um pedaço de papel se destacava. Caminhei trôpega até ele e, ao ver o que estava escrito, desabei atordoada no sofá ao lado. Era um bilhetinho de Stela:

Minha querida,

O presidente da empresa praticamente me ordenou que antecipasse em uma semana a viagem para a seleção da nova resina de base da lente especial que nós estamos desenvolvendo. Disse que o fornecedor ameaçou aumentar consideravelmente seus valores caso essa seleção não fosse efetivada com urgência e, como sou a responsável pela compra da matéria-prima das lentes, tive que viajar hoje mesmo para a Alemanha. Liguei para o seu trabalho e deixei este recado com a Beth, mas, pelo visto, ela não te avisou. Sabe que não fico tranquila quando não consigo falar com você. Provavelmente você não carregou o seu celular de novo. Ou será que estava desligado? Quantas vezes devo lhe dizer que isso me preocupa muito? Ligue para mim assim que chegar, tá?

Volto depois de amanhã!
Beijos,
Mamãe.

A campainha do telefone berrava agora. Olhei o identificador de chamadas: Stela. Que desculpa eu daria por não ter telefonado para ela? Estava tão tonta que não sabia nem por onde começar. O telefone gritando nos meus ouvidos conseguia me deixar à beira de um ataque de nervos. *Droga!*

— Oi, mãe. Desculpa, eu ia te ligar, mas eu me esqueci e...
— Sobre o que você está falando, filha?
— Eu não te liguei ontem porque eu trabalhei até tarde e...
— Que brincadeira é essa? — A voz dela estava amistosa.
— Hã? Eu...
— Sou péssima para guardar surpresas, você sabe. — Ela nos atropelava. Estava tão eufórica, que mal percebera meu estado catatônico. — Depois que a gente se falou ontem à noite, fiquei pensando no assunto e resolvi ligar para lhe contar logo. — E fez uma pausa. — Aliás, a senhorita não está atrasada para o colégio? Por que a secretária eletrônica estava desligada?

Congela a cena.

"Depois que a gente se falou ontem à noite?" Então eu havia ligado para ela? Tínhamos até conversado sobre surpresas etc.? *Ah, não! Bob tinha razão. Eu não estava nada bem.*

— Nina?
— É que... Perdi a hora, mãe.
— Sei. Você está bem?
— Claro! — soltei tensa. — Qual era a surpresa?

— Bom, uma você já sabe.

Não. Eu nem imaginava.

— A outra é uma viagem para Madri.

Atordoada, o silêncio foi a minha resposta.

— Você sempre quis assistir a uma tourada e... — Mamãe percebeu minha estranha atitude. — Nina? Tudo bem mesmo?

— Sim, mãe. Estou um pouco indisposta. Acho que dormi mal. Adorei a surpresa — soltei dissimulada.

— Você está se alimentando direito?

— Estou. Tenho que ir, mãe.

— Ok. Até amanhã, meu amor.

Devido à minha cabeça em frangalhos, fui uma das últimas a concluir a prova de Biologia. A turma já aguardava a aula seguinte no anfiteatro anexo. Quando cheguei, o murmurinho era frenético.

Caramba! Será que todo mundo também se deu mal como eu?

Observei com mais calma e percebi que tal alvoroço não era generalizado. Apenas as garotas estavam em polvorosa. Um frenesi feminino.

— Aiíííí! — Sem que eu percebesse sua aproximação, Melly cutucou meu ombro ferido por debaixo da jaqueta jeans. Vi estrelas.

— O que foi? — xeretou indiscreta.

— Machuquei o ombro.

— Como? — Melly e sua interminável curiosidade.

— Num acidente.

— Que acidente? — Ela elevou uma das sobrancelhas e estreitou os lábios em uma linha fina.

Droga! Eu não estava preparada para aquela pergunta.

— Eu me machuquei quando a sombrinha se partiu ao meio naquela ventania horrorosa de ontem à noite — respondi com a voz arranhando. Quem foi o causador: a sombrinha ou a explosão? Nem eu sabia. Real e imaginário estavam entrelaçados em minha mente perturbada. Mas eu precisava tirar o episódio da véspera a limpo. — Melly, por falar em acidente, você ouviu alguma coisa sobre um acidente terrível no túnel Brooklyn-Battery?

— Não. Que eu saiba ele estava temporariamente fechado, mas era para obras ou algo assim. Por quê?

— Nada — disfarcei e acelerei em mudar de assunto. — Teve muita matéria nova nestes últimos dias?

— Bastante. — Melly revirou os olhos. — Vê se não arruma outra suspensão, ok? Senti sua falta, amiga. Aliás, não fui só eu não. — Piscou.

Phil! Cristo! Eu havia me esquecido completamente dele.

— Aliás, Melly, eu preciso entregar uma anotação para o Phil. Viu ele por aí? — perguntei com o coração na boca.

— Ele não veio hoje.

— Não?! — exclamei acelerada.

— Não. — E mordiscou o lábio inferior. — O que é que está rolando, Nina? Por que você está mais estranha que o normal?

— Eu?

Melly desconfiara de alguma coisa, mas não teve tempo de matutar, atordoada pela animada aproximação de uma garota gordinha que acabava de chegar.

— Você viu, Melly? — perguntou a garota.

— Claro! Tô sem respirar até agora! — respondeu Melly cheia de malícia. — Um espetáculo!

— O que é que tá rolando? — indaguei, mas ela nem chegou a me escutar.

— Vem cá, Nina! — Agitada, Melly me conduziu ao grupinho de meninas sentado mais ao fundo.

— Eles se pegaram pra valer? — perguntava uma delas supercuriosa.

— Não. Mas foi por pouco. Se não fosse a Sra. Norma, eles teriam se engalfinhado lá mesmo.

— Que cicatrizes sinistras eram aquelas, minha gente? — arfou Susana, uma garota corpulenta com volumosos cabelos louros sobre um rosto e uma língua igualmente rechonchudos.

"Cicatrizes?"

93
NÃO PARE!

— Que corpo magnífico era aquele? — acrescentou a pálida Clarice, amiga inseparável da Susana.

— E o rosto mal-encarado então! — gemeu a gordinha.

— Posso saber sobre o que vocês estão falando, afinal de contas? — perguntei.

Elas finalmente perceberam a minha presença.

— Menina, você perdeu o maior babado do milênio!!! — soltou Clarice.

— O que houve? — perguntei.

— Acabou de acontecer. Ele e Kevin quase se pegaram lá no ginásio.

Eu perdi a cor e engoli em seco.

— Hã? Kevin e quem?

Kevin! Eu estava tão aturdida com a macabra noite anterior que havia me esquecido dele também. Meu anjo louro devia estar muito chateado comigo. Se ao menos tivesse o seu celular, eu poderia me desculpar pelo bolo que havia lhe dado na véspera!

— O Clark Kent do mal — respondeu Melly.

— De quem você está falando, Melly? — inquiri confusa.

— Tô falando do Richard. Com aquele rosto perfeito e uma montoeira de cicatrizes, quem mais aqui no colégio poderia ser tão parecido com o Super-Homem das trevas, Nina?

— Meu Deus! — exclamei preocupada.

— Fique tranquila, não aconteceu nada com o seu lindo Kevin.

— Como nada? — indagou Clarice. — Os dois acabaram de chegar ao colégio e já se meteram em confusão. Ouvi dizer que foram suspensos.

— É a segunda suspensão do Richard em suas duas primeiras semanas no colégio. Isso é um recorde! — Susana riu. *Richard suspenso de novo? Até que não era uma má ideia.* — Aliás — acrescentou a garota me dando uma piscadela cheia de malícia —, eu também estou ficando fã de carteirinha dos alunos novos.

Claro! Aquele comentário era para mim.

— Por que eles brigaram? — Eu permanecia sem entender nada.

— Ninguém sabe — adicionou Melly. — Mas sobre aquele corpo... Uau!

F m L P E P P E R

— Que corpo, Melly? — questionei com uma pontada de ciúmes. *Por que eu estava assim?*

— Do Richard! — esclareceu Susana. — Quando ele arrancou a camisa e partiu pra cima do Kevin, acabou deixando à mostra o peitoral e as costas lotadas de cicatrizes. A mulherada ficou completamente hipnotizada. Assustador!

— Cicatrizes?! — perguntei atordoada. *Mais cicatrizes? Caramba!*

— Minha amiga... Muitas.

— Por que será que ele tem tanta cicatriz? — questionou a gordinha que se sentara ao meu lado. — Não parecem de acidente de moto...

— Deve ter sido em alguma briga — retrucou uma garota morena.

— Briga de gangues... — Pensei ter matutado baixinho comigo mesma, mas foi o suficiente para Susana ouvir.

— É possível! E isso não é mais tentador ainda? — soltou um gemidinho. — Ele deve ter pegada.

"Pegada?" É. Ele tinha. Se não fosse trágico, seria cômico ouvir aquele tipo de conversa na manhã seguinte ao meu quase-imaginário-verdadeiro-estrangulamento. *Cristo! Eu não sabia mais no que pensar. Eu estava correndo risco de vida? O que fazer ou a quem pedir ajuda?* Não era apenas de Stela que deveria manter sigilo absoluto. Não poderia contar nada para ninguém, sob o risco de ser considerada louca. E, dentro de mim, nutria um medo terrível de que essa alternativa fosse a verdadeira.

— Ele é caladão e até meio assustador, mas parece que sabe como lidar com as mulheres, entende? — explicava a animada gordinha. As garotas estavam tão excitadas que nem perceberam meu estado de atordoamento. — Quando ele nos olha fixo com aqueles olhos azuis maravilhosos, parece que consegue enxergar dentro da gente.

— Isso é muito constrangedor e ao mesmo tempo muito tentador, não? — comentou outra garota que até então estava muda, mas mantinha um sorriso congelado nos lábios. Enfeitiçada por ele.

— Existe algo enigmático nele... E eu pretendo descobrir! — disse a garota morena com um sorriso malicioso nos lábios. — Até porque o Kevin já tem dona. — Ela piscou para mim e eu corei.

Aliviada, percebi naquele momento que não era apenas em mim que aqueles olhos azuis causavam perturbação. As garotas já tinham sido alvo deles. Todas eram minúsculas estrelas sendo sugadas para a morte por aquele magnífico buraco negro.

Negras, no entanto, foram as notícias que Anna me enviou naquela noite:

Querida Nina,
Achei melhor deixar você a par de toda a horripilante história. Encontraram a sepultura de Mary aberta ontem pela manhã! Não levaram nada de valor nem violentaram o corpo, como a polícia temia. Mas fizeram algo muito sinistro, digno de um filme de terror. Eles arrancaram os olhos da coitada! Por que alguém tiraria os olhos de uma pobre garota morta há poucos dias? Os policiais do caso dizem que é comum a utilização de órgãos humanos em rituais de magia negra, mas pretendem investigar a fundo o incidente. Eu só sei disso tudo porque foi manchete em todos os jornais aqui na Espanha. Minha mãe não me deixa mais sair de casa sozinha. Estamos em pânico. Tem algo muito errado nos rondando, isso é fato. Se cuida, tá?
Beijos,
Anna.

"*Arrancaram os olhos da garota!?!*" Eu não conseguia juntar as pistas daquela maldita charada. Senti um aperto no peito e uma ideia absurda se alojou em minha mente: *teria tudo aquilo a ver com as minhas anormais pupilas? Seria isso? Será que Anna também tem alguma deformidade nos olhos, e, assim como eu, nunca mencionou?*

Um turbilhão de teorias me assombrava.

Em nenhuma delas, entretanto, eu poderia imaginar o que descobriria em breve.

CAPÍTULO
8

Já era de manhã quando acordei com Stela me beijando a testa.

— Oi, mãe. Acabou de chegar?

— Cheguei pouco depois da meia-noite, mas você já estava dormindo. Eu estava morrendo de saudades, meu amor.

— Eu também — disse e notei suas olheiras pronunciadas. Ela devia estar exausta.

— Tenho que voltar para o trabalho. A presidência está fazendo mudanças estruturais e a Fleischer & Koch está de cabeça para baixo. Nos vemos lá no teatro.

— No teatro?! — indaguei sonolenta.

— Se liga, dorminhoca! — Como eu não esboçava reação, acrescentou animada: — Seu primeiro presente, Nina. *O Fantasma da Ópera!*

Ah! A tal surpresa da qual eu não me recordava.

— Eu estava só implicando com você — fingi brincar. Stela me lançou uma piscadela e saiu apressada.

Cheguei faminta ao refeitório durante o recreio. Peguei uma bandeja e entrei na fila.
— Nina?
— Kevin?! — Ao som daquela voz meu coração deu um salto no peito. Ao me virar, deparei-me com o anjo lindo sorrindo para mim. Apenas três dias se passaram desde o nosso encontro e, no entanto, parecia ter sido há tanto tempo... *Quanta coisa havia acontecido desde então!* — Você não tinha sido suspenso?
— Claro que não! — Ele abriu um sorrisinho maroto.
— Eu queria me desculpar pelo *bolo* que eu te dei na noite do temporal, eu tive que trabalhar até tarde e...
— Não precisa se desculpar de novo — adiantou-se Kevin.
"De novo?!" Essa não! Eu já havia me desculpado e não me lembrava?
— Aliás, só aceito a desculpa se estiver tudo certo para mais tarde. — Piscou.
— Para mais tarde?! — O estado de confusão em minha face deve ter ficado evidente.
— Sim, Nina. Nosso encontro — soltou apressado. — Você está se sentindo bem?
— Encontro...
Era tudo o que eu mais queria, mas eu não tinha combinado nada com Kevin. *Ou tinha?* Comecei a suar frio e ele percebeu.
— Não me diga que se esqueceu? — Suas sobrancelhas se uniram de repente.
— Claro que não! — menti na vã tentativa de diminuir seu visível desapontamento. — É que...
— Quê?
— Kevin, eu não queria, mas vou precisar desmarcar. — Senti ódio de mim mesma por estar dizendo aquelas palavras.

— Por quê?!?

— Eu já tinha um compromisso com a minha mãe.

Argh! Até sem planejar, Stela conseguia destruir todas as minhas chances de ser uma garota normal.

— Sério? Ou você está só me dispensando? Nina, se você não quiser, não precisa...

— Sério mesmo! — consegui interrompê-lo. Ele precisava acreditar em mim. — Vamos assistir ao *Fantasma da Ópera*. Foi presente dela para o meu aniversário.

— Seu aniversário é hoje?

— Não. Só daqui a três semanas.

— Hum. — Seus olhos verdes brilharam com intensidade. — A gente se vê amanhã então?

— Com certeza! — respondi e logo atrás de mim ouvi um assovio inoportuno.

— Com licença, pombinhos — soltou Richard com a voz arrastada. Kevin fechou a cara e me puxou para perto dele.

Minhas mãos começaram a tremer. *Por que a presença daquele garoto mexia tanto comigo?*

— Venha, Nina — pediu Kevin encarando Richard, que, assoviando sem parar, fingia escolher uma fruta na prateleira ao lado.

— Ok. Eu só vou acabar de me servir — respondi com o estômago roncando.

O celular de Kevin começou a tocar.

— Tá legal. Já vou. — E, tapando o microfone do celular, Kevin segurou minha mão e explicou: — É minha mãe. Vou ter que sair mais cedo hoje.

Richard soltou uma gargalhada estrondosa, fazendo todo o refeitório olhar para nós. *Que idiota!*

— *Já vou, mamãe.* — O cretino fazia graça.

— Eu preciso ir, Nina — desculpou-se Kevin checando o relógio. — Fique longe desse cara. Acabe de se servir e saia logo daqui. Eu te ligo mais tarde, ok?

— Mas...

Acariciando meu rosto, ele arrumou uma mecha dos meus cabelos atrás da orelha, e, após um beijo rápido e delicado, sussurrou em meu ouvido:

— Eu vou ligar. Pode esperar.

Uau! Aquilo tinha realmente acontecido? Kevin tinha me beijado na frente de todo mundo? Então ele... Então nós... Eu mal conseguia concatenar as ideias e, constrangida, tudo que fiz foi sorrir e abaixar a cabeça, mas, pelo canto do olho, detectei Richard virando o rosto em minha direção, os olhos entreabertos e especulativos, a boca contraída formando uma linha rígida. Meu coração disparou, e, sem entender minha reação, enrubesci sob seu exame minucioso. *O que é que está havendo, Nina? Você gosta é do Kevin, não é?* Meu subconsciente me questionou e me vi perdida pela primeira vez. Por que na frente de Richard eu me sentia tão diferente, tão distante do meu normal?

Kevin piscou, lançou-me mais um de seus inebriantes sorrisos e se foi. Agitada, acabei de me servir e já estava saindo da fila quando Richard bloqueou minha passagem.

— Com licença? — rosnei, mas, por precaução, resolvi não encará-lo. Vai que ele realmente possuía algum poder sobre minha psique... Era a única explicação para meu comportamento anormal na sua presença.

— Adoro maçã. Hummm... O fruto proibido... — Brincando com uma maçã entre suas assustadoras mãos, ele a abocanhou com vontade. Forcei caminho e Richard me impediu empurrando meu ombro direito.

— Ai! — Senti a dor do contato e instintivamente levei a mão para proteger a ferida causada pela sombrinha.

— Ops! Encostei no ombro errado. Foi mal. — Seus olhos azuis faiscaram com intensidade.

"Ombro errado?" Então eu não estava enlouquecendo! A noite macabra tinha realmente acontecido! Senti o calafrio se espalhando pelo meu corpo e minha visão ameaçou ficar turva. *Negativo, Nina. Reaja!,* ordenou meu cérebro disposto a tirar aquela loucura a limpo.

— O acidente... Phil... Você sabe! — balbuciei aturdida.

— Eu não sei do que você está falando, Tesouro.

— Sabe sim! — rosnei.

FML PEPPER

Ele aproximou seu rosto perfeito e assustador do meu. Com o olhar frio, sussurrou entre os dentes:

— Mas você não me ouviu. E vai pagar por isso.

E saiu.

— Nina?! Vai ficar parada aí? — Era Melly vindo com os olhos esbugalhados ao meu encontro. — O que é que estava rolando entre vocês? Aquilo foi um beijo?

— Hã?

Um misto de atordoamento e alívio invadia minha mente catatônica. Richard confessara: a perseguição na noite do temporal tinha realmente acontecido e eu não estava enlouquecendo! *Mas por que não conseguia me recordar de vários momentos? Que feitiço ele fizera comigo?*

— Pare de bancar a bobinha, viu? Por que Kevin e Richard se estranharam? — Melly insistia.

— Não sei.

— Como não sabe? Tá na cara, mulher! Os dois estão disputando você! Aquela briga de ontem deve ter sido por sua causa!

— Para de bobeira, Melly! — retruquei, mas meu pensamento estava longe. Estava em Phil, na ameaça que Richard havia feito e, principalmente, no turbilhão de conflitantes emoções que se desenvolvia em meu peito.

— Tudo bem. A gente conversa depois. — Fechou a cara ao perceber meu comportamento arredio.

— Desculpa, Melly. Aquele Richard é um grosso. Ele parece ter algum assunto mal resolvido com o Kevin e sempre que pode arruma um meio de infernizar a vida do meu anjo.

— "Anjo?!" — Ela emitiu um gritinho de surpresa. — Já está assim, é?

O sinal tocou e tínhamos que ir direto para a nossa sala. Faríamos um teste de Física.

— Te conto depois.

— Fala sério! — resmungou Melly, inconformada. — Eu não sei se estou mais arrasada porque vou fazer a prova de Física ou se é porque só vou saber dos detalhes *depois* da prova de Física.

— Gata, a curiosidade mata, sabia?
— Mas a satisfação ressuscita, baby!!! Rá! Rá! Rá!

O teste foi mais difícil do que eu imaginava, e Melly acabou concluindo antes de mim. Aguardava-me sentada no capô de um carro estacionado no lado de fora da escola, despretensiosamente balançando as pernas no ar.

— Quero saber todos os detalhes. To-di-nhos! — Lançou-me um sorriso diabólico que destacou ainda mais o avermelhado das suas sardas. — Antecipei umas comprinhas que iria fazer no seu bairro para hoje, assim podemos ir andando juntas.

— Você é terrível! — Sorri e dei de ombros. A companhia divertida de Melly viria bem a calhar. Atordoada com os últimos acontecimentos, ao menos por alguns minutos ela me livraria da tortura mental a que eu havia sido submetida.

Melly praticamente me obrigou a lhe contar tudo, quero dizer, quase tudo. Omiti a noite macabra da maldita tempestade. Ao chegarmos em frente ao meu prédio, ela me fez a pergunta que a consumia:

— Kevin foi abusado?
— Não, de jeito nenhum! Kevin foi muito gentil e educado.
Talvez até demais.
— Não rolou nem uma mão boba no metrô?
Mordi o lábio.
— O que foi? — Ela arqueou uma sobrancelha.
— Não teve nem mão boba nem metrô — suspirei. — Kevin é cavalheiro, gentil e...
— E?
— Rico. — Não consegui conter o sorriso que me escapava. — Voltei pra casa num Mustang 0km, Melly.
— O quê?!

Acho que foi a primeira vez que consegui surpreender Melly. Ela arregalou os olhos e a boca, levou a mão ao peito e perdeu a fala por alguns segundos. Poucos segundos, obviamente.

— Mesmo com esse poder todo ele não tentou te beijar pra valer? — Havia incredulidade em seu tom de voz.

— Me deu um selinho — respondi corando.

— Fraquinho o rapaz... — devolveu enquanto tamborilava os dedos na mochila.

— Fraquinho?!

— Ok, ok. Dá pra passar. Com um Mustang na garagem, dá pra aturar alguns errinhos. É perdoável. — Lançou-me um sorrisinho meio sem-vergonha e continuou a me sondar: — Sentiu o calafrio?

— Que calafrio? — Ultimamente a palavra *calafrio* tinha vários significados para mim.

— As borboletas batendo dentro do estômago, menina!

— "Borboletas?" Não! Sei lá, foi tudo muito rápido e...

— E...?

— Talvez amanhã.

— Amanhã?!

— Ele me convidou pra sair.

— Isto é bom. Isto é muuuito bom. — Ela fazia caras e bocas hollywoodianas. — Na certa ele está indo propositalmente devagar. Viu que você não tem experiência e...

— Experiência?! — exclamei gargalhando. Quis alfinetá-la, mas meu golpe saiu pela culatra. — E você? Por acaso tem tanta experiência assim, *Dra.* Melly?

— Eu já namorei alguns idiotas — respondeu com assustadora naturalidade. — Escondido dos meus pais, é claro!

Meu queixo caiu, mas o segurei bem a tempo para que Melly não reparasse.

— Alguns?

— E já fiquei com outros também, né? Ninguém é de ferro. — Piscou com ar vitorioso.

Pause. Tinha que deixar a fita rolar, mas eu havia congelado. Não sei se deu para disfarçar minha expressão de perplexidade. Eu era a maior *nerd* de todos os tempos! A *nerd mor*! E eu que achava Melly desligadona... Até ela já havia ficado com vários garotos! E eu?! NÃO! Nunca havia namorado, sequer havia beijado algum garoto pra valer. Nada vezes nada!

A idiota aqui mal sabia como dar um beijo de verdade. Não poderia contar a Melly que todos os meus treinos de beijos molhados e "calientes" foram dados em copos de vidro, como ensinara a *Teen & Teens*, uma revista que eu comprara em Londres há uns dois anos. No mínimo, ela ia se acabar de rir e debocharia de mim pelo resto de nossas vidas.

— Com quantos garotos, Melly? — perguntei com o pensamento longe, perdido em minha inexistente vida amorosa.

— Ah, não me lembro.

— Deixa de ser mentirosa! — Estreitei os olhos. — Quantos?

— Jura que não vai se espantar?

Espantar?! Minha nossa!

— Juro. Fala logo!

— Bem... Contando com a colônia de férias...

— Melly, você é uma depravada! Que idade você tinha quando começou a distribuir beijos pela cidade inteira?

— Tô brincando! Só queria ver a sua reação — gargalhou alto antes de confidenciar: — Eu já beijei uns nove garotos.

— Nove?!?!?! — Em vez de morder a língua a imbecil aqui deixou seu espanto à mostra.

— Ora, Nina! Eu sabia que você era esquisitona, mas em que mundo você vive? Nove não é um número tão alto assim para uma garota de dezessete anos! Não sei sobre as cidades em que você viveu, mas estou absolutamente dentro da média daqui de Nova York — bufou.

A pergunta que buzinava dentro de minha cabeça naquele instante era se Melly ainda poderia ser virgem. Eu sabia que eu era uma idiota do tipo animal em extinção etc., mas o que eu precisava ter noção era se o abismo que havia entre mim e as garotas da minha idade era grande demais. Será que, como eu imaginava, sexo para elas dependia mais da curtição de uma descarga de adrenalina do que de um sentimento importante?

— Pra valer foram cinco — corrigiu Melly categórica.

— Pra valer? Como assim?

— Acorda, garota! Beijos que valem a pena ser lembrados! Os outros foram frios, sem graça. — Franziu a testa com força. — Pelo que parece, o seu beijo foi assim.

— Não foi não! — defendi-me, não querendo dar o braço a torcer.

— Foi sim — afirmou, taxativa. E, dando batidinhas nos lábios, soltou a pergunta que me fez congelar no lugar: — Você já tinha beijado algum garoto antes dele?

— Eu, eu...

— Já? — *Insistente essa Melly...*

— Não — balbuciei.

Precisaria mais do que um buraco no chão para enfiar a cabeça inchada de vergonha.

— É isso.

— É isso o quê? — inquiri aflita.

— Você não tem experiência, como eu havia dito — concluiu.

Respirei aliviada. Melly não gargalhou e nem mesmo tripudiou sobre mim. Naquele momento eu passei a gostar ainda mais dela.

— Pode acreditar na Melly — acrescentou com ar de grande conhecedora do assunto —, quando o beijo vale a pena, a gente nem respira direito no dia seguinte. Pra falar a verdade, a gente não faz nada direito nas *semanas* seguintes.

— Mas isso aí não é só beijo, Melly! Você já devia estar apaixonada. — Sorri.

— Será? — Ela olhou para cima, piscando as pálpebras de maneira teatral. — Às vezes eu misturo uma coisa com a outra, sabe? Mas de uma coisa eu tenho certeza: o seu beijo não teve eletricidade.

— Eletricidade?! — Aquele comentário chegava a ser cômico, mas, por ora, eu dispensaria qualquer tipo de descarga elétrica sobre o meu corpo. Já me bastavam os acontecimentos mais que estranhos dos últimos tempos.

— Mas ainda temos esperança, não é mesmo? — Lançou-me um sorrisinho maroto. — Tenho que ir, amiga. Amanhã a gente se fala. Aproveita o espetáculo de hoje. É lindíssimo!

Ledo engano, Melly.

Não houve amanhã.

CAPÍTULO

9

A fila de entrada do Majestic estava enorme e Stela parecia mais entusiasmada do que eu.

— Estou tão feliz, filha!

— Eu também, mãe. Finalmente chegou o dia, né?

Mamãe estava tão leve e satisfeita, que talvez fosse o momento de lhe contar sobre Kevin, sobre os bizarros acidentes e as situações pelas quais vinha passando. Talvez ali, no meio de tantas pessoas, ela não armasse um escândalo. Talvez. Mas a fila do teatro começou a andar e minha coragem foi embora com ela.

Acomodamo-nos em nossos assentos. O primeiro ato transcorreu de forma magnífica. Meus olhos se enchiam de lágrimas a todo instante. Os de Stela também. Como era bom estar ali com minha mãe! Era tão bom vê-la tranquila e feliz como há muito tempo eu não presenciava.

Terminada a primeira parte do espetáculo, dirigimo-nos para o saguão, assim como quase todo o público presente.

— Eu não sei como Christine se apaixonou pelo Fantasma da Ópera. Além de ser um amor impossível, ele era possessivo e tinha o rosto todo deformado — comentei fazendo uma careta. — Isso só acontece na ficção.

— Você diz isso porque ainda não encontrou a pessoa que fará sua vida ganhar sentido — rebateu Stela de estalo, surpreendendo-me. — Um sentimento maior pouco se importa com a aparência e pode aflorar das situações mais improváveis. Ele não tem necessidade de explicações. Simplesmente é, e ponto final. A vida vai lhe mostrar, Nina — disse com a voz rouca ao esfregar os olhos por debaixo dos óculos. — Rezo para que você consiga identificar o verdadeiro amor quando se deparar com ele, filha.

Senti um aperto no peito com aquelas palavras de minha mãe. Sabendo o quanto ela era reservada em relação à sua vida amorosa, o espetáculo devia ter mexido fundo em sua alma.

— Preciso ir ao toalete. — Mamãe me deu um carinhoso beijo na testa e encerrou o assunto.

— Tá bom — respondi sem graça com a situação. — Vou comprar uma Coca. Quer uma?

— Quero. Zero. A gente se encontra aqui.

— Ok.

Enquanto aguardava pelo refrigerante, o familiar calafrio trespassou meu corpo com intensidade maior que o habitual. Meus pelos eriçaram, senti um frio paralisante na barriga e minha boca secou. *Não é possível! Aqui também?* Minhas pernas começaram a tremer e minha respiração saía entrecortada. Meu corpo parecia pressentir que algo ruim estava para acontecer e tentava desesperadamente me alertar. Vasculhei cada uma das pessoas ao redor e nada havia de suspeito. *Acalme-se, Nina!,* ordenou meu cérebro. *Veja, não há nada errado por aqui.*

— Nina, você está bem?

— K-Kevin? — Perdi o ar ao vê-lo surgir inesperadamente no meu campo de visão.

— Céus! Você está muito pálida! — exclamou preocupado. — Venha, não vou deixar minha garota sufocar aqui dentro. — E, com cuidado, começou a me puxar para longe dali.

"Minha garota?"

Pronto! Além de tudo eu ia pirar. Ele estava levando a nossa relação a sério e eu mal tinha coragem de apresentá-lo para Stela? *Cristo! E agora?*

— Não, Kevin! Eu...

— O que foi?

— O que você está fazendo aqui? — Lancei um olhar inquisidor. Um misto de ego massageado por ele estar ali por minha causa associado à sensação inquietante de estar sendo vigiada crescia dentro do meu peito. Meu coração estava agitado demais.

— Senti saudades. — Ele piscou, mas sua voz saiu hesitante. — Como sabia que você ia comemorar seu aniversário, aproveitei a oportunidade para fazer uma surpresa. Acho que me precipitei, não?

— Kevin, eu...

Onde estava meu cérebro agora?

— Por favor, não quero que você fique chateado — soltei aflita. — Gostaria muito que você conhecesse minha mãe, mas não hoje. É que ela é muito ciumenta, e eu ainda não comentei nada sobre você, quero dizer, sobre nós e...

Ele olhava para mim, mas seu olhar começou a ficar diferente, distante talvez.

— Kevin, não é nada do que você está pensando. Eu quero muito que a gente... — Eu quase engasguei para concluir aquela frase. — Que a gente dê certo. Eu só preciso de um tempo. Minha mãe é complicada.

Kevin colocou o indicador sobre os meus lábios, fazendo-me parar de falar.

— Já entendi — disse, com semblante mortalmente frio. Eu me encolhi. — Desculpe, eu não quis... Eu achei que nós... Tudo bem. Não vou incomodá-la mais, Nina — finalizou e, antes que eu pudesse dizer qualquer coisa em minha defesa, ele me deu um beijo delicado no rosto e saiu a passos largos dali.

Droga! O que eu havia acabado de fazer?

— Quem era aquele rapaz? — Uma voz perturbada me atingiu por trás.

— Mãe?!

— Quem era ele, Nina? — Seu olhar era de pânico.

— Um colega lá da escola. Por quê?

— O que ele queria com você? — insistiu ela, nervosa.

— Eu já disse, mãe! Ele é da minha sala. Veio apenas me cumprimentar — retruquei impaciente.

A sirene tocou, convocando todos a retornar aos seus lugares e me livrando de uma nova discussão. A fisionomia calma de Stela havia se transformado em uma expressão de pavor. Cinco minutos após nos sentarmos ela já queria ir embora.

— Por favor, mãe! Vamos terminar de assistir à peça — implorava, mas ela simplesmente não me ouvia.

— Nina, eu não estou passando bem. Vamos agora! — ordenou intolerante.

Eu sabia que ela estava inventando uma desculpa, como sempre fazia quando algo a contrariava.

— Não! — sussurrei com os dentes trincados. — Você só quer ir embora porque me viu conversando com o Kevin! É meu presente de aniversário e eu vou assistir ao espetáculo até o final.

— *Shhhh!* — As pessoas atrás de nós reclamavam do falatório.

— Nina, nós precisamos conversar! — Seu tom agora era de desespero.

— Mãe, você vai ter que esperar e aprender a me respeitar. Conversaremos em casa!

Apesar de contrariada, ela se calou. A partir daquele instante não consegui me concentrar na peça. Mas não cederia. Minha mãe tinha que parar com a insana mania de me afastar de tudo e de todos. Observando-a pelo canto dos olhos, identifiquei o tremor exagerado de suas mãos e o brilho das gotas de suor na testa deformada por vincos, a fisionomia de um animal sob absurda tensão. Não conseguia acreditar na triste constatação: minha mãe perdera a lucidez e se encontrava com sérios problemas psicológicos. E eu estava arrasada com aquela conclusão.

FML PEPPER

Ao término da apresentação, saímos com o aglomerado de gente. Stela me segurava com tamanha vontade que suas unhas me feriam. Sua expressão facial assustadora e seus sentidos em alerta máximo davam-me a sensação de que estávamos prestes a ser atingidas por uma bomba ou coisa pior. De todos os seus acessos de pânico, com certeza este fora o mais violento. Suas passadas eram tão largas e velozes, que fomos as primeiras a chegar ao grande saguão de entrada. Em um movimento brusco, ela parou e quase fomos atropeladas pelas pessoas que vinham logo atrás.

— Oh, não! — Sua voz falhou e seus olhos se estreitaram.

— O que foi, mãe?

Contagiada por todo aquele estresse, avistei o que fez Stela empalidecer: de costas para nós, Kevin estava de pé, próximo à porta de saída. Não poderia imaginar que a paranoia de minha mãe chegasse àquele nível de insanidade.

— Kevin?! O que está acontecendo, mãe? — perguntei, mas ela não me ouviu e, murmurando palavras indecifráveis, puxou-me com violência para dentro, em sentido contrário ao da multidão que se deslocava como uma grande barreira humana em direção à saída. Esbarrávamos em uns, tropeçávamos em outros e, claramente irritadas com o nosso antagônico trajeto, as pessoas nos empurravam com impaciência.

— VENHA! POR AQUI! — Indiferente às minhas súplicas, ela berrava descontroladamente enquanto olhava para todos os lados. A sombra do pavor agigantava-se em suas feições.

— Me solta! — Puxei o braço com força, obrigando-a a olhar para mim. Meu corpo inteiro tremia agora. — Mãe, o que está acontecendo? Por favor, fala comigo!

Ela enrijeceu no lugar e, finalmente olhando bem dentro dos meus olhos, confessou com a voz rouca:

— Ele veio te buscar.

— Hã? O que você está dizendo, mãe? — Meu coração deu um salto dentro do peito e perdi a reação. A situação era muito pior do que eu imaginava.

— Ele não vai tirar você de mim, filha! NÃO VAI! — bradou num misto de fúria e enlouquecimento.

Berros desesperados e um princípio de tumulto nos resgataram do nosso drama particular e nos fizeram compreender o horror ao nosso redor: *Fogo!* Para piorar a nefasta situação, um incêndio se alastrava com velocidade pelo teto acarpetado do teatro, comprometendo seriamente o gigantesco lustre central, que agora ameaçava ruir.

— Por aqui! — Stela ordenou nervosa, continuando a me puxar em direção ao palco.

— Jesus! Mãe, temos que sair daqui! — implorava sem sucesso. Ela estava novamente alheia a tudo, aprisionada em seus tormentos imaginários.

Subitamente, uma força descomunal avançou por entre os nossos corpos e nos separou. Quando dei por mim, minha mãe era conduzida por um homem alto e grisalho em direção ao epicentro do caos. Indiferentes à catástrofe que os cercava, ambos mantinham as passadas constantes, como se estivessem em estado de transe.

— Solta ela! Mãe, por aí não! MÃE, NÃO! — berrei tentando correr em sua direção, mas quanto mais eu me esforçava em alcançá-la, mais era afastada pela horda que fugia ensandecida do fogo e do gigantesco candelabro prestes a desmoronar. O calor fazia com que os espelhos e cristais que encobriam suas toneladas de armações metálicas se soltassem e despencassem no ar como uma chuva de granizo incandescente.

Usei todas as minhas forças. Berrei o mais alto dos meus berros. Ninguém me ouvia. A confusão piorara com o primeiro nível do lustre agora preso somente a delgados fios. Os reflexos me escapavam e o maldito calafrio se apoderava de meu corpo debilitado de tanto empurrar, gritar e se atirar contra a multidão, em sua desesperada tentativa de encontrar um caminho, uma mínima brecha. *Eu não podia desistir. Minha mãe precisava de mim!* Juntei minhas últimas forças e avancei como um animal feroz em direção ao perigo. Entrei em pânico quando a vi de mãos dadas com o sujeito grisalho e marchando rumo ao lustre em via de destruição, como sonâmbulos em direção à morte.

— Mãe, não! Pare! Por favor, mãe!

"Oooohhh!" O retumbante som de horror das pessoas anunciava que o candelabro havia cedido mais um pouco. Seguranças perceberam

a localização suicida dos dois e avançaram acelerados rumo a eles. Eu também queria correr, mas minhas pernas não me obedeciam mais.

— Mãe, não! Não! — E caí de joelhos no mesmo instante que o estrondo ensurdecedor preencheu o salão. Gritos de pavor seguidos de comoção generalizada.

Meu Deus! Tinha acontecido!

— O primeiro nível acaba de cair! — comunicou aos berros um dos seguranças pelo rádio. — O segundo também está cedendo! Um homem e uma mulher estão mortalmente feridos! Rápido! Acionem o socorro!

"Uma mulher... Mortalmente ferida..."

Os novos gritos ao redor confirmavam que a queda do segundo nível do lustre era iminente. Segurei na marra a dor que ameaçava rasgar meu peito em pedaços e reagrupei o restante das minhas decadentes forças.

— Você é louca, garota? Isto tudo está prestes a desmoronar a qualquer momento! — proibiu-me de forma enérgica o segurança que fazia o cerco da área.

— P-por favor? — minha voz saía rouca e quase tão trôpega quanto meu raciocínio. Eu podia sentir meus nervos entrando em colapso. *Aquilo era um pesadelo, não era? Então, por que eu não acordava?*

— Nunca! Quer morrer?

— Aquela mulher é a minha mãe e eu preciso tirar ela de lá! — esbravejei e, não mais conseguindo segurá-las, deixei-as finalmente cair: *lágrimas.* Uma enxurrada delas.

— S-sua mãe?! — Rugas instantâneas rasgaram o semblante do homem. — Sinto muito, mas não posso deixar passar. Os bombeiros já estão a caminho e vão remover os dois de lá. Vai dar tudo certo.

— O segundo nível vai cair a qualquer instante! — enfrentei-o.

— São ordens! — Ele agarrou meu braço quando tentei avançar em direção aos corpos caídos. Comecei a fazer força para me desvencilhar dele, mas era em vão. Quanto mais eu queria escapar, mais seus dedos penetravam meus músculos.

— Eu preciso ajudar! — implorava em desespero enquanto tentava me libertar a todo custo.

— Você não entende, garota? Se você for para lá, também vai morrer!

— Me solta! — Comecei a me debater e, de repente, senti as gigantescas mãos se afrouxando e me liberando. O segurança estava com o olhar aéreo, o mesmo olhar que vi se apoderar de Stela. A cena só não me chocou porque, naquele exato momento, o que restara da minha razão estava focado em outro lugar. Aproveitei-me da situação e corri em direção a minha mãe.

O suntuoso tapete de outrora desaparecera por debaixo de numerosos pedaços de vigas metálicas e uma nuvem de mortíferos confetes de estilhaços de vidro, cristal e espelho. O corpo do homem grisalho estava imobilizado por debaixo do grande lustre assassino, retorcido sobre as pernas de minha mãe. Havia muito sangue ao redor de sua cabeça. Stela encontrava-se gravemente ferida, tinha o olhar distante, mas ainda estava acordada. Quando a vi, meu corpo enrijeceu e o sangue parou de pulsar em minhas veias.

— Mãe! — Atordoada, eu só conseguia chorar. A situação era muito pior do que eu poderia imaginar.

— Nina?

— Sim, mamãe. Sou eu.

— Nina, você tem... correr... esconder!

— Vai ficar tudo bem, mãe. Os bombeiros vão te tirar daí. — Minha voz saía em soluços, arrasada pela impotência diante da cena devastadora.

— Seu pai... seu pai...

Oh, não! Sua lucidez já havia partido...

— M-mãe, o que você quer dizer? — indaguei sem forças, engasgada com o nó de agonia e sofrimento que se formara em minha garganta. — O que tem meu pai?

Ela virou a cabeça para cima e eu segui seu olhar. As flamejantes garras do fogo acenavam em nossa direção enquanto consumiam nossos preciosos segundos, alastrando-se como línguas famintas no teto acima de nossas cabeças. Afundei no lugar e, sem conseguir me segurar, despenquei no abismo de dor e certeza que nos envolvia: *Não havia saída!*

— Ele quer você... Tirar de mim... Minha Nina...

Fechei os olhos e, arrasada com seu grau de perturbação mental, beijei sua testa e a abracei com força. Lágrimas me afogavam, meus pulmões asfixiavam, minha esperança jazia pelo chão, esfacelada em meio ao cemitério de sangue, cacos de vidro e incompreensão.

— Tudo que fiz foi por amor... Eu não queria que acabasse assim.

— Acabar?!

A pancada. Senti-me sendo sugada, como se estivesse sendo aspirada por dentro, como se fosse desintegrar a qualquer instante. Perdi a noção de mim, de tudo. *Aquilo era uma despedida? Não. Não podia ser. Eu não podia perdê-la. Não assim. Não agora. Eu não tinha mais ninguém e não queria mais ninguém. Eu queria minha mãe!*

— Fuja! Prome... — Stela agonizava.

— Não! Para com isso, mãe. — Quanto mais ar eu tragava, mais sufocava de desespero. — Por favor, não me deixe, mamãe! Não me deixe!

— Me... prome... — Arfou forte, sua expressão de dor expandia-se por sua face pálida. Minha mãe estava morrendo bem diante dos meus olhos.

— Mãe, não! Não faça isso comigo! — Em meio a uma crise de choro e desespero, desatei a sacudi-la. A dor da impotência era arrasadora. — Por favor, mãe! Mãe?

— Fuja... — balbuciou botando sangue pela boca.

— Fugir do quê? Eu não entendo! — Meus berros mais pareciam uivos de sofrimento.

— Me prometa... Mamãe te ama... fuja... — E, num último suspiro, soltou: — Siga os sinais. Confie nos si...

— Que sinais?! Eu prometo, mamãe! Eu prometo o que você quiser! — Meu corpo tremia dentro do terremoto que arruinava todas as minhas estruturas. Eu já não tinha mais controle de minhas emoções. — Por favor, fica comigo, mãe! MÃE?!

E seus olhos fecharam.

— NÃO!!! — gritei e afundei a cabeça em seu corpo inerte.

Uma onda em forma de dor, ácida e incapacitante, invadiu meu espírito, transformando-o em uma terra devastada, em ruínas. Meus sentidos mais uma vez falhavam dentro daquele corpo anestesiado em que me via aprisionada. Mas agora eu não tinha urgência em despertá-los. Ficar alheia a tudo nunca fora tão apropriado... Desejei ardentemente desfalecer, desaparecer dali. Despertar em outro lugar, sob a proteção de um céu azul e uma brisa fresca, onde não houvesse chamas ou tragédias, distante do terrível pesadelo. Acordar com os carinhos da minha mãe... *Por que as pessoas tornaram a gritar? Qual o motivo de tanta inquietação? Silêncio? Agora sim, está bem melhor, e... um vulto de preto?!*

— Não! Me larga! — ordenei sem resistência ou compreensão.

Um segundo estrondo, bem maior do que o primeiro, inundou o Majestic. Vagamente compreendi que o segundo nível do gigantesco candelabro havia ruído, desabando com ainda mais violência que o primeiro. De repente senti alguém me agarrar e suspender. Eu não tinha forças para me afastar, e curiosamente também não queria. Meu corpo frouxo não exprimia qualquer resistência, deixando braços e pernas balançarem desritmadamente em meio à corrida dentro da fumaça claustrofóbica. Imagens borradas de pessoas e paisagens passavam por mim com velocidade. Um vento gelado gentilmente enxugava o véu de lágrimas que insistia em cobrir meu rosto. Abaixo de mim um motor rugia como um trovão.

Então tudo escureceu.

E assim deveria ter permanecido.

Deveria, mas...

CAPÍTULO
10

— **Ela está bem?** — captei ao longe uma voz feminina. Minha cabeça pesava toneladas.

— Sim. Sonolência e surtos psicóticos são alguns dos efeitos colaterais do remédio que ela está tomando — esclareceu uma voz masculina educada, porém seca.

Surtos psicóticos?!

— Ah, coitadinha! — observou a melosa voz feminina. — Ela deve acordar com fome.

— Deve. — Senti uma mecha dos meus cabelos sendo arrumada por trás da minha orelha direita.

Um arrepio frio. O choque daquele contato chacoalhou minhas células e me fez acordar de imediato. Percebi pelos assentos que estava dentro de um avião. Ainda tonta, virei-me para o lado e quase tornei a desmaiar de susto.

— Você?! O-o que eu estou fazendo aqui?! — Soltei um grito rouco, quase afônico.

— Pode até gritar, mas um escândalo não vai te ajudar em nada — Richard explicou no seu habitual tom irônico e, acenando com a cabeça, indicou à comissária que se retirasse.

Vasculhei em volta à procura de ajuda. Entrei em pânico ao identificar que estávamos apenas eu, ele, a comissária de bordo, o piloto e o copiloto dentro de um jatinho particular. *Céus! Não podia acreditar que me tornara refém de um grupo de sequestradores!*

— Não adianta berrar. Todos aqui foram muito bem pagos para manter total discrição — ele se adiantou ao perceber o pavor em meus olhos.

— M-minha mãe! — arfei em pânico. — O que aconteceu com ela?

Ele desviou o rosto e encarou o encosto do assento à sua frente. Estremeci.

— Meu Deus! Ela mo...? O que você fez com ela? — Em estado de perturbação, fiz menção de me levantar, mas Richard me impediu, segurando-me com força. Uma onda de fraqueza avançou pelo meu corpo e tornei a tombar sobre o assento.

— Leia.

A capa do *New York Times* sobre minhas pernas bambas estampava a reluzente manchete "NOVO SHOW DA BROADWAY: A MORTE É O ESPETÁCULO". Sem conseguir interromper a enxurrada de lágrimas que me escapava, devorei as palavras até a parte em que havia a confirmação da morte de um homem de meia-idade. Passei os olhos com rapidez nas linhas restantes, e nada. Li e reli, mas nada! Não havia qualquer comentário sobre nenhuma mulher morta, nem ao menos ferida.

— I-impossível! — engasguei com as lágrimas que escorriam pela minha garganta. — Onde ela está? O que vocês fizeram com ela? — implorei com o coração esfacelado.

Ele me encarou, mas nada respondeu. Percebi que não estava tendo sucesso em minha abordagem com aquele psicopata. Respirei fundo, deixei as emoções de lado e permiti que meu cérebro agisse. Levei um bom tempo até conseguir me recuperar da crise de choro.

FML PEPPER

— O que você tem a ver com tudo isto? — Desviei de seu olhar e tentei disfarçar o tremor em minhas mãos. Concentrava-me em inspirar e expirar. Se não o fizesse, tinha certeza de que o pânico iria me sufocar.

— Nada. Mas eu te avisei.

— O que você quer de mim, então? Eu não sou rica! Não tenho dinheiro!

Ele achou graça.

— Não estou interessado em suas economias. Sou apenas o seu *resgatador*.

— Você é o quê?! — meu guinchado saiu abafado.

— A sua morte.

— Hã?! — Arregalei os olhos, incrédula. *Eu estava mais perturbada que imaginava ou realmente havia escutado aquela barbaridade?* Virei-me para encará-lo, mas ele olhava fixo para a frente. — Se você é mesmo a minha morte, então por que ainda estou viva? — indaguei com ironia.

Houve um longo momento de silêncio e, de repente, ele me acertou com um golpe certeiro, sua resposta cortante como uma lâmina afiada:

— Porque não era para você ter morrido com ela. Não naquele momento.

— E-então... Ela *realmente* morreu? — O horror da certeza, ácido e cruel, me corroía por dentro, mas consegui refrear as lágrimas.

Richard confirmou com a cabeça.

— Assim como Phil?

— Phil está vivo. Mas eu diria que ele ainda vai ficar algum tempo *fora do ar...*

— E por que não comentaram nada sobre Stela no jornal? O que vocês estão tramando?

Não obtive resposta.

— Por que não me deixou morrer junto dela? — indaguei com fúria.

Kevin tinha razão. Aquele garoto deveria ser um psicopata e, com certeza, tinha uma morte bem planejada para mim. Seria de alguma seita que dilacerava os olhos de suas vítimas? E para onde estaria me levando?

— Já disse. Não era a sua hora — bufou. — Agora me deixe dormir.

— Como assim? Você sabe por acaso qual é a minha hora?! — gritei, começando a me descontrolar.

Ele comprimiu os olhos, encheu os pulmões de ar e tornou a me encarar.

— Você é especial. — Sua voz estava um pouco diferente. Desta vez, não identifiquei seu costumeiro sarcasmo.

— Especial? Eu? Ah, deve ser o meu azar! A garota mais azarada deste mundo! — fiz ironia da minha triste sina.

— Você não é azarada. Você é...

— Sou o quê? Sortuda? Todos esses acidentes em minha vida são sinal de sorte? Ser órfã de pai, não ter família, e ainda perder a pessoa que mais amo nesta vida às vésperas de completar dezessete anos? Ser sequestrada por um psicopata? Isso é ter sorte? Puxa! Como as coisas estão mudadas, não? — Percebi que começava a perder o medo da situação. Eu havia perdido tudo de mais importante em minha vida, inclusive a paz e a esperança. Tanto fazia agora viver ou morrer. A morte, por sinal, me parecia até interessante.

— Aquelas situações foram forçadas, artificiais — respondeu olhando bem dentro dos meus olhos.

— Forçadas? Sei. Posso saber o porquê?

— Não é da sua conta.

— Claro que é, seu estúpido!

Naquele exato momento a comissária de bordo se aproximou de nós. Seus belos cabelos tinham um tom alaranjado artificial, provavelmente para assentar com os chamativos olhos cor de mel. Mas, assim mesmo, ela era muito bonita.

— Que bom que acordou, dorminhoca! Pensei que passaria as dez horas de voo sem comer absolutamente nada! — Olhava para mim, mas dava um sorrisinho de lado para Richard. Algo dentro de mim não gostou daquilo. *Estranho...*

— Dez horas?! — exclamei desnorteada.

— Sim, querida. O que vai querer: medalhão de filé com arroz à piamontese ou frango ao curry com legumes?

— Droga nenhuma! É o que vou querer deste maldito cardápio! — respondi com os dentes trincados.

— Traga o filé mignon — ordenou ele e, virando-se para mim, sussurrou sua ameaça: — Se não quiser que eu empurre tudo por sua goela abaixo, é melhor tratar de comer.

— Você não manda em mim! — rugi.

Ele abriu um sorrisinho torto.

— Pelo visto você não tem prazer apenas em matar, mas em mandar também, não? — retruquei com a ira inflada.

— Garota, você não tem ideia — fuzilou-me com a voz rouca e um olhar sombrio. Recuei.

— Satisfeito? — enfrentei-o após meia dúzia de garfadas. — Agora sua presa está prontinha para o abate.

— Você é insuportável! Volte a dormir que é o melhor para nós dois. Ora, ora... aonde pensa que vai? — rosnou ao me ver levantar.

— Vou ao banheiro. Posso? — Ele apenas acenou com a cabeça, bufando.

Entrei no banheiro, fechei a porta e desmoronei em prantos. Para onde aquele psicopata estaria me levando? Que conversa era aquela de eu ser especial? De não ter chegado a minha hora? *Se ele sabia qual era a minha hora, é porque... porque estava planejando o meu assassinato!*

— Está se sentindo bem? — A aeromoça puxou conversa assim que saí do minúsculo toalete.

— Eu...

— É raro ver um rapaz tão preocupado com a namorada — interrompeu-me ela.

Namorada? Então ela não tinha conhecimento da grande farsa?

— Ele não saiu do seu lado nem um minutinho sequer. Ele veio carregando você desde a sala de embarque até aqui e não aceitou que ninguém o ajudasse — suspirava ela. Eu tinha de aproveitar aquele momento para lhe pedir ajuda, mas a mulher não parava de falar. — Arrumou seu corpo confortavelmente no assento, te agasalhou do frio, além de ficar te olhando o tempo todo. Ah, se eu tivesse aqueles magníficos olhos azuis vidrados em mim também...

Se ela soubesse o porquê daqueles olhos azuis ficarem me encarando...

— Por favor, você precisa me ajudar! — meu sussurro saiu num rompante e a mulher perdeu a fala. — Estou sendo sequestrada!

— Hã? Seques... — Ela arregalou os olhos. — Ah, claro! O remédio que você tomou. — Havia pesar em sua voz. — Fique calma. Vai ficar tudo bem.

Céus! Ela estava achando que eu era a louca daquela história?

— Que remédio coisa nenhuma! — exclamei. — Por favor, você tem que acreditar em mim! — Desesperada, comecei a sacudi-la.

— Volte para o seu assento — ordenou ele, ríspido, surgindo de repente atrás de mim. Eu congelei, e a mulher me lançou um sorriso sem graça.

— Você vai ficar bem, minha linda. Roma é tão romântica na primavera... Vocês vão aproveitar muito! — E se afastou, desprendendo--se rapidamente de mim.

"Roma?" Meu Deus!

— Por que está me levando para Roma? — questionei atordoada. Sem sucesso, tentava me livrar de suas horripilantes mãos enquanto ele me conduzia de volta ao assento.

— Vamos despistá-los. — Richard não era um sujeito dado a bate-papos e suas respostas resumidas conseguiam me deixar ainda mais perdida.

— Despistar quem?

— Aqueles que querem *antecipar a sua hora.*

— "Minha hora?" — gelei. — Você quer dizer... a "minha morte"?

— Sim.

Agora eu odiava a sua franqueza.

— Por que querem antecipar a minha morte? — perguntei após recuperar a linha de raciocínio.

Era inacreditável estar ali, viajando não sei para onde e conversando tranquilamente com meu futuro algoz sobre a minha morte tão iminente.

— Para que sua existência não afete o Grande Portal e as três dimensões abaixo do *Plano.*

Meu queixo despencou.

Céus! Eu estava acompanhada de um lunático e não de um assassino comum!

— "Grande Portal?" "Três dimensões?"

— Sim. Você tem poderes muito... *perigosos* — respondeu com o olhar intenso e indecifrável.

— Eu?! Você é louco!

— Todos somos.

Acalme-se, Nina! Controle seus nervos se quiser entender o que se passa na mente desse sujeito, ordenou a voz da minha razão. Fechei os olhos, respirei fundo e continuei dando corda para aquela conversa de malucos.

— São quantas dimensões, afinal de contas?

Ele me estudou por um momento, parecia decidir se responderia ou não.

— Quatro. A superior nós chamamos de *Plano*. A segunda é onde você vive, onde os humanos habitam. A terceira é de onde eu venho, a que pertenço. E, por fim, a última dimensão nós denominamos *Vértice* — explicou, encarando-me com as suas estupendas gemas azuis.

— O que você quer dizer por minha dimensão? A Terra? — perguntei, desvencilhando-me do seu olhar perturbador.

— O que vocês denominam Terra nós chamamos de segunda dimensão ou *Intermediário*.

— Hum. E a sua dimensão tem nome? — soltei irônica, enquanto ele permanecia impassível.

— Sim. Chama-se *Zyrk*. Nós da terceira dimensão somos responsáveis por manter o equilíbrio da segunda dimensão, ou seja, da sua dimensão.

Deus! O garoto era mais desequilibrado do que eu podia imaginar!

— Imagine uma pirâmide invertida — ele se adiantou. — É assim que nos definimos. Em ordem, de cima para baixo estão: *Plano, Intermediário, Zyrk* e *Vértice*.

— Vocês vêm de outro planeta para administrar o nosso?

— Não. Nós também pertencemos a este planeta, só que estamos em outra dimensão. São dimensões que caminham paralelamente, coexistem. A diferença é que a sua dimensão não sabe da existência da minha — ele comentava displicentemente, como se fosse a coisa mais banal deste mundo.

— Acho que você anda assistindo muita ficção científica, não é mesmo? — Lancei-lhe um sorrisinho de deboche.

Ele fingiu indiferença, tornando a olhar para o assento à sua frente.

— Certo — murmurei, levando as mãos à cabeça. — E a quarta dimensão?

— É o temido mundo das sombras, da escuridão — rebateu com desânimo. — Nós a chamamos de *Vértice*, mas vocês costumam chamar de Inferno.

Engoli em seco.

— E o que é o *Plano*? — Poderia imaginar qual seria a resposta.

— A Luz. Alguns de vocês chamam de Paraíso, outros de Céu, tem vários nomes...

Interrompendo nossa conversa de loucos, o avião começou a descida. Richard se inclinou sobre mim para checar o cinto de segurança e seu pescoço ficou na direção de meu nariz. Virei o rosto com a intenção de evitá-lo, mas pude sentir o aroma de sua pele, tão penetrante quanto seu olhar. Tudo nele era rude e pungente, e aquilo mexia comigo de uma forma muito nova, diferente de todas as sensações pelas quais eu já havia passado. Percebi o familiar calafrio espalhando-se com delicadeza por minha pele e uma onda de eletricidade percorreu minha coluna dorsal. Imediatamente reconheci aquele impacto físico.

— Então foi mesmo você! — soltei com os dentes cerrados.

— Eu o quê?

— Foi você que me fez sentir todos aqueles calafrios!

Ele arqueou uma sobrancelha e agora deixou brotar um sorriso enigmático.

— Antes que pense em fazer qualquer besteira, como fugir, por exemplo — acrescentou com sua postura sarcástica —, fique sabendo que você não tem um mísero centavo e muito menos um passaporte.

Portanto, é bom que coopere, ou vai acabar presa no setor de imigração. Garanto que será apenas perda de tempo. Sem contar que o tratamento para um imigrante ilegal não é nada agradável.

— Aposto que é melhor que o seu!

— Pois vai perder sua aposta fácil, garota. — E alargou o sorriso irritante. — Em menos de dez minutos estaremos em solo.

Pensei bem. Viajar pelo mundo era algo que eu conhecia. Infelizmente ele tinha razão. Eu precisava era me manter atenta e aproveitar o momento oportuno para fugir daquele desequilibrado.

— Vamos! — ordenou e me envolveu em seus braços. Fui tomada por uma tontura imediata, seguida por uma corrente ininterrupta de calafrios. Passamos pelo setor de imigração e saímos do grande salão do aeroporto de Fiumicino, meu velho conhecido de diversas conexões na Europa. Senti um aperto instantâneo no peito. Apesar de ter cidadania americana, eu era italiana de nascença, mas nunca cheguei a conhecer a Itália. Mamãe se mudou dali comigo quando eu ainda era bebê. *Bem típico dela...* Ao lembrar de Stela, o aperto no peito se transformou em dor e uma lágrima rolou em minha face, desamparada.

— O que pretende comigo? — esbravejei.

— Esconder você por algum tempo.

— Como você faz isso comigo? — indaguei sem compreender aquela fraqueza generalizada em meu corpo.

— Porque você é uma *receptiva*.

— Que loucura é essa?!? Me solta agora!

— Calminha. Já te disse que é melhor cooperar. — Ele achava graça, deixando-me ainda mais furiosa.

As pessoas nem perceberam que eu praticamente não caminhava. Na verdade, a sensação era de que eu estava flutuando. Richard me segurava pela cintura, mantendo-me erguida a poucos centímetros do chão, e me conduzia até uma área deserta do estacionamento coberto do aeroporto. *Ah, não! Eu precisava me livrar dele antes que fosse tarde demais!* De impulso, chutei sua perna e mordi seu braço com a maior força que consegui empregar. Tudo que ouvi foi um assovio seguido de uma gargalhada diabólica.

— Isso é tudo que você consegue, Tesouro? — E ria de se contorcer sem, no entanto, perder a constância de suas passadas.

Enfurecida, chutei-o ainda mais, esperneei, gritei ao máximo, mas nada, ele se divertia com o meu desespero. Por fim, cedi, exausta. *Como ele podia ser assim tão forte? Ele não tinha sentido nada? Tinha sim!* Um pouco de sangue escorria pela ferida feita pelos meus dentes. Senti-me melhor em vê-lo sangrar. Por alguns instantes, quase acreditei que ele não era mesmo do meu mundo. Mas não. Ele era humano! Era apenas um desequilibrado, um psicopata. E psicopatas são mais fortes que a média, eu já tinha lido sobre isso em algum lugar...

— Vamos logo! — Apertou-me contra seu peito e acelerou os passos.

Por que eu perdia as forças quando ficava muito perto dele? Que papo era aquele de ser receptiva aos calafrios dele? Seria algum tipo de hipnose?

— Onde você consegue tanto dinheiro para alugar um jatinho? Além de louco também é milionário?

— Zirquinianos têm seus próprios meios.

— Hã?!?

Richard me colocou sobre uma moto esportiva tão imponente quanto a de Nova York, sacou um capacete e, quando ameaçou colocá-lo em minha cabeça, desferi um tapa e o arremessei longe.

— Você tem um gênio e tanto, não? Pois agora vai ficar assim mesmo! — determinou sem paciência, pulou na moto e saiu dali fritando pneu.

Estávamos em uma pista de alta velocidade e, baseando-me nas placas que Richard seguia, tudo indicava que nos dirigíamos para uma rodovia. O movimento de carros ao nosso redor era mínimo. Amanhecia em Roma e, ao longe, o sol surgia exibindo um degradê de amarelos com pinceladas prateadas que me tirariam o fôlego em qualquer ocasião, excetuando a que me encontrava.

— Eu pensei que você só quisesse *me* matar! — ironizei aos berros ao vê-lo pilotar como um suicida. Ele parecia não se importar com nenhuma das minhas agressões verbais, se é que me ouvia. — Estamos a quase duzentos por hora, seu louco! Por que não me derruba logo?

Dessa vez você pode ter mais sorte! — Sua musculatura enrijeceu instantaneamente com aquele comentário. Sim, ele me ouvia. Insisti. — Que foi? Está chateado porque eu descobri que você falhou, é?

— Você não sabe de nada. Não entendeu nada — rosnou.

— Sei que você é um grosso, um assassino e um louco! Deixa eu ir embora ou me mata logo!

— Ótima ideia! — esbravejou e freou a moto bruscamente.

Com a expressão perturbada, ele me encarou por um longo momento. Estremeci ao imaginar o que podia estar passando em sua cabeça naquele instante e, sem que eu pudesse esperar, ele acelerou forte. Meu corpo foi violentamente jogado para trás. Achei que era o momento, que minha história acabaria ali, em pedaços e sobre aquele asfalto. Mas, para minha surpresa, não caí. Um solavanco forte e, com sobrenatural habilidade, seu braço esquerdo me puxou para junto de seu corpo duro como aço. Uma rajada de vento frio me trouxe de volta à realidade e engoli em seco ao avistar o colossal abismo que surgiu à nossa esquerda. Subíamos por uma estrada íngreme e estreita, a qual serpenteava uma assustadora cordilheira. A grama baixa que margeava a sinuosa via ia aos poucos sendo substituída por pinheiros e eucaliptos. Ao longe identifiquei majestosos cumes nevados.

— Por favor, deixa eu ir embora — implorei baixinho, escondendo meu rosto em suas costas largas. O peito dele estufou debaixo de minhas mãos e, logo a seguir, ouvi um suspiro.

— Não.

Se ele estava convicto de suas intenções, no caso, me raptar para algum objetivo macabro, restava-me então duas opções: acabar logo com tudo e pular naquele abismo ou tentar outra oportunidade de fuga.

Por total falta de coragem... Optei pela segunda.

CAPÍTULO
11

Duas motos estavam estacionadas um pouco mais adiante de uma curva angulosa, onde um rapaz vestido de preto da cabeça aos pés aguardava por nós.

— Igor?!? — O rosto de Richard ficou ainda mais mal-encarado do que de costume.

— Surpreso em me encontrar? — o sujeito indagou com uma voz arrastada e ar de triunfo. — Pois é, meu camarada! Você não dava notícias... Shakur ficará satisfeito em saber que te achamos. — O rapaz tinha a aparência desconfiada, um pescoço comprido com pomo de adão saliente e uma cicatriz horrorosa que atravessava seu rosto de uma extremidade a outra. — Vejo que os boatos eram verdadeiros. Ela é mesmo linda... — Engoli em seco. Havia perversidade em seu interesse. — A gente podia aproveitar um pouco antes de concluir a missão. Que tal promover uma festinha como aquela que fizemos com a garota de Londres, fritar uns olhinhos...? Por falar nisso, deixe eu ver melhor. — Achou graça da própria piada e se aproximou de mim. — Fantásticas!

Céus! O que ele queria dizer com "fritar uns olhinhos"?

— O que é fantástico, Igor? — Outra voz, agora bem grave e até simpática, surgiu logo atrás do rapaz da cicatriz. O homem por trás dela era quase um gigante e tinha aparência simplória. Ele vinha de uma rústica estalagem mais adiante. O local parecia um armazém de beira de estrada e, a julgar pelo hálito do tal Igor, devia vender bebida alcoólica.

— Olhe, Ben! Veja os olhos desta belezinha. Não me admira por que demoramos tanto para encontrá-la. As lentes são perfeitas!

Congelei com a confirmação: eles estavam interessados nas minhas pupilas anormais!

— É verdade. Impressionante! — O gigante me olhou com curiosidade. — Puxa, Rick! Senti sua falta!

— Obrigado, Ben. Os outros rapazes estão aí?

— Não. Estão em Nápoles. Igor foi quem achou que talvez o encontrasse por aqui. Ele tem um faro...

— Sei. — Franziu a testa. — E Collin?

— Está com eles, esperando por nós.

— Bom — Richard murmurou sem vontade.

— E aí? Que tal uma festinha com ela? Ainda temos tempo — insistia Igor. — Só que desta vez faremos diferente, certo? Você começa, eu termino.

— A gente decide quem termina mais tarde — respondeu Richard impaciente. — Vamos logo.

A viagem transcorreu num clima tenso. Havia um conflito evidente entre Richard e Igor. Talvez pertencessem à mesma gangue, mas tivessem opiniões divergentes. Vez ou outra sentia que o rapaz da cicatriz me observava com uma curiosidade doentia. De modo sincronizado, sempre que eu começava a me sentir estranha, Richard acelerava. *Ou será que eu me sentia mal porque ele acelerava?* Minha cabeça girava dentro de um tornado, incapaz de acreditar nas evidências ao meu redor e me deixando ainda mais confusa. Eu havia perdido tudo nas últimas horas: minha mãe, meu mundo, minha vida. Como uma marionete, estava sendo jogada de um lugar para outro, prisioneira de um grupo de fanáticos de algum tipo de gangue macabra. E, se o pressentimento que me oprimia se confirmasse, seria eliminada em breve.

— Vejam! É Collin e o nosso grupo — gritou o tal do Ben após umas duas horas de viagem. — Estranho. Por que estão aqui e não em Nápoles?

Procurei por alguma informação ao meu redor e reconheci o nome que a placa na autoestrada sinalizava como a próxima saída: Santa Maria Capua Vetere! Como mudar de país era o terrível hobby de minha mãe, geografia e história sempre estiveram entre as minhas matérias prediletas. Eu já havia lido sobre aquele lugar medieval. Santa Maria tinha sido a maior cidade da Itália na antiguidade e um dos povoados mais importantes do Império Romano.

— Vai ver que ficaram com saudade da gente. Aqui, pessoal! — berrou Igor, acenando para um grupo de rapazes estacionados na beira da estrada e me trazendo de volta à dura realidade. Fora o nosso grupo, não havia pessoas ou estabelecimentos por perto. Apenas carros e caminhões que passavam em alta velocidade.

Paramos junto a eles que, assim como os primeiros, também estavam vestidos de preto. A gangue era formada apenas por rapazes que deviam ter idades bem próximas. Um garoto se destacava no grupo por sua postura e olhar de superioridade. Ele tinha a barba por fazer e os cabelos oleosos estavam desgrenhados. Assim como Richard, era alto e forte, mas menos atlético. Da forma como se portava e como os outros o tratavam, parecia ser o líder.

— Finalmente!

— Paramos para descansar, Collin — respondeu Ben.

— Não te perguntei nada, imbecil.

Ben se encolheu todo. Collin virou seu olhar inicialmente para Richard e depois para mim, analisando-me minuciosamente por um bom tempo. Percebi Richard soltar um suspiro de desaprovação, mantendo intacta uma fisionomia ilegível.

— Impressionante! Venha cá, garota.

Fiquei paralisada.

— É surda? Venha aqui, agora! — o tom imperativo de Collin era bem pior que o de Richard.

Diante da minha dificuldade em descer da moto, e com uma impaciência exagerada, Collin soltou um palavrão, puxou-me com força para perto dele e desatou a fazer piadinhas de mau gosto:

— É uma pena ter que acabar com uma gracinha destas, não é mesmo? — Apresentou-me aos demais rapazes como se mostra uma valiosa mercadoria de leilão. Eles riam com gosto. *Idiotas!* — Olhem a perfeição destas lentes! Inacreditável! E o aroma dela então! Uau! — Como um bicho, ele começou a me cheirar de cima a baixo, parando ao nível do meu pescoço. Fechei a cara e respirei fundo. *Que tipo de brincadeirinha nojenta era aquela?*

— É o cordão? — perguntou a Richard, que assentiu com um mínimo movimento de cabeça.

Meu cordão? O que haveria de errado com ele?

— Fabuloso! Que satisfação concluir uma missão como esta, não é mesmo? — Voltou a olhar para Richard, que nada respondia e o encarava sem esboçar reação. — Mas é uma graça! Boneca, seu lindo rostinho me é familiar. Engraçado... — E deu de ombros. — Também já se foram tantas missões! — E sua risada cretina ecoou pelos seus súditos. — Deixe-me ver uma coisinha... — acrescentou, esfregando os dedos selvagens no meu rosto.

— Não toca em mim! — embora acuada, esbravejei e empurrei sua mão para o lado. Ele achou graça.

— A boneca é valente, é? — gargalhou e logo a seguir assumiu uma expressão desafiadora. — Vamos ver como reage a isso. — Collin segurou meus braços com apenas uma das suas mãos e começou a esfregar a mão livre no meu pescoço. Eu me debati, mas minhas forças não foram suficientes para me livrar de sua pegada. Desatei a xingá-lo quando senti que aquela mão asquerosa já havia ultrapassado a gola da minha blusa e começava a descer. Em uma fração de segundo, minha visão turvou e meu corpo enfraqueceu, como se alguém o tivesse desligado. *Você não pode desmaiar, Nina!*, chacoalhou-me meu subconsciente. No instante seguinte Richard já havia entrado no meio

FML PEPPER

de nós e paralisado a mão de Collin. Como mágica, meus reflexos voltaram a funcionar.

— Pode brincar à vontade, apenas não mate a garota — advertiu Richard irônico. — Ela é minha missão.

— Para o melhor resgatador de *Zyrk*, você anda bem desinformado, meu camarada — alfinetou Collin, com um sorriso sarcástico. — Shakur ordenou que você a transferisse aos meus cuidados.

— Impossível! — rebateu Richard.

— Então leia! — E retirou um envelope do bolso de sua jaqueta, entregando-o a Richard, cujo rosto tornara-se tenso à medida que absorvia o seu conteúdo. Ele permaneceu algum tempo com os olhos fechados, a testa lotada de vincos, até finalmente dobrar o papel, devolvendo-o a Collin.

— Pois que seja feita a vontade de Shakur — concluiu secamente.

— Ótimo!

— Mas aí não diz que é para antecipar a hora dela — retrucou Richard.

— Como?

— Você me ouviu. Aí só diz que é para eu deixar você concluir a minha missão, mas não menciona qualquer comando sobre antecipar a hora da garota. Protocolos. — Retribuiu o sorriso falso. — Lembra-se?

— Não fique todo confiante só porque é o protegidinho de meu pai. Saiba que no futuro aquele clã me pertencerá e você vai se arrepender de algumas atitudes do passado — ameaçou Collin.

— Será mesmo? Muita coisa pode acontecer até lá — desafiou Richard com jeito debochado.

— Não conte com isso — Collin rosnou e, sem delongas, ordenou ao grupo: — Vamos! Já perdemos muito tempo!

Não conseguia identificar o sentimento que mais me consumia naquele momento: ultraje, raiva, medo, tristeza, impotência? Uma coisa era certa: eu estava absolutamente tonta com toda aquela conversa. *Quem era Shakur? Que história era aquela sobre clã e protocolos?*

— Suba, garota! — Richard ordenou sem perder contato visual com Igor. Sua fisionomia estava mais carrancuda que o normal.

— O que está acontecendo aqui?

— Determinação do tempo que lhe resta — disse de forma educada e me lançou um sorriso mordaz.

— Dados concretos? Hum... Isso é ótimo! — disparei, tentando disfarçar a sombra do medo estampada em minha face. — Quanto tempo eu tenho, afinal de contas?

— Uns dezoito dias — ele jogou os cabelos negros para trás e respondeu de bate-pronto, a voz tranquila e casual. Parecia um comentário tão banal que, se a pauta em questão não fosse a *minha morte iminente*, eu teria achado graça. — Não conseguimos identificar a data correta. Sua mãe fez um serviço excepcional. Por isso precisamos te levar para seu provável local de nascimento.

— Por isso vieram para a Itália. Para me matar? — balbuciei.

— É o que achávamos, mas todos os sinais indicam a Tunísia.

— "Tunísia?" Isso é ridículo!

Ele arqueou as sobrancelhas com descaso, deixando claro que minha opinião pouco importava.

— Certo. — Engoli em seco e fui direto ao ponto. — E chegando lá vocês vão me matar?

Ele desviou o olhar e não respondeu.

Após horas de viagem, eles decidiram descansar em uma escondida parada de caminhoneiros no meio da estrada. Tudo planejado para que ninguém me visse ou conversasse comigo. Quando não era Richard, eu estava sempre escoltada por dois seguranças do grupo. Chance de fuga: zero.

— Quanto tempo até Mársala? — indagou Collin a um dos seus homens. Ben o seguia de perto. Notei que Richard o escolhia para me vigiar sempre que precisava se afastar para tratar de algum assunto insano, tipo: missões pendentes, perda de territórios e uma série de nomes sem sentido que eu mal conseguia (ou queria!) gravar.

— Mais cinco horas, se mantivermos este ritmo — respondeu o sujeito.

— Ok. Algum sinal de outro grupo? — Collin começou a piscar, como uma espécie de espasmo ou tique nervoso. O outro homem arregalou os olhos, empertigou-se no lugar e, gaguejando, forneceu-lhe a resposta.

— Não, senhor. Mas surgiu um problema. Perdemos nossa base de operações em Bari.

— O quê, imbecil?

— Não conseguimos qualquer comunicação com Leila.

— Como assim? — Ben intrometeu-se, assustado.

— Ela desapareceu — respondeu o subalterno.

— Um resgatador não pode simplesmente desaparecer e pronto! — Collin rugiu.

— Eu sei, senhor, mas parece que foi algo pior... — o rapaz se apressou em explicar. — Leila deixou tudo para trás, como se a tivessem raptado. Não levou nada consigo. Seus afilhados também desapareceram. Sua casa em Bari estava arrombada!

— Por Tyron! Meu pai já foi informado?

— Sim, senhor. Ele quer que a procuremos. Não tolerará qualquer ataque de outro clã.

Céus! Que tipo de conversa era aquela? Aqueles rapazes realmente acreditavam no que diziam, como se todos tivessem passado por algum tipo de lavagem cerebral! Viviam num mundo imaginário. Tinham hierarquia e tudo mais. Quem seria a tal de Leila? Uma pessoa que recobrou o juízo, abandonou o grupo e agora é tida como desertora? E Shakur? Seria ele o charlatão que comandava esse bando de degenerados?

— Envie cinco homens em sua busca!

— Sim, Collin.

— Richard os comandará.

— Mas... — Ben tentou interceder.

Contive meu sorriso. Sem Richard por perto, algo me dizia que seria mais fácil arrumar um meio de me desvencilhar deles.

— Ande! Repasse minha ordem!

— Bari fica no sentido oposto ao nosso e quem você pensa que é para me dar ordens, Collin? — Richard reapareceu no instante seguinte e sua face estava púrpura de fúria.

— Pensei que se importasse com Leila... Além do mais, não fui eu, mas sim meu pai, Shakur, quem ordenou. — E, com um sorrisinho de satisfação estampado no rosto, Collin lhe entregou outra carta, cujo conteúdo foi imediatamente tragado pelos olhos selvagens do adversário. — Se for rápido, ainda conseguirá nos encontrar em Sabhã, antes da passagem.

Visivelmente aborrecido, Richard desapareceu do nosso campo de visão, trotando e pronunciando palavras em uma língua indecifrável.

Em seguida estávamos de volta à estrada que cortava extensos campos de plantações que, pelo tipo de folhagem, pareciam de uva. Pra variar, nenhum sinal de casas ou pessoas, somente uma aquarela de cores nos cercava. O verde vivo das folhagens contrastava com as pinceladas de lilás, laranja e vermelho que se espalhavam pelo azul--escuro do entardecer.

Após algumas horas na garupa da moto de Collin, meu corpo começava a dar os primeiros sinais de cansaço. Minha musculatura contraída, repleta de ácido lático, era a prova da minha exaustão.

— Por favor, preciso descansar um pouco — implorei ao detectar uma vila com minúsculas casinhas surgindo ao longe. *Era a minha chance de fuga!*

— Não.

— Por favor! Eu suplico, se eu não beber alguma coisa, acho que vou desmaiar — apelei com voz teatral.

— Droga! — resmungou ele, enquanto sinalizava sua desaceleração aos demais.

Eles pararam ao nosso redor.

— Tá passando mal. Temos que prender a garota em um de vocês e continuar a viagem. Não suporto mais o peso morto na minha moto!

— Eu preciso de um copo d'água, por favor! — fiz cena.

— Tragam água.

— Os cantis estavam vazios, já jogamos fora — anunciou um dos rapazes, superamedrontado.

— Inúteis! Eu mesmo resolvo isso. — Collin me puxou de forma agressiva pelo antebraço. Para a minha felicidade, ele me conduzia em direção às pequenas casas de tijolinhos coloridos que eu havia visto. Assim que encontrasse qualquer pessoa, começaria a gritar e pedir por socorro. *Eu ia desmascarar aquela gangue de assassinos!*

Meu otimismo durou pouco. Apesar de ser primavera, o vento frio que nos acompanhou durante todo o percurso piorou com o anoitecer e fez as pessoas se recolherem mais cedo e, de novo, não havia nenhum transeunte pelo local. Todos os sons e luzes vinham de dentro das humildes habitações. Era horário do jantar. Vozes de pessoas conversando, sons de talheres chocando-se contra pratos, televisores ligados e crianças brincando eram facilmente identificados à medida que passávamos diante das portas. Aquela caminhada começava a me afligir. *Por que não tocou logo na primeira casa? Por que parecia escolher a casa em que bateríamos? Que diferença faria?* De repente ele parou. Tudo parou. Até minha respiração parou. Angústia. Apreensão. Cinco minutos se passaram. Dez. Vinte. Uma hora. *O que estávamos aguardando? O que Collin estava esperando, afinal de contas?* O único som ao nosso redor eram os uivos do vento em sua sinistra sinfonia, quase fúnebre. De repente, os olhos de Collin começaram a se revirar, deixando visível apenas a parte branca das órbitas, como em uma crise epilética. *Cristo! O que estava acontecendo?* Logo em seguida ele desatou a pronunciar frases sem o menor sentido. Acuada e nervosa, senti minha respiração falhar e meu coração acelerar no peito. Então seus olhos voltaram ao normal, mas ele parecia aéreo, longe dali. Eu reconheci aquele olhar, mas não me recordava de onde. De repente uma corrente de calafrios passeava por minha pele. *Pronto! Agora eu tinha certeza: alguma coisa ruim ia acontecer. Eu podia pressentir.*

— Vamos! — comandou ele.

Com seus dedos afundados em meu braço, atravessamos a pequenina rua principal e paramos bem defronte a uma casa cujas paredes mesclavam o verde desbotado da pintura velha com uma grande quantidade de musgo que se entranhava. A casinha parecia abandonada, com seus muros descascados e vidraças quebradas. Collin esperou mais alguns minutos, quase me matando de agonia, e então ordenou:

— Agora sim. Pode bater. — Então ele me soltou e ficou logo atrás, observando.

Obedeci. Era chegado o momento. Minha chance de fuga. Minhas mãos tremiam tanto que quase não consegui tocar a campainha. Escutei o som de uma televisão ligada e uma voz resmungando. Em seguida um par de chinelos anunciavam passos lentos em nossa direção. A porta finalmente se abriu e, enojada com a cena dantesca que se desenhou à minha frente, demorei alguns segundos até retomar o raciocínio. Um homem andrajoso e extremamente obeso veio me atender. Sua boca estava cheia de comida e um fio de macarrão ainda pendia pelo canto esquerdo do lábio. Ele não havia nem se dado ao trabalho de abandonar o gorduroso prato, carregando-o consigo.

— Que é?

Tive o desprazer de ver a comida dançando de um lado para o outro sobre a sua língua flácida. Segurei a ânsia de meu estômago e perguntei, prendendo a respiração:

— O senhor poderia me arranjar um copo d'água?

Collin me vigiava mais de perto.

— Que porra é essa? Não vou ajudar vagabunda nenhuma a esta hora da noite! Tá pensando o quê? — Sem que ele pudesse esperar, empurrei sua gigantesca barriga para longe, precipitando-me para dentro da casa.

— Socorro! Por favor, me ajuda! Eu fui sequestrada por este homem! — implorava a plenos pulmões.

— Que homem?! Você é louca?

— Cuidado! Atrás de você! — berrei, apontando para Collin.

O homem franziu a testa e virou o rosto na direção de Collin.

— Não tem ninguém aqui sua... Aaaarh!!!

Foi tudo tão rápido, que meu cérebro teve dificuldade em processar o que meus olhos presenciaram. *Como assim? Ele não havia enxergado Collin?* O homem obeso olhava para o nada quando foi brutalmente atacado por Collin, que o socou com violência repetidas vezes na altura do fígado, fazendo-o despencar no chão como uma jaca, ou melhor, um porco. Seus olhos estavam arregalados, a boca espumando. Jazia morto.

Nada daquilo fazia o menor sentido. *Cristo! Um homem gordo como aquele morreu só porque levou uma série de socos no fígado?*

FML PEPPER **138**

— Vadia mentirosa! Eu vou te matar agora mesmo! — Aproveitando-se do meu estado de atordoamento, Collin partiu como um bicho raivoso pra cima de mim. Agarrou-me pelo cabelo e jogou minha cabeça contra a parede. Senti uma dor aguda e logo a seguir tudo ao meu redor começou a girar. No chão, meio desacordada, vi seu corpo ser arremessado longe no momento exato em que vinha me chutar. Collin trombou contra uma mesa e caiu ao lado do gordo abatido.

— Richard?! — berrou ele, assustado.

"Richard?"

— Richard, não! — Collin implorou ao ver o adversário partindo novamente contra ele.

— Collin, Collin… Com quem pensa que está lidando? — Imobilizando-o com o pé, Richard começou a esmagar o crânio de Collin com extrema irascibilidade. No entanto, não havia raiva em sua voz, mas um sarcasmo diabólico. Tentando se libertar, Collin começou a socar a perna de Richard, mas instantaneamente estancou com a ameaça do adversário. Richard era ainda mais intimidador com as palavras. — *Shhhh*. Se me acertar mais um único golpe, terá que ser muito rápido se não quiser sentir seus miolos explodindo. E você me conhece muito bem para saber que não sou um sujeito que ameaça uma segunda vez.

— Por f…

— Será que eu terei que matar outra pessoa além dela?

Consegui escutar a respiração acelerada de Collin.

— Tentando comer a merenda dos outros? — indagou Richard displicentemente, enquanto continuava a pressionar a cabeça do adversário.

— Eu, eu…

— Você não ia repartir a garota comigo? Mesmo sabendo que mal posso esperar pelo dia dela, que ando faminto por ela há um bom tempo?

"Faminto?" O que ele queria dizer com aquilo?

— Eu ia… Aaaarh! Não, por favor! — O pranto por clemência de Collin era vexatório.

— Muito bem. Estamos entendidos. — Sem hesitar, Richard deu-lhe um chute na barriga. Presenciar Collin se contorcendo pelo chão me deixou mais atordoada ainda. Eu não sabia qual dos dois me dava mais medo naquele momento. — Verme!

Richard permaneceu de costas por um bom tempo, como se estivesse reagrupando as próprias ideias, até que andou em minha direção:

— Venha, garota. — E me ajudou a levantar.

— Você acaba de decretar a sua *partida* antecipada! — Contorcido no chão, Collin ainda tinha coragem de ameaçá-lo. Mal consegui olhar o desgraçado, pois Richard impedia meu campo de visão.

— Que ótimo! Assim não terei que ficar dando cobertura a um inútil.

— Você verá!

— Verei. Mas, por enquanto, é você que terá que se ver com Shakur — rosnou Richard enquanto caminhávamos para a saída e o deixávamos caído, gemendo atrás de nós.

Ao sairmos da casa, o grupo de motoqueiros nos esperava do lado de fora. O ambiente ermo e escuro era iluminado apenas pelas lanternas das motos e mesmo assim deu para notar que a habitual fisionomia de descaso dos rapazes havia sido substituída por uma diferente: eles estavam realmente assustados.

Assim como eu.

— Não conte nada do que viu a ninguém, compreendeu? Se abrir o bico... — Richard me ameaçou num sussurro antes de chamar o comparsa: — Ben, dá uma força aqui! Cuide dela.

— O que houve?

— Ela levou um tombo.

— Puxa!

Ben "caiu" naquela conversa mole? Ele era tão inocente assim?

— Tenho um assunto a resolver. Não tire os olhos dela, fui claro? — Richard ordenou e retornou para a casa onde estava Collin.

Cuidadosamente Ben me conduziu até a moto dele e, sem dizer uma única palavra, ofereceu-me um pouco de água. Eu recusei e ele assentiu sem contestar. Gentil, colocou sua jaqueta sobre meus ombros e, por um instante, achei ter visto um olhar de piedade brotar em seu rosto. Fechei os olhos e tentei enviar meus pensamentos para longe dali, mas não consegui. Eu me sentia muito mal. Por fora e por dentro. Queria acreditar que tudo aquilo não passava de uma dessas pegadinhas da televisão. Que num passe de mágica tudo voltaria ao normal. *Mas não! Eu tinha presenciado outra morte cruel. O óbvio se desenhava com nitidez: eu era refém de um grupo de assassinos!* A atitude covarde de Collin e a reação tempestuosa de Richard foram a confirmação disso.

Após algum tempo, Richard veio ao meu encontro. Checou minha cabeça e cada osso do meu corpo.

— Ai! — reclamei da sua falta de tato.

Ele levantou uma das sobrancelhas e uniu os lábios, como quem segura o riso. Desde a queda do andaime, agora era a primeira vez que senti seus olhos azul-turquesa brilharem novamente para mim. Fiquei absolutamente desconcertada e meu coração tornou a disparar no peito. *O que é que está havendo com você, Nina?*, gritou meu cérebro. *Você viu o que ele é capaz de fazer e devia estar morrendo de medo!*

— Podemos ir! — ordenou Richard ao grupo. — Mas antes quero que gravem uma coisa — berrou para que todos o escutassem. — A garota é minha missão! Coitado daquele que se esquecer disso.

Já era tarde da noite quando chegamos à cidade de Mársala. De lá, pegamos uma embarcação com destino ao golfo de Túnis. O navio era decrépito e fantasmagórico, com suas velas rasgadas, a pintura descascada, e no lugar onde antes estavam as letras de seu nome apenas uma mancha escura se destacava. Parecia ter sido fretado para o nosso grupo. Um velho de aparência macabra e sorriso aterrador nos aguardava no píer. Cada membro do grupo lhe deu duas moedas de ouro.

— Duas moedas de ouro? Uma para ir e outra para voltar? — perguntei petrificada ao ser remetida a uma cena mitológica. — Ele é... Ele é um barqueiro?

— Mais ou menos. — Richard retirou quatro moedas de ouro e as entregou à figura encapuzada.

— Boa viagem — soltou o homem satisfeito, deixando escapar uma risadinha maldosa enquanto guardava as moedas de ouro que eram depositadas em suas mãos.

Definitivamente, não seria uma boa viagem. Não mesmo.

CAPÍTULO
12

O navio tinha uma área aberta, como a de uma balsa antiga, que servia para acomodar carros e motos. A travessia do mar Mediterrâneo levaria toda a noite. A paisagem limitava-se a uma embaçada névoa, que migrava aos poucos do cinza-escuro para o negro melroado. Os rapazes passavam por mim com muita frequência, como se admirando um animal em extinção ou um monumento raro. Observei que não havia mulheres naquela mórbida embarcação e senti-me ainda pior.

— Você precisa comer, garota. Vou pegar algo para mim também — determinou Richard com sua cara amarrada de sempre. — Ben, toma conta dela enquanto isso.

— Pode deixar, Rick — respondeu satisfeito o rapaz que parecia ser o mais ingênuo do grupo. Ele tinha o corpo musculoso e a face lotada de espinhas.

— Todos aqui têm a mesma idade? — comecei assim que Richard desapareceu do nosso campo de visão. Determinada a encontrar alguma falha no esquema deles, eu tinha que aproveitar aquele momento a sós com Ben para furtar-lhe algumas respostas.

— Eu não devia conversar com você e... — checou ao redor e respondeu entre os dentes. — Aproximadamente. Cada missão é dada para um resgatador e seu grupo, de acordo com a idade da vítima.

— Vítima?

— Droga! Falei demais...

— Então vocês são mesmo um grupo de assassinos?

— C-claro que não! Quero dizer, bem... — ele gaguejava confuso. Não o deixei pensar.

— Qual a sua idade, Ben?

— Aqui ou em *Zyrk*?

— Hã?

— Essa coisa de idade nunca foi muito importante para o meu povo — adiantou-se em explicar.

— Você não sabe quantos anos tem?

— Pela contagem de *Zyrk*, devo ter entre dezoito e vinte anos, mas fico um ano mais novo sempre que entro aqui na sua dimensão.

Ah! Fala sério!

— Fica mais novo? Como assim?

— Ficando. — Deu de ombros. — Dizem que, na criação do universo, a terceira dimensão foi feita um ano antes da segunda. Assim, ao cruzar um portal em direção a *Zyrk*, automaticamente envelhecemos um ano.

— Sei... Então eu faria dezoito anos e não dezessete caso entrasse nessa tal de "Zyrk"? — indaguei sarcástica.

— Essa confusão é justamente por causa disso... — arfou Ben de maneira displicente, mas pude captar uma pitada de contrariedade em seu semblante.

— Que confusão?

Ele fechou a cara pela primeira vez e negou forte com a cabeça. *Pelo visto era um assunto proibido.*

FML PEPPER **144**

— Ok. Não precisa responder. — Levantei as mãos em sinal de rendição e sorri. Não podia estragar aquela oportunidade única. Teria que ir de forma mais sutil com Ben. — O que é um resgatador, afinal de contas? — indaguei, tocando seus dedos de forma gentil.

— A-aqui na sua dimensão é o que vocês, humanos, chamam de morte. — Ele arregalou os olhos e rapidamente puxou a mão para trás. Parecia ter levado um choque.

— Pode explicar melhor? — insisti. — Vocês nos matam ou nos resgatam?

— Matamos — respondeu taxativo. — A palavra "resgatador" foi criada há séculos pelos nossos antepassados. Acho que foi uma maneira de amenizar as coisas. No final das contas, resgatar e matar têm o mesmo significado para nós.

Senti um mal-estar passageiro com aquela resposta. *A ingenuidade de Ben confessara: todos eles eram assassinos!*

— E todos vocês são resgatadores?

— Sim. Mas só existem quatro *resgatadores principais*. Um para cada clã. Eu sou apenas um resgatador auxiliar do reino de Thron. Minhas missões são determinadas pelo nosso resgatador principal.

— O Richard?

— Sim. Ele fica com as missões mais complexas e as demais são distribuídas pelos resgatadores auxiliares. Foi a forma encontrada pelo nosso povo para possibilitar o cumprimento de todas as missões mesmo estando em número menor que o dos humanos — explicou.

— Missões? Você quer dizer... as vítimas? Como eu?

— É — respondeu de imediato e, no afã de me dar sua opinião, acrescentou em tom baixo: — Mas tem algo estranho acontecendo, sabe?

— O quê?

— Não sei ainda... Nada — ruminou e apressou em dizer: — Mas nem todos querem te matar.

Minha pulsação deu um pulo.

— Não?!

— Muitos dos nossos acham que... talvez... — Ben deu mais uma escaneada geral para ter certeza de que ninguém nos vigiava — não seja bom matar você, que talvez seja chegada a hora de desobedecermos os protocolos e deixar que viva pra que a gente possa entender como você surgiu. Talvez você seja um milagre de Tyron, nos perdoando dos nossos erros, quero dizer, dos erros dos meus antepassados — suspirou. — Porém, outros acham que, se quebrarmos os protocolos, maior será a ira divina, e o nosso povo estará perpetuamente condenado. É o que os principais líderes acham, sabe? Por isso preferem que você seja eliminada, por precaução. Eles evitam correr riscos, ainda mais nestes tempos nervosos.

"Como eu surgi?" "Protocolos?" "Tyron?" *Cristo! Era loucura demais para assimilar!*

— Que milagre, Ben? Que riscos? E o que os meus olhos têm a ver com tudo isso? — imprensei-o, tentando me aproveitar da sua ingenuidade, mas no fundo eu sabia que ele não teria todas as respostas. Nenhum deles teria. Aquilo tudo era uma grande farsa para camuflar algo muito maior. As duas hipóteses que pipocavam em minha mente me fizeram arrepiar por inteira: *o interesse em minhas pupilas seria para o tráfico de órgãos ou rituais de magia negra?*

— Risco de uma guerra estourar entre os clãs de *Zyrk* — murmurou. — Já falei demais. É melhor você descansar — soltou tenso ao notar meu semblante de preocupação.

— Por favor, Ben. — Deixei que captasse desespero no meu tom de voz. — Conta mais.

Ben abaixou a cabeça, enfiou as mãos nos bolsos e, sem me encarar, balbuciou algumas palavras:

— Os clãs... A curiosidade masculina...

— O que são os clãs?

— Clãs são os nossos reinos e são em número de quatro: Thron, Storm, Windston e Marmon. Cada qual com seu líder. O nosso é Thron, o mais forte deles.

Meu Deus! O universo imaginário criado por eles era mais complexo do que eu podia imaginar.

— E esse tal de Shakur é o seu líder? O líder de Thron?

— Sim. Ele é o mais forte e impiedoso de todos.

— E quais são os outros?

FML PEPPER

— O líder de Storm é Kaller, o de Windston é Wangor e o de Marmon, Leonidas. Os quatro clãs viviam em paz, mas agora os tempos são outros. — Ele virou a cabeça para o mar e eu acompanhei seu olhar. A visibilidade era nula e uma névoa fria se entranhava pela cortina negra que nos envolvia.

— E esses clãs têm funções diferentes?

— Não. Todos os quatro clãs de *Zyrk* são responsáveis pelo equilíbrio da sua dimensão.

— Como assim?

— Essa é uma longa história, garota. — Apertou os lábios. — Não posso contar mais nada.

— E o que você quis dizer com "curiosidade masculina"? — Eu queria perguntar mais coisas, mas, diante da chegada iminente de Richard, apressei-me em interrogá-lo sobre aquele comentário nada agradável.

— Acho que Rick não vai gostar — continuou aos tropeços, mantendo os olhos fixos no convés.

— O que foi? Prometo manter segredo — soltei dissimulada.

— É que... nós não temos sentimentos. — Gotas de suor brilharam em meio às espinhas da sua testa enquanto olhava furtivamente para os lados.

— Hã? Vocês não têm sentimentos? — Sua resposta era tão cômica quanto esdrúxula.

— Quero dizer, temos alguns, mas...

— Mas?

— Mas não temos os bons. Não somos capazes de desenvolver o mais importante dos sentimentos humanos.

— Qual?

— O amor! — E suspirando, emendou: — Mas não é só o amor, propriamente dito. Nossos corpos não são suscetíveis às boas sensações.

— Como assim?

Ele tentou disfarçar, checando a todo instante a chegada de algum intruso.

— Eu vejo os filmes de romance do seu mundo, acho tudo tão bonito, mas não consigo entender...

— Entender o quê?

Céus! Eu é que não conseguia acreditar que estava tendo aquele tipo de conversa.

— Sabe, o que vocês chamam de beijo, para nós é tão... tão estranho.

— Estranho como? Pode ser mais claro?

— Colocar uma boca na outra. — E arranhou a garganta: — Encontrar uma língua com a outra para nós não diz absolutamente nada, sabe? Não sentimos nada. É tudo mecânico — arfou. — Até os bebês!

— "Bebês?" O que têm eles?

— Então... — Ele parecia encabulado. — Eles são feitos apenas para dar continuidade à nossa espécie. Não existe a adoração que vocês têm.

— Quer dizer que sua mãe não se importa com você?

— Mãe?! Não temos mãe! Não sabemos nem quem são nossos pais! Ninguém sabe. — As palavras de Ben pareciam um triste desabafo. — As mulheres cumprem a sua obrigação de gerar um único filho e pronto. Elas apenas nos botam no mundo e somos criados pelas inférteis, que cuidam de nós até sabermos guerrear e depois somos soltos. Pertencemos apenas ao nosso clã, que seria, como vocês dizem, a nossa família.

— Mas eu ouvi que Collin é filho de Shakur.

— Ah! Isso é porque os líderes são os únicos que mantêm os filhos por perto por questão de sucessão do clã. Não porque gostem deles... Tem que haver a continuidade do sangue, não é mesmo?

— Então todos os líderes mantêm seus filhos junto deles?

— Quando estão vivos, sim. — E perdeu a cor quando um rapaz passou por nós. — É melhor pararmos com a conversa. Richard pode chegar a qualquer momento.

— Por que tem medo de Richard?

— Eu não tenho medo dele — murmurou. — É que, às vezes, ele perde a cabeça. E eu não quero estar por perto quando ele fica bravo pra valer.

Eu arregalei os olhos e ele percebeu.

— Mas ainda assim é o melhor e mais completo de todos os resgatadores! — acrescentou acelerado. — Rick é forte como um touro, é inteligente, tem carisma, além de ser, indiscutivelmente, o mais habilidoso no manejo das armas e dos animais! Ele sempre foi muito severo e até agressivo, mas...

— Mas? — indaguei com o coração na boca.

Cristo! Por que meu corpo respondeu daquela forma ao comentário sobre Richard?

— Oferece mortes justas aos seus resgatados — suspirou. — A não ser que...

— A não ser o quê?

— Que seja ruim para Thron. Richard sempre colocou Thron em primeiro lugar. Por isso ele é admirado por todos, principalmente Shakur. É um líder nato!

— Então ele será o líder de Thron quando Shakur morrer?

— Deveria, mas não. Será Collin, o filho de Shakur.

— Ah!

— Mas o resgatador principal assumirá a posição de líder nos reinos sem sucessores — acrescentou.

— Claro — respondi automaticamente. — Mas ainda não entendi o que você quis dizer sobre a curiosidade masculina... — voltei ao assunto.

— É que... — ele olhava de um lado para outro, seu rosto enrubescendo mais do que nunca — existe um boato que... talvez... alguém como você, possa nos fazer sentir algo mais. — E sorriu sem graça para mim, envergonhado. Eu não sabia se dava uma gargalhada ou me preocupava. Aquela insanidade toda não podia ser verdade. *Ou podia?* Ele continuava sua explicação: — É que não temos o *tato* desenvolvido...

— O tato?

— Sim. Temos o olfato, a audição e a visão bem desenvolvidos. O problema está no tato, no toque. Nossos antepassados diziam que faz parte da nossa maldição. — Arqueou as sobrancelhas. — Quero dizer, somos capazes de ouvir, cheirar e enxergar muito melhor do que vocês, humanos, mas somos muito limitados no que se refere ao tato. Um toque, um abraço, um beijo não são capazes de mexer com nossos corações, nos fazer arrepiar, perder o fôlego, enfim, não são capazes de nos fazer sentir nada. Somos anestesiados para as boas sensações. — Encarou as próprias mãos. — Apesar do risco, os rapazes acham que se tiverem um contato maior com você... se puderem fazer... aquilo dos filmes... — Enrubesceu. — Você sabe...

— Sabe o quê, Ben? — Richard surgiu repentinamente atrás de nós e só não me assustou porque, naquele instante, minha cabeça girava a mil quilômetros por hora. *Que diabos Ben estava querendo insinuar?* — Você não andou falando demais, andou?

— N-não, Rick — ele gaguejava. — Eu estava só batendo um papinho. Não é mesmo, moça?

— Hã? É claro! — Atordoada, entrei em defesa do pobre coitado. — Ele estava me falando sobre a Tunísia.

— Bom. — Richard estreitou os olhos e encerrou o assunto. — Vá descansar, Ben. Eu cuido dela.

O cansaço se abateu sobre o grupo e aos poucos todos estavam dormindo. Sem opção, sentei num canto próximo ao mastro principal e me encolhi, defendendo-me da névoa gelada. Richard saiu de seu posto de vigília e se aproximou de mim.

— Proteja-se do vento — ele ordenou após confirmar que apenas nós dois estávamos acordados.

— Por que se preocupa comigo, se está prestes a me matar? — inquiri feroz. Já estava ficando cheia daquela brincadeira de mau gosto.

Ele não respondeu (pra variar!), mas a musculatura enrijeceu e me fuzilou com *aquele* olhar. Inconformada com a condição passiva em que me encontrava, quis virar o rosto, dar as costas, mas simplesmente não consegui. O brilho perturbador dos diamantes puros dentro de seus imensos olhos azul-turquesa abalava a minha razão.

— Cubra-se — tornou a ordenar.

— Estou bem assim — devolvi.

Richard balançou a cabeça. O sorriso que escapava de seus lábios tinha um quê de raiva e perplexidade. Ele parecia não acreditar no que acabava de acontecer. Lancei-lhe um sorriso desafiador e então Richard fez algo que me queimou dos pés à cabeça, fazendo a fria névoa parecer uma abafada sauna. Ele murmurou algo para si e, sem parar de me encarar, abaixou-se para arrumar o meu casaco, abotoando os botões um por um. Ao ajeitar a gola para cobrir-me com o capuz, ele afastou meus cabelos, e então deslizou a ponta de seus dedos pelo meu pescoço, pousando-os abaixo do meu queixo. Meu coração disparou e senti uma descarga elétrica percorrendo todo o meu corpo, como se eu tivesse encostado em um fio desencapado. *Céus! Por que ele me causava aquele efeito?* Observando-o com atenção, naquele momento tive a certeza de que não era apenas eu quem estava arfando, mas seu peitoral largo subia e descia rapidamente. Num jorro de constrangimento, enrubesci e abaixei a cabeça. Ele acabou de arrumar meu capuz e se levantou.

— Descanse um pouco — concluiu com ar sério e tornou a assumir seu posto de vigia. — Logo vamos ancorar no golfo.

Um turbilhão de conflitantes sentimentos devastava o meu peito em brasas. Cérebro e coração duelavam numa batalha sangrenta. As sensações que experimentava em sua presença eram completamente distintas das que sentia por Kevin. Meu coração, perdido dentro de mim, oscilava entre o certo e o errado, o morno e o ardente. Kevin era gentil, agradável. Richard me queimava.

Enquanto tentava adormecer, infindáveis perguntas me torturavam: Ben tinha falado sobre um risco... Seria para mim ou para eles? O que ele queria dizer com os rapazes quererem ter um contato maior comigo? Seria o que eu estava pensando? E Richard? Teria ele todo cuidado comigo porque aguardava uma data específica? Porque cumpria o tal protocolo em favor de Thron? Seria por isso que só pretendia me liberar para Collin no momento exato da minha hora?

A avidez com que meus olhos procuravam por Richard me surpreendia. Não conseguia evitar as estranhas sensações que aquele garoto gerava em mim. Apesar de rude, ele era lindo. Como a morte poderia ser tão bela? O certo seria que ela fosse horripilante, como nos filmes de terror. Mas lá estava ele. Para contradizer tudo e todos. Lindíssimo! Seus cabelos negros eram acariciados de um lado para outro pelas mãos do vento, suas sobrancelhas, igualmente negras, eram as mais perfeitas molduras para aquelas preciosas gemas azul-turquesa, sua pele alva era o oposto da escuridão, trazia paz. Tudo nele era belo. Belo como a vida, nunca como a morte. Se toda essa loucura fosse verdade, eu estaria diante de uma baita contradição, mas... *Pare já com isso, Nina! Nada do que você está presenciando é real. Tudo não passa de uma grande encenação de um bando de psicopatas!*

Começava a amanhecer quando Richard deu o alarme:
— Acordem! Chegamos!
O alvoroço inicial foi imediatamente seguido por um silêncio denunciador: algo importante estava acontecendo ali e tinha a ver com um navio muito semelhante ao nosso, que também atracava no golfo de Túnis.
— Como eles souberam? — rugiu Collin. — Você deixou pistas?
— Óbvio que não! — retrucou Richard tenso.
— Homens, escondam a garota!!! — ordenou Collin.
Dois homens amarraram minhas mãos, encapuzaram-me e me levaram para um local abafado. Conversavam aflitos entre si:
— Os resgatadores de Kaller não estão aqui à toa, você não acha? — começou um rapaz com voz estridente.
— Com certeza! Só pode ter sido Richard! — continuou o outro de voz grossa.
— Não sei, não! Collin está louco para assumir o trono de Shakur... Pode muito bem ter feito uma emboscada para criar um estopim.
— Mas ainda acho que pode ser Rick. Ele anda muito estranho ultimamente, não acha? Por que Shakur mandaria Collin vigiá-lo se não pressentisse algo errado? — insistia o de voz grossa.
— É verdade.
— Já observou como ele cuida desta humana?
— Eu também cuidaria se me desse bem no final — respondeu o de voz estridente e os dois gargalharam.

— Por falar nesse assunto, que tal a gente...

De repente eles se calaram. Instantes depois, um par de mãos segurava a minha cintura, enquanto outras desabotoavam o meu casaco.

— Me faça sentir, garota! — Uma das vozes parecia salivar, enquanto a outra se deliciava em risinhos impregnados de malícia.

Instintivamente, tentei chutar, mas eles imobilizaram minhas pernas. Apavorada, pus-me a berrar ao sentir mãos nojentas deslizando pelo meu corpo. Abafado pelo capuz, o grito saiu baixo. Mas não precisei berrar pela segunda vez. Senti uma lufada de vento, seguida de um movimento brusco e um estrondo, uma espécie de som oco, como se fosse um soco na madeira. A claridade agora exposta. Parte do capuz rasgado ainda estava presa ao meu pescoço.

— Sentiu agora? — era a voz de Richard num rugido. Mesmo parecendo assustador, cada vez mais sentia prazer em tê-lo por perto. Ao recobrar a visão, me dei conta de que estava dentro de uma das cabines do velho navio e que, pela sujeira e pelo odor desagradável, não era utilizada havia tempos.

Richard já havia agarrado um dos infelizes pelo pescoço e o suspendera contra a parede de madeira coberta de mofo, enquanto imobilizava o outro com a afiada lâmina de uma espada. *Espada?!*

— O que há com você, cara? — desafiou o rapaz de voz grossa que estava suspenso pelo pescoço.

— Comigo? — indagou Richard feroz. Havia sangue demais em suas feições.

— Fica na sua, Virtle — pedia o rapaz de voz estridente sob a mira da espada.

— Acha que não percebemos como está diferente? — Virtle não recuava. — Quero ver se vai manter a pose quando Collin for o líd... Arrrh! — gemeu alto. Richard o estrangulava com impressionante facilidade.

O homem já ia perdendo os sentidos quando o comparsa implorou:

— Por favor, Rick, não mata ele! A gente só tava curioso, você sabe! Ela é diferente!

Quase em câmera lenta, a mão de Richard foi se afrouxando, e Virtle caiu próximo ao outro. Richard deixou sua testa tombar naquela parede nojenta, tentando livrar-se de algo que o devorava por dentro, como se a dor fosse maior nele do que no pobre coitado ali abatido. Ainda de costas para eles, deu o comando:

— Saiam!

— Essa garota enfeitiçou você? Virou seu cão de guarda? — desafiou o rapaz que Richard quase havia estrangulado. Ele não estava disposto a deixar o assunto morrer. — Antes era você quem começava essas brincadeiras e agora está assim?

— É meu último aviso, Virtle. Saia antes que eu perca a cabeça — ameaçou Richard ainda de costas.

— Vamos embora, cara. — O segundo homem puxava o colega.

— Ok, mas… — E, girando-se habilmente, Virtle me puxou para junto dele. Pressionando seu corpo contra o meu, ele passou a língua felina, áspera, um hálito podre, no meu pescoço. — Me deixa experimentar… Tem gosto de…

— Me solta, seu porco! — gritei, e uma fraqueza generalizada tomou conta de mim. E não foi apenas fraqueza. Angústia crescia dentro do meu peito.

— Ah! Era isso? — indagou Richard debochado após soltar uma sonora gargalhada. — Se tivesse me perguntado, eu lhe diria o gosto dela, seu merda!

— Prefiro descobrir por conta própria — rebateu Virtle no mesmo tom enquanto passava as mãos pela minha cintura, ameaçando ir além. A angústia se transformou em sofrimento, desespero. Então notei que estava chorando e tinha o rosto coberto de lágrimas.

Dali em diante foi tudo tão rápido que tive dificuldade em processar o que via acontecer bem diante dos meus olhos. Em uma fração de segundo, Richard já havia se lançado sobre o tal Virtle, desferindo-lhe socos que fizeram espirrar sangue para todo lado. Quando finalmente consegui acompanhar a velocidade dos golpes, Virtle já havia tombado. Mesmo desacordado, Richard ainda o acertava com uma sequência de investidas violentas, no melhor estilo MMA. Assim como eu, o outro rapaz estava tão atordoado com a cena que, quando resolveu dar o fora dali, já era tarde demais. Richard já havia sacado um punhal.

— NÃO! — berrei em meio ao pranto e, graças aos céus, foi o suficiente para que Richard congelasse. A arma saiu trôpega das suas mãos, passando de raspão pelo sujeito.

— Some! — ordenou Richard ao rapaz que parecia petrificado pelo choque. Quando procurei pelo sujeito, ele havia desaparecido num piscar de olhos.

Com a fisionomia diferente, Richard veio em minha direção, desamarrou as minhas mãos e removeu o restante do capuz.

— Você está machucada? — perguntou tenso, mas não consegui responder. A fraqueza melhorara consideravelmente, mas parecia impossível estancar o choro. As lágrimas desciam involuntariamente, drenando a dor de uma alma sofrida e contaminada. Da minha alma. Desde que eu havia entrado naquele *circo dos horrores*, pela primeira vez compreendi que eu não conseguiria segurar a onda. E, pela primeira vez deixei cair a máscara de durona e mostrei que estava sofrendo, que não aguentava mais.

— Está sentindo alguma coisa? — indagou ele, aflito e sem saber o que fazer.

Em meio ao choro compulsivo, afundei minha cabeça em seu peitoral quente e todo o meu corpo tremeu. Poderia jurar que o dele também. Uma sensação de bem-estar indescritível espalhou-se por minha pele e espírito, como se dele emanasse algum tipo de energia que me revigorava, regenerava e anestesiava, tudo ao mesmo tempo. Embora aturdido, Richard não tentou me afastar. Pelo contrário, segurou uma de minhas mãos e, sem dizer mais nada, deixou que eu chorasse o quanto quisesse. Para minha surpresa, vi brotar um olhar suave em sua face severa. Ele parecia comovido com meu sofrimento.

— O que vão fazer comigo? — indaguei. O azul-turquesa de seus olhos escureceu e, após soltar um suspiro, aninhou minha cabeça em seu peito. Eu podia sentir as batidas aceleradas do seu coração por debaixo daquela couraça ameaçadora e, por mais estranho que possa parecer, não me senti amedrontada. Pelo contrário, tive esperanças.

— Você está melhor? — perguntou depois de alguns minutos. Fiz que sim e então Richard secou minhas lágrimas e me ajudou a levantar. Eu não conseguia entender ou mesmo descrever o que sentia no peito naquele exato momento: *Medo? Atração?* — Venha comigo.

Acompanhei-o até o píer, onde todos se encontravam.

— Fique aqui — decretou. — Ben, atenção! Não deixe *ninguém* tocar nela e também não permita que saia. Em hi-pó-te-se alguma! Fui claro?

— Ok, Rick! — respondeu Ben, olhando preocupado para a mão coberta de sangue seco de Richard.

Richard se aproximou de Collin e deve ter-lhe dito algo muito interessante, pois os olhos deste último faiscaram de tanto êxtase.

— O que está acontecendo, Ben? — perguntei quando vi que todos observavam Richard, que, naquele momento, estava no cais conversando com homens do outro navio. — Aonde Richard foi?

— Foi determinar estratégias.

— Que tipo de estratégias?

A expressão taciturna em seu rosto me preocupou e também dirigi meu olhar para o cais. Richard tratava em especial com um rapaz ruivo que estava de costas para nós. *Engraçado. Ele me parecia familiar...* Mas essa ideia foi instantaneamente varrida da minha mente quando, pela primeira vez, vi Richard sorrir abertamente. E seu sorriso era lindo e hipnotizante... *Deus! Depois de tudo que me fez passar, como eu ainda podia me sentir atraída por ele?*

— Eu reconheço esse olhar... Mordeu a isca? Otária! — Igor soltou uma risada abafada e me trouxe de volta à dura realidade. — Richard é um ótimo ator, mas devo admitir que ele se superou desta vez!

Ben estava distraído, jogando pedaços de biscoitos para algumas gaivotas que nos sobrevoavam.

— Você achou que a briga entre ele e Collin, aquele teatro lá das casinhas foi de verdade? — Engoli em seco e Igor radiografou a decepção em minha face. — Foi uma encenação muito bem planejada entre os dois, tolinha. Tudo armado para que você confiasse plenamente nele, caso precisasse... Até que foi divertido! Collin nem dormiu de tanta excitação por ter te agarrado pelos cabelos! Richard não é fácil. Fingindo ser seu protetor... Um pouquinho mais de tempo e você teria caído nas garras dele, como previsto.

— Idiota — rosnei.

— Mas e então? Você sabia que, para ser um excelente resgatador, tem que ser antes de tudo um exímio negociador? Ele está negociando a sua *partida* neste exato momento, se é que me entende.

— A minha morte? — Arregalei os olhos e, apesar de lutar contra, deixei transparecer meu pavor.

— Não preste atenção ao que ele diz! — Ben finalmente percebeu a discussão e entrou em minha defesa. — Que prazer você tem em revelar isso, Igor?

Igor estalou a língua e, sem esconder o sorriso de orelha a orelha, retirou-se.

Novo choque, outra decepção. Eu não sabia mais o que era verdade ou mentira. *O que devia fazer? Em quem confiar?* Fiquei ali paralisada e sob o castigo das chicotadas do incessante vento mediterrâneo, aguardando Richard como os demais. Após um longo intervalo de tempo, ele estava de volta e cochichava algumas palavras com um Collin espumante de excitação.

— Experimentos? Ótimo! Conseguiu aumentar o preço dela? Quando faremos a troca? — indagava o sorrateiro Collin, no tom de voz exato para que eu ouvisse. Teatral e maquiavélico.

— Em duas a três horas. É só o tempo deles conseguirem a autorização de Kaller — murmurou Richard, olhando furtivamente para mim.

"Experimentos?" "Troca?" "Aumentar meu preço?" *Eles iam me vender! Minhas pupilas eram tão valiosas assim?* As palavras de Richard não chegavam a mim.

Naquele momento meu sentimento de esperança se desintegrou em minúsculos fragmentos de tristeza e desilusão, aniquilando completamente a ideia de que um milagre aconteceria em breve, de que as ações de Richard eram a prova de que ele não era tão insensível assim e que se apiedava de mim, sua futura vítima. Mas não adiantava tentar me enganar. Richard também estava me usando, negociando meu resto de existência. Meu fim começava a ser desenhado e isso era cristalino agora.

Antes de me matarem, fariam experimentos comigo. Que tipos de experimentos? Pouco importava, pois agora uma certeza crescia dentro do meu peito: *eu tinha que fugir!* Se realmente me restavam alguns dias, haveria de vivê-los da minha maneira.

Não foi bem assim que aconteceu...

CAPÍTULO
13

Richard dispensou os rapazes por uma hora. Uns aproveitaram para passear por Túnis, e, se eu não estivesse naquela situação, até acharia graça em saber que as "Mortes" também gostavam de passear e se divertir. Outros resolveram ficar descansando na própria embarcação, afinal de contas, poderiam estar sobrecarregados dos trabalhos anteriores, quem saberia? *Eu só podia estar delirando... Era óbvio que aquilo tudo não passava de um grande espetáculo. Eles não eram a "Morte" coisa alguma! Estavam muito vivos e pirados para o meu gosto!*

— Por que não vejo ninguém com celular por aqui, Ben? — indaguei sentada sobre um banquinho quebrado próximo à proa. Estávamos a sós naquele momento.

— Ah, esse aparelhinho é muito complicado! — reclamou ele sem perceber meus escusos interesses por trás daquela pergunta. — Já desistimos de tentar aprender a lidar com essas pragas! Toda vez que entramos nessa dimensão eles estão diferentes!

— Então vocês não usam celulares em pleno século vinte e um? — Estreitei os olhos acusatórios em sua direção. Ele se empertigou no lugar.

— Rick e Collin sim! — defendeu-se. — Pouco, mas usam.

Ok. Outra ideia descartada.

— Vocês vão me trocar, Ben? — mudei de assunto.

— Creio que sim — murmurou pensativo. — Sinto muito.

Tive raiva de mim mesma por deixá-lo perceber a lágrima que escapava sem minha autorização. Abaixando-se, ele tocou meu rosto com um dedo, com o intuito de sentir a umidade, e depois levou o dedo à boca.

— Lágrimas — suspirou. — Só consigo tê-las por dor física, nunca por dor emocional, como nos filmes. Muitas vezes me deparei com elas. Os humanos soltam-nas quando me encontram, mas, sabe como é, por medo de mim. Mas são diferentes das suas — disse consternado.

— E como são as minhas?

— São doces, como acreditei que seriam. — Piscou. — Não fique assim. Se Rick tomou essa decisão, é porque era a melhor para você.

— Até você, Ben! — bradei com fúria. — Por que ainda mente para mim? Que prazer tem nisso?

— Eu não estou mentindo! Eu não quis... E Rick... Ele tem andado estranho, sabe? — aflito, ele tentava se explicar quando viu que Igor nos observava. — Droga! Venha! — E, puxando-me pelo braço, conduziu-me para uma área lateral da embarcação. O mar calmo conferia um balanço suave e ritmado, completamente diferente do estado em que meus nervos se encontravam. Dois rapazes haviam acabado de chegar do passeio por Túnis e falavam sobre um grande mercado a céu aberto.

— Vocês andaram bebendo em meio a uma missão? — inquiriu Ben com fúria e os garotos abriram um sorriso incriminador. — Richard não vai gostar!

— Tudo certo por aqui? — Era Richard, que sempre conseguia nos surpreender com suas aparições repentinas.

FML PEPPER   160

— C-claro! — gaguejou Ben. Os dois rapazes arregalaram os olhos, assentiram com a cabeça e se afastaram.

— Deixe a garota comigo agora. Pode ir, Ben. — E, dando-me as costas, dirigiu o olhar para um ponto distante, encoberto pela névoa cinza-escuro. Uma pequena e cintilante luz destacava-se em meio àquele nevoeiro, como uma estrela reluzindo no nada.

— Que luz é aquela? — perguntei, já que o vi olhando para ela.

— Que luz? Não vejo nada, a não ser esse *fog* fora de época — resmungou.

Ele não a enxergava? Meu coração ricocheteou dentro do peito ao se recordar das últimas instruções de minha mãe. *Era isso! Um sinal! E ele estava me avisando que era hora de fugir!*

— Preciso ir ao banheiro — pedi. Uma nova ideia latejava em minha mente.

— Tudo bem. Eu acompanho você até a porta.

Mal entrei, saí fingindo ânsia de vômito.

— Não consigo! Vocês homens são uns porcos! — Agora era o meu teatro. — Nenhuma mulher seria capaz de usar um banheiro desses!

Richard me fitava confuso, como se procurando uma solução viável.

— Ei, você? — Sem hesitar, berrei para um daqueles rapazes que haviam chegado do passeio a Túnis. O sujeito estava sentado no convés e conversava animadamente com um colega de porte alto e cabelos compridos. — Por acaso você não viu nenhum banheiro feminino na cidade, nenhum shopping ou McDonald's?

O rapaz perdeu a cor e se encolheu. Ele teria que responder e sua escapulida alcoólica seria descoberta. *Bem feito!*

— Responda — ordenou Richard.

— Não vi shopping, mas tem a Almedina — disse ele, fingindo coçar a boca com a clara intenção de esconder o bafo. — É uma espécie de mercado murado.

Stela já havia mencionado sobre esses lugares de comércio fervente, repletos de ruas estreitas e confusas, um verdadeiro labirinto. *Era exatamente o que eu precisava!*

— Serve! — E, virando-me para Richard, implorei: — Por favor, eu preciso ir. Se não quiser ter o trabalho, deixe algum homem me vigiar. Deixe Ben ir comigo.

— Eu irei com você. — Observava-me com o semblante estranhamente modificado. — Pensando bem — continuou —, pedirei a Collin para acompanhar você. Tenho que tratar de detalhes da negociação.

— Collin?!? — Ah, não...

Antes de se afastar, porém, ele segurou minha mão esquerda:

— Nina, tome cuidado! — Estremeci quando suas mãos suadas tocaram a minha. Era a primeira vez que ele me chamava pelo meu nome e aquilo mexeu comigo.

— Para ir ao banheiro? — segurei a onda e rebati em tom sarcástico.

— Existe muito tráfico de adolescentes brancas por aqui.

— Ninguém terá interesse em uma quase defunta, não é mesmo?

— Eles não sabem que por trás da sua beleza existe uma "quase defunta". — Fiquei anestesiada com aquela resposta. — Se precisar de mim, grite meu nome — continuou com os olhos ardentes, as duas mãos agora apertando a minha.

Assenti com a cabeça. Não tinha resposta para aquele rascunho de confissão. Saber que ele me achava bela me fez perder o chão. Percebi a tempo que deveria ser outra grande cena, de fato, uma boa estratégia da mais esperta cabeça daquele grupo de loucos. E pensar demais acabaria me confundindo...

Chega! Era hora de agir.

Túnis era uma cidade belíssima; exótica e eclética ao mesmo tempo. Uma boa mistura entre o ocidental e o oriental. O mercado de que o rapaz havia falado parecia ser um mix de shopping center a céu aberto dentro de um bairro histórico: fontes, palácios e mesquitas misturavam-se em meio a lojas e tendas espalhadas por todos os cantos. E assim como toda a cidade, era incrivelmente mágico e lotado, uma singular colmeia cultural. Fechado para o tráfego de automóveis, permitia o trânsito de um enxame de pessoas indo e vindo apressadamente, falando alto numa língua indecifrável; árabe, talvez, mas extremamente sonora. As lojas eram coloridíssimas. Espremidas umas às outras, apresentavam inusitados formatos e tamanhos. Na sua maioria exibiam produtos feitos de couro e estanho.

Sorri intimamente. Aquele rebuscado e confuso universo seria a minha carta de alforria!

Propositalmente pisei nas longas vestes de um senhor que cruzava nosso caminho. Ele tropeçou e caiu sobre mim e Collin, fazendo-nos desequilibrar e trombar os três contra uma banca de lenços e objetos de bronze. Em nossa queda, levamos ao chão todos os produtos que estavam expostos no mostruário. O barulho causado pelo choque das mercadorias no piso seguido de um grito estridente de dor ecoou pelas ruas estreitas do lugar. Uma confusão enorme se formou. Quando olhei para o lado, Collin esquecera-se completamente de mim. Ele gemia alto, apertando a palma de sua mão esquerda que sangrava bastante. Para minha sorte, ele havia caído sobre algum objeto cortante. *O resultado tinha sido muito melhor do que eu podia esperar e era a hora de me mandar dali!* Em meio ao caos da aglomeração de curiosos, peguei um facão que reluzia ao meu lado, levantei-me e, sem olhar para trás, saí correndo como uma louca. Quando Collin desse por minha falta, eu já estaria longe!

Decidi que venderia meu cordão, faria algum dinheiro, o suficiente para me levar para um lugar bem distante de toda aquela loucura. E se não me oferecessem nada de valor por ele, eu pediria socorro na embaixada norte-americana. Apesar de ter nascido na Itália, no final das contas eu era uma ianque.

Perambulei por um labirinto de ruelas e becos estreitos. Corri sem rumo, querendo apenas me afastar de Collin. Finalmente avistei um moderno centro comercial, bem diferente do exótico mercado. De certa forma, assemelhava-se a um centro urbano ocidental, com prédios altos, ruas engarrafadas e pessoas apressadas. Tentei pedir ajuda em tudo quanto é tipo de estabelecimento. Eu estava tão nervosa que não sabia se as pessoas não me entendiam porque eu não falava coisa com coisa ou porque elas só falavam árabe. O fato era que as horas passavam e, por mais que caminhasse em todas as direções, não encontrei nenhum policiamento ou sinalização que pudesse me levar até a embaixada. Faminta e exausta, entrei num cybercafe. Assim que pus meus pés dentro da loja, fui advertida aos gritos pelo proprietário. Apesar de não entender uma palavra sequer do que ele dizia, era evidente que estava profundamente irritado com algo que eu havia feito. Minha fisionomia paralisada o fez diminuir a gritaria e se aproximar de mim. Tentei algumas línguas, inglês, português, espanhol e até arrisquei um péssimo italiano. Mas nada. Ele gesticulava como se portasse um facão e balbuciava palavras nervosamente. Um cliente se levantou, incomodado com a confusão, e se retirou, dando-lhe apenas um *merci*.

— *Merci?! Parlez-vous français?* — minha voz saiu esganiçada.

— *Oui* — respondeu o homem.

— Graças a Deus! Por que o senhor está irritado? — indaguei em francês.

— Não pode entrar com o facão!

— Ah! É isso? — Soltei um suspiro de alívio. — Quer comprá-lo?

O homem estreitou os olhos e, sem conseguir esconder seu interesse instantâneo, pôs-se a examinar com fascínio o facão repleto de pedras reluzentes. *Seriam preciosas?* Abafei o discreto mal-estar dentro de mim por vender algo que não me pertencia. Era uma situação de vida ou morte. Em seguida ele me fez uma proposta na sua própria moeda.

— Com este dinheiro consigo me sustentar por algum tempo?

Ele assentiu com a cabeça, repuxando os lábios e sobrancelhas com ares de clara evidência. Por falta de opção, tive que acreditar e o negócio estava feito.

— O senhor poderia me passar o endereço da embaixada americana?

— Está fechada. Hoje é domingo — afirmou categoricamente e me entregou um pedaço de papel com algumas anotações. — Tome. Abre amanhã às nove.

Teria que me esconder até o dia seguinte. Eu havia passado por tanta coisa que não tinha a menor noção de em qual dia da semana me encontrava.

Guardei o papel e o dinheiro bem junto ao corpo, comprei um sanduíche e, ainda o mastigando, fiz centenas de tentativas frustradas para o celular "fora da área" de Melly de um telefone público. Desanimada, voltei ao cybercafe e resolvi enviar um e-mail para Anna, minha amiga internauta da Espanha. Após contar todos os pormenores, pedi ajuda e disse onde estava. Por ser menor de idade, eu teria que possuir uma autorização do meu responsável para fazer qualquer viagem internacional sem acompanhante. Levei as mãos à cabeça, arrasada. Sabia que ainda ficaria na Tunísia por um bom tempo e que não seria nada fácil explicar minha terrível situação aos órgãos competentes. *Eles acreditariam em mim? Eles me dariam proteção adequada contra aquele bando de psicopatas?* A ideia me fez estremecer. Resolvi não me consumir em lágrimas e tratei de sair rapidinho de lá. Algo que Stela sempre comentava era que ficar muito tempo num mesmo lugar aumentava as chances de alguém gravar nossa fisionomia. *Informação intrigante...*

Não quis dar entrada em nenhum hotel. Seria muito fácil me encontrar por ali, e com certeza a gangue já estava me procurando. Richard e todos os outros. Após andar o dia inteiro sem rumo pelas ruas, percebi que o movimento caíra repentinamente. Já era noite e as pessoas se recolhiam muito cedo. Angustiada e com frio, decidi me esconder no ambiente escuro de uma boate. Por sorte não me pediram documentos, só queriam o dinheiro, e eu entendi por que o valor estava escrito em dólar na parede de vidro que me separava da recepcionista. Na pista as pessoas dançavam uma mesma música eletrônica o tempo todo. Tinham o corpo tatuado e pareciam estar sob efeito de algum tipo de droga. Seus olhos vagavam e essa era a parte boa, porque, com isso, não olhavam para mim. Aproximando-me de um homem bem forte, provavelmente o segurança do local, afundei exaurida em um sofá, e, sem perceber, adormeci um sono inquieto, cheio de sombras.

O dia amanhecia quando senti meus ombros sendo sacudidos pelo segurança e fui obrigada a sair da boate. Ainda era cedo demais para ficar plantada na porta da embaixada esperando-a abrir. Sem contar que algum rapaz daquela gangue já poderia estar por lá apenas aguardando a minha chegada. Resolvi ganhar tempo no cybercafe. Fiz novas ligações via Skype para o celular desligado de Melly. Chequei meus e-mails e nada.

— Olá! Vai beber alguma coisa? — perguntou o proprietário, agora meu único conhecido na cidade.

— Um chocolate quente, por favor.

Deitei minha cabeça no balcão, lutando contra a angústia que invadia meu peito. Fiquei algum tempo ali prostrada, contando as dezenas de minutos e aguardando algum tipo de intervenção divina. À beira de um ataque de nervos, captei duas vozes masculinas entabulando uma entusiasmada conversa em inglês. Podia jurar que reconhecia uma delas. Desanimada, olhei para trás por cima do ombro e uma inesperada visão fez meus pulmões tremerem de felicidade. *Seria possível? Era Sebastian, amigo de Kevin!* Ele e um cara conversavam sentados a uma mesa na entrada do cybercafe. *O que ele estaria fazendo aqui?* De início achei que era coincidência demais, mas me recordei que Sebastian comentara alguma coisa sobre uma viagem que faria de mochilão por países exóticos. *Será que, finalmente, Deus ouvira minhas preces e o impossível se tornara realidade?* Sem hesitar, me aproximei dos dois.

— Oi! — comecei meio sem graça.

— Oi — ele respondeu no mesmo tom, quase sem me olhar. A conversa deles continuava animada. Provavelmente achou que eu era a garçonete.

— Desculpe interromper — insisti. — Você não se lembra de mim, não é?

Ele finalmente parou de falar com o colega, tornou a me olhar — só que agora com atenção — e balançou a cabeça.

— Eu já te vi...

— Eu sou a Nina, amiga do Kevin, lembra? — respondi aflita. — Você me cumprimentou na semana retrasada, lá na frente da Barnes & Noble.

— É verdade! Tudo bem, Nina? — Ele abriu um sorriso simpático e me apresentou ao colega de fisionomia carrancuda. — Este é Alec.

— Olá — soltei satisfeita, mas o colega apenas arqueou uma sobrancelha.

— O que você está fazendo aqui? — adiantou-se Sebastian.

— É uma longa história... E você?

— Férias! Nosso mochilão está terminando. Fecho na Espanha. Tenho parentes lá.

Ele realmente havia comentado algo sobre isso.

— Mas vai dormir hoje em Túnis? — prossegui.

— Não, vou embora hoje à noite. Só vim conhecer o lugar com meu brother — soltou. E, ao me ver pensativa, adiantou-se: — Está mesmo tudo bem com você?

Ah, não! Ele não podia ir embora sem me ajudar. Fale, Nina!

— Minha mãe faleceu — murmurei.

— Sinto muito. — Ele arregalou os olhos e retrucou sem graça.

Senti um nó se formar em minha garganta e achei que ia asfixiar. Ainda não havia processado a morte de Stela. Parecia um pesadelo terrível, de que logo acordaria. Mas o fato de estar ali falando sobre sua morte era a confirmação da minha perda. Contive as lágrimas, respirei fundo e decidi mentir descaradamente. Se lhe contasse tudo por que havia passado naqueles dias, ele certamente ia me achar uma louca e não me ajudaria.

— Entrei em depressão com a morte da mamãe e resolvi largar tudo por uns dias e viajar pela Europa. Tinha que espairecer, sabe?

Enquanto me fitava compadecido, adiantei-me antes que ele resolvesse fazer alguma pergunta mais objetiva:

— Resolvi cruzar o Mediterrâneo, mas, assim que cheguei aqui, fui alvo de uma gangue de marginais. Eles me assaltaram e levaram tudo... dinheiro, documentos, etc.

— Já deu parte na nossa embaixada?

— Ainda não tive tempo. Foi ontem à noite.

— É melhor agir logo.

— Eu sei.

— Vai ser uma burocracia daquelas — suspirou. — Você já tem dezoito anos?

Meneei a cabeça, inconformada.

— Quer uma ajuda? Meu pai tem amigos influentes.

— Hã? Sério?! — Meu queixo caiu com a surpreendente oferta. — Sim, por favor!

Sebastian me lançou um sorriso gentil.

— Fique tranquila. Vai dar tudo certo. Papai é senador pelo estado de Nova York, vou ligar para ele agora mesmo. Só um instante. O sinal aqui é péssimo — disse apressado e saiu por alguns minutos, deixando-me a sós com o amigo de cara amarrada. Na certa o garoto devia estar aborrecido por eu ter interrompido a conversa dos dois. — Tudo resolvido — anunciou sorridente ao retornar. — Meu pai vai acionar alguns contatos lá na embaixada, mas deixou sua agenda de telefones no hotel, está em campanha de reeleição no interior. Você acredita que ele ainda usa agenda de papel nos dias de hoje? — Repuxou os lábios em sinal de reprovação. Achei graça. — Ele disse que vai solicitar um funcionário, em duas horas, e pediu para irmos direto ao meu hotel.

— Para o seu hotel?! Puxa! Não queria lhe dar esse trabalho todo e...

— Que nada! Ele está feliz em "ajudar uma compatriota em apuros" — repetiu as palavras do pai, fazendo aspas com os dedos e imitando o tom de voz sóbrio de um senador.

Estremeci com a ideia de ter que contar aquela história insana para alguém.

— Algum problema, Nina? — Ele percebeu minha hesitação.

— Problema algum! Está tudo ótimo! — respondi feliz, mas me enganei redondamente.

Não seria *um* problema, mas *milhares* deles.

CAPÍTULO
14

Caminhamos os três até o local onde ele estava hospedado. Para minha surpresa, não era um hotel propriamente dito, mais parecia um prédio abandonado numa área bem afastada do centro comercial. Algo dentro de mim não gostou daquilo e tentou me alertar, mas não dei ouvidos. Não estava em condições de recuar nem tinha motivo para duvidar do filho do senador e, consequentemente, do amigo dele. (Afinal, eu é que havia solicitado a ajuda deles.) Ou tinha motivo? Eu estava fragilizada e...

— Não é bem um hotel — Sebastian tratou de se explicar ao detectar a mudança em minha fisionomia. — Alugamos este apartamento de um amigo endividado. Ah se papai sabe disso... — E sorriu. — Venha. O funcionário já deve estar nos esperando.

— Eu aguardo aqui embaixo — retruquei um pouco agoniada com a situação.

— Aqui embaixo? Sozinha? Nina, você está desconfiando de alguma coisa? — Havia desapontamento em seu tom voz.

— N-não é isso — gaguejei. — Desculpa. É que tenho andado um pouco tensa... Ok! Vamos subir!

Ele abriu o portão enferrujado e fez um gesto para que eu entrasse primeiro. À medida que subia os empoeirados degraus, algo dentro de mim gritava mais e mais alto. Trêmula, olhei para trás e vi que Sebastian foi o último a entrar. Trancou o portão e guardou as chaves no bolso do casaco. Logo atrás de mim subia o tal de Alec, que mais parecia um lobo faminto, salivando diante de sua presa.

É tudo imaginação sua, Nina. Lembre-se que eles só vieram aqui porque você pediu. Acalme-se.

Nossos passos produziam estranhos ecos pelo ambiente e abalavam minha fé. Pareciam gritos de advertência, avisos sombrios de que algo muito ruim estava à espreita. Subimos em silêncio. Atordoada, todo o som que eu ouvia agora era o da minha respiração e do meu coração trepidando dentro do peito. Novo calafrio, a visão ameaçando embaçar e minhas pernas ficando bambas. Minha intuição berrava. Já podia pressentir: algo ruim ia acontecer de novo.

Chegamos a uma espécie de ateliê, que pela quantidade de poeira e teias de aranha devia estar abandonado havia muito tempo. Não gostei do que vi. De impulso, inventei uma desculpa ridícula:

— Puxa! Acho que perdi meu brinco! Deve ter caído lá embaixo! Vou descer só um minutinho pra procurar! — E, antes que eu pudesse me mover, uma mão agressiva me interceptou.

— Aonde você pensa que vai, garota? — Era o carrancudo.

— Vou descer rapidinho e...

— *Shhh* — grunhiu ele.

— Solta ela, Alec!

Eu congelei, em choque.

Aquela voz era de... Kevin! *Aqui?*

Saindo da penumbra e se aproximando de nós, Kevin me resgatou das garras de Alec e me envolveu em um abraço tenso. Aturdida com a estranha situação, respondi de forma apática ao beijo que ele me tascou logo a seguir. Meu corpo subitamente tomado por uma fraqueza generalizada.

— Nina, Nina... — disse em tom baixo, ainda abraçado a mim. — Eu queria que tivesse sido diferente, mas você me decepcionou.

— Kevin?! — indaguei, absolutamente atordoada.

— Foi uma pena descobrir que a lenda não passa de uma grande mentira — suspirou.

— O que você está fazendo aqui? O que você quer dizer com isso? Eu...

— *Shhh* — sussurrou ele em meu ouvido enquanto segurava minhas mãos, imobilizando-me. — Não gaste suas energias.

— Hã?

— Você vai precisar delas. — Ouvi um estalo e, como mágica, uma de minhas mãos estava presa a uma barra de ferro. Só então percebi que tudo ali havia sido devidamente preparado: o local deserto, as algemas esperando por mim. — Aprenda como se faz, Alec — concluiu ele cheio de superioridade.

— O que está havendo? Não pode ser! Kevin, você é bom... Me salvou da morte! — balbuciava em pânico e sem compreender o que se desenrolava bem na minha frente.

— Morte? — Ele franziu a testa e abriu um sorriso sarcástico. — *Eu sou a Morte! A sua Morte.*

Aquelas palavras quase me fizeram desmaiar. Atônita, eu não conseguia acreditar: *ele também fazia parte daqueles bizarros acontecimentos?!*

— Já deve saber que "as Mortes" vêm procurando você há um bom tempo, não é mesmo? Que a sua adorável mãezinha conseguiu complicar um bocado as coisas para o nosso lado, criando essas ridículas lentes e colocando em você esse colar enfeitiçado, não é? Já deve saber também que Richard foi quem livrou sua cara das minhas garras por diversas vezes, certo? — Sua fisionomia em nada me recordava o anjo sorridente que havia conhecido na escola. Kevin exibia um olhar frio, perverso.

— Richard? Me livrou? — Eu estava completamente tonta agora. As informações se processavam desencontradas e a mil quilômetros por hora. Ele percebeu meu estado de perplexidade.

— Ah! Foi por isso que fugiu dele? Fui mais convincente, não é mesmo? — indagou especulativo enquanto tragava um cigarro. — Toda aquela história sobre ele ser perigoso e tudo mais... Você caiu feito uma bobinha, como era de esperar para uma humana da sua idade. Basta jogar charme, sorrir, ser gentil e pronto. Mas tem algo errado nessa história. — Ele me estudava com estranho interesse. — Por qual motivo o idiota do Richard vem poupando sua vida? O que ele tem a ganhar? Eu sei que ele nunca joga para perder... Na certa descobriu alguma coisa nova. Algo sobre o qual eu ainda não tomei conhecimento. Mas eu vou atrás. É só por isso que não acabo com você agora mesmo.

Sem pensar, reagi cuspindo em sua face, mas ele não se alterou. Encarando-me com semblante indiferente, aproximou-se ainda mais de mim até que senti uma ardência terrível, absurda, em meu pescoço.

— AAAAI! — berrei de dor, tentando me desvencilhar da ponta acesa do cigarro que ele pressionava sobre minha pele. — Para! — Quanto mais eu gemia, mais ele parecia sentir prazer. — Por favor... — gemi.

— Humanos... — suspirou, finalmente removendo o maldito cigarro que havia sido apagado em meu pescoço. — Vamos ver se descobrimos alguma coisa!

Quando levantei o rosto, ainda perturbada com o que acabara de acontecer, sofrendo com a dor alucinante da queimadura, podia jurar que as pupilas de Kevin estavam tão verticais quanto as minhas.

Oh, não! Meu cérebro entrara em colapso: eu estava enlouquecendo também!

Seguido pela sombra dos seus comparsas, ele abandonou o lugar e, tal como Richard havia me orientado, abri o maior berreiro. Gritei tanto o seu nome, que minhas cordas vocais doíam. A ferida no pescoço ardia sem parar, meu pulso sangrava, minha cabeça latejava de dor. Sentia-me muito mal, mas, naquele momento, eu estava mais chocada com as afirmações de Kevin do que com seus atos. Nem suas ameaças me impressionaram tanto quanto o que dissera sobre Richard. *Seria Richard capaz de ir contra a sua própria seita por minha causa? Era isso que Ben queria dizer quando comentou que ele andava estranho? No entanto, Richard permitiria a minha morte em uma data específica?* Tudo era tão sem sentido, nada batia com nada. Jogada à minha própria sorte, concluí

FML PEPPER

que seria impossível encontrar qualquer coerência nessas evidências. Uma única coisa agora parecia certa: se era para morrer, que fosse nos braços de Richard. Apesar de violento, assustador e por vezes insuportável, algo me dizia que ele não me deixaria sofrer, que me pouparia de um fim doloroso. Aquela súbita certeza deixou aflorar um sentimento que eu vinha sufocando havia um bom tempo, mas que eu sempre soube que existia. Um sentimento forte preencheu meu peito de forma tão entorpecente que me pegou desprevenida. *Não está na cara o que você sente por ele, Nina?,* indagava meu subconsciente a cada instante e, apesar de lutar com todas as minhas forças para não aceitar aquela ideia absurda e insensata, tive que dar razão a ele, baixar a guarda e confessar para mim mesma: eu estava gostando de Richard. Muito mais do que poderia imaginar.

Sem cortinas, as janelas do local tinham suas vidraças revestidas com jornal. Uma discreta claridade começava a entrar pelas pequenas frestas de papel rasgado quando Kevin e seus escudeiros retornaram ao covil. Devia estar amanhecendo.

— Ora, ora! Ainda acordada? — perguntou Kevin, em tom de deboche.

— Ela está aproveitando os últimos minutinhos — acrescentou o tal do Alec, mordaz. Tinha uma aparência asquerosa, cabelos oleosos, marcas de suor na camisa cinza e unhas sujas. A testa constantemente franzida e os olhos cerrados conferiam-lhe uma fisionomia ameaçadora.

Sebastian, bem mais franzino que os dois e que até então permanecera calado, chamou Kevin num canto reservado. Acho que não queria que eu ouvisse a conversa, o que foi prontamente dispensado por Kevin:

— O que é? — Kevin permanecia irritado.

— Não acha melhor acabarmos logo com isso e mostrarmos o serviço completo para Leonidas? — sussurrou Sebastian.

— Tá com medo de quê?

— Tem algo errado com esta garota, Kev.

— Não vejo nada de errado. É só uma garota que deu a sorte de ter uma mãe espertalhona. Se bem que, nem tão esperta assim... Se deu mal quando encontrou um resgatador astuto, como eu, pela frente.

— Foi você?! — Meu coração deu um salto. — Você matou minha mãe?!

— Com um prazer inenarrável, devo acrescentar. Talvez só não seja maior que o prazer que terei em acabar com você — completou com ar de triunfo.

Estava tudo muito claro agora. O semblante de desespero de Stela ao ver Kevin conversando comigo no teatro e depois nos cercando na saída revelava que ela sabia de alguma coisa. Se não sabia, ao menos pressentia. *Ele a matara? Mas, como, se ele não se aproximara dela?* Precisava fazê-lo falar.

— Mentira! — Desafiei o assassino. — Duvido que tenha sido você quem matou a minha mãe. Você está se aproveitando do imprevisto para ganhar a fama. — E dei um risinho de escárnio tentando mexer com os brios do canalha.

Seus traços faciais deformaram-se no mesmo instante e Kevin se precipitou sobre mim. Agarrou uma mecha de meus cabelos e, puxando-a com vontade, rosnou a poucos centímetros do meu rosto:

— Eu guiei a morte dela, idiota! Nós, resgatadores, somos capazes de fazer isso sempre que desejamos. Utilizamos um infeliz que esteja com suas horas contadas para dar cabo desse tipo de missão. Uma morte indireta. É muito fácil dominar a mente fraca de vocês, humanos de merda.

— Você usou aquele homem para matar minha mãe? — inquiri com os dentes trincados, fingindo não me importar com a dor no couro cabeludo. Minha estratégia havia funcionado.

— Que brilhante dedução!

— Mas como fez o lustre desmoronar? — insisti.

— Eu o preparei para aquilo, era só uma questão de tempo.

— Era só o homem ficar segurando minha mãe bem debaixo dele?

— Exatamente! Podia ter sido melhor. Se não fosse aquele bosta do Richard, eu teria atirado num coelho e acertado dois.

— Kevin, vamos acabar logo com isso — pedia Sebastian em estado de evidente tensão, agora já não mais fazendo a mínima questão de esconder a conversa entre eles. — Leonidas e o nosso clã teriam a moral elevada.

— Leonidas é um fraco — soltou Kevin.

— Eu sei que nosso líder é fraco. Justamente por isso é melhor acabar logo com essa garota. Não dê tempo para Von der Hess agir. Todos sabem que ele está louco para destituir Leonidas e assumir o trono de Marmon. Fique com o prestígio para você e, com certeza, será seu sucessor.

— Eu sinto que Von der Hess também está me escondendo alguma informação importante. Não me encaixo no papel de otário, Sebastian. Por isso mesmo não farei o que ele me orientou sem ter ciência de todos os fatos. — Havia um brilho de perturbação em seus olhos verdes e traiçoeiros. — Ainda temos tempo. Preciso entender o porquê de Richard querer mantê-la viva durante todo esse tempo... Afinal, Shakur também ficaria satisfeito com a eliminação dela. Ou não?

— Vai ver que Richard a manteve viva e a trouxe para cá para que Collin realizasse o serviço. Você sabe que Collin só tem força física, mas não é inteligente — retrucou Alec.

— Acho que você está arriscando muito, Kev — insistiu Sebastian, enquanto o acompanhava até outro aposento. Ficaram lá por algum tempo e, quando retornaram, fingi estar adormecida.

— Não tire os olhos dela, Alec. Ouviu bem? — ordenou Kevin. — Volto logo.

Ele e Sebastian saíram trotando, deixando-me sozinha com aquele monstro. Ainda de olhos fechados, ouvi um barulho típico de alguém se acomodando, fiz um leve movimento e verifiquei que Alec acabara de se deitar. Dei mais um tempo e voltei a observá-lo com meio milímetro de pálpebras abertas. Alec se espreguiçava com vontade e, de repente, algo brilhante me cegou. Um feixe de luz entrou pela janela do sombrio lugar, atingiu um molho de chaves na cintura daquele ser horripilante e refletiu em meu rosto.

Um sinal!!! Só podia ser! Era tudo o que eu mais queria naquele momento: *o molho de chaves!* Abri os olhos lentamente. Verifiquei que o infeliz se encontrava em sono profundo, exausto pela noite em claro, mas as chaves estavam, para minha infelicidade, atadas à presilha da calça.

Estiquei-me o máximo possível, na inútil tentativa de me aproximar do meu objeto de soltura, minha liberdade. *Droga! Tão perto e, ao mesmo tempo, tão longe das preciosas chaves.* Uma ideia por demais absurda alojou-se em minha mente: e se eu me insinuasse… Será que ele não teria a tal curiosidade masculina que Ben havia comentado? Será que, para me possuir, ele não acabaria me soltando e me dando uma chance de escapar dali? *Era o momento de tentar!*

— Ai, Alec, me dá uma ajudinha, vai? — quase fiquei enjoada, de tão melada que saiu a minha voz.

O rapaz deu um pulo da sua posição original, assustado.

— Você poderia coçar as minhas costas? Estou desesperada!

— Dá seu jeito — respondeu em tom agressivo.

— Eu já tentei, mas não consigo. Não tenho onde me esfregar.

Ele continuou me olhando, agora mudo. Vendo alguma alteração em sua fisionomia, apressei-me em implorar de forma sensual.

— Por favor, não custa nada pra você, e eu te recompenso bem. — E lancei um sorriso sedutor.

Ele pensou por algum tempo e quase me arrependi da terrível ideia ao vê-lo vestir seu costumeiro sorriso faminto e se aproximar lentamente de mim.

— Onde é?

— No centro das costas.

Ele se abaixou e começou a coçar de forma bruta. *Droga! Minha investida não estava sendo bem-sucedida!* Respirei fundo e aproximei ainda mais meu rosto de sua face oleosa, sorri e disse baixinho:

— Um pouco mais pra cima, bem perto do pescoço. — Naquele momento, começou a me coçar com uma estranha vontade, aproveitei-me da situação: — Você tem as mãos fortes, sabia? Adoro homem com mãos fortes. — Para minha aflição, demorou um bom tempo até que viesse algum tipo de resposta.

— É o que dizem. — De repente, deixou à mostra parte de seus dentes. Acho que era sua estranha forma de sorrir.

Pronto! Massageara o seu ego. Seria mais fácil ir adiante.

— Você não tem a tal... curiosidade... — sussurrei próximo ao seu ouvido e ele ficou pálido. — Masculina?

— É. Bem... Eu tenho — concordou suando e olhando furtivamente para a porta. O odor que emanava de seu corpo era tão nauseante quanto ele. *Ugh!*

— Algum problema? — perguntei assim que percebi um pequeno sinal de relutância se formar em seu rosto.

— Kevin pode chegar a qualquer momento — retrucou com aspereza.

— E o que pode acontecer? Tá com medo de quê? — Era pegar ou largar, eu tinha certeza de que o havia jogado contra a parede.

— Medo?!? Claro que não! — vociferou. E tasquei-lhe um beijo antes mesmo que ele pudesse parar para pensar. Ele travou por um instante, mas, no seguinte, senti que estava começando a gostar daquele beijo cinematográfico. *Que infelicidade a minha! Meus primeiros beijos dispensados às duas figuras mais horrorosas que apareceram em minha vida.*

— Eu senti! — Ele arregalou os olhos e partiu para me beijar novamente.

— É mesmo? — Sorri, com terrível medo do que ele pudesse ter sentido.

Agora foi ele que me agarrou, e suas mãos nervosas, trêmulas, invadiram minha blusa. Era tudo o que eu precisava. Numa fração de segundos, mordi-lhe a língua com tamanha força, que levei um pedaço dela junto comigo. Golfei carne e sangue bem na cara do desgraçado. Com a mão livre, peguei uma caneta que estava à mostra no bolso de sua camisa, e, aproveitando-me que ele relinchava feito louco, arranquei com ódio o molho de chaves de sua cintura, estourando a presilha, e finquei a caneta em sua virilha, com toda a força, direcionando-a para suas partes baixas.

— E isso?!? Você sente agora? — indaguei irada.

O uivo foi ensurdecedor, seus olhos cerrados de angústia por frações de segundo se abriram e me deixaram horrorizada. Estavam familiarmente estranhos, como os meus! Olhos de cobra! *Céus... Eu estou pirando!* Meus pensamentos se atropelavam em meio ao desespero. Minhas mãos tremiam e não conseguiam encaixar as chaves com destreza. Eram muitas. Entrei em pânico ao ver que ele começava a suportar a dor e a se voltar para mim, espumando de cólera. *Droga! Droga! Droga!* Nenhuma chave entrava. Pareciam todas iguais! *Ah, não! Alec estava se levantando!* Por fim, uma chave entrou no cadeado enferrujado, mas, antes mesmo que eu pudesse girá-la, senti um golpe fortíssimo em minha cabeça e um líquido quente escorrer por minha testa. Sangue.

— Não! Socorro! — gritei ainda tonta.

Um estrondo e, em seguida, escutei o barulho de madeira se espatifando, ruídos de metais se chocando e um gemido de dor dilacerante. Agora só enxergava vultos, as imagens surgiam turvas e minhas pálpebras pesadas começaram a fechar. Senti o calafrio percorrendo o meu corpo e, desta vez, ele me trouxe boas recordações. Lembranças de um passado bem próximo. E, pegando-me de surpresa, tive saudades de Richard, de suas mãos fortes e cheias de cicatrizes, de seus olhos azuis brilhantes. Sugada daquele momento de torpor, senti meu corpo sendo abraçado e levantado. Por instinto, abri meus olhos e quase desmaiei de felicidade.

— Richard?!

— Shhh. Fique quieta. Já vai passar. — Era ele mesmo. Minha Morte salvadora.

E apaguei.

CAPÍTULO
15

Acordei com a cabeça extremamente dolorida. Forcei a visão e, ao longe, consegui detectar o fraco alaranjado por detrás de uma cadeia de cumes nevados. Estava anoitecendo. Richard me carregava com facilidade, levando-me em direção a uma solitária cabana entocada no meio de enormes montanhas.

— Já cuidei da queimadura e o edema em sua cabeça começou a ceder — explicou ele apontando com o nariz para a minha testa em formato de melancia.

— O que houve? Tive que levar pontos?

— Por sorte não, mas o hematoma ainda está considerável. — De impulso, levei minhas mãos à cabeça para ver o tamanho do estrago, mas ele me advertiu. — É melhor não tocar.

— Aiii!

— Eu te disse. — As magníficas gemas azul-turquesa cintilaram para mim. Foi o suficiente para me fazer corar.

— Hum. Onde estou?

— Voltamos para a Itália.

— Por quê?

— Única opção viável.

— Há quanto tempo estou desacordada?

— Umas doze horas.

— Quanto tempo ainda tenho? Quinze dias? — continuei a sabatina com tempero sarcástico, mas o fato é que ainda me sentia muito fraca e perdida em meio ao turbilhão de novas emoções que me assolava.

— Tecnicamente — respondeu esboçando um discreto sorriso. Ele estava de bom humor.

Meu coração se agitou extraordinária e incompreensivelmente dentro do peito: *seria pelo sorriso dele ou porque via o esboço de uma saída do terrível pesadelo em que fora arremessada?*

— O que você quer dizer por *tecnicamente*?

— Mudança de planos — respondeu com olhar intenso, agora desprovido de humor, e senti um frio na barriga.

— Mudança de planos?! — Eu o entendia cada vez menos.

— Você mente muito mal, sabia? — arfava levando-me em seus braços.

— Eu sei. Minha mãe me dizia com frequência. Mas como...?

— Eu notei que você estava mentindo quando pediu para ir ao banheiro lá na cidade. Facílimo de perceber.

— E fez o meu jogo?

— Sim.

— Por quê?

— Depois... — E me colocou no chão com extremo cuidado.

— Richard! — cumprimentou feliz uma senhora parada à porta da humilde choupana.

— Olá, Leila!

— Quanto tempo, filho!

"Filho?"

— Sua aparência está péssima! O que o aflige? — questionou, observando-o demoradamente.

— Nada. Eu estou bem.

Leila estreitou os olhos e, analisando-me dos pés à cabeça, fez sinal para que entrássemos e calmamente se acomodou próximo a uma lareira. Fazia algum tipo de tapeçaria enquanto um gato preto bem balofo emaranhava-se por entre suas pernas.

— Senti saudades, querido. — Sua voz feminina, tranquila e terna, destoava das figuras que havia encontrado nos meus últimos episódios. Era agradável, perfeitamente humana e normal. Leila era uma senhora franzina, de cabelos grisalhos, olhos pequeninos como ervilhas negras e aparência bondosa.

— Leila, preciso pernoitar aqui e sei que pode ser perigoso para você. — Richard foi direto ao ponto.

— É *ela*, não é?

Ele assentiu com a cabeça.

— Que graça teria nossa existência sem alguns perigos, não é mesmo? — Seu semblante denunciava inexorável satisfação. Então, virou-se para mim e exclamou admirada: — Incrível! Nunca pensei que eles conseguiriam... — Seus miúdos olhos estavam vidrados nos meus. — E eu que achei que tudo não passava de uma lenda. Venha cá, meu amorzinho.

— Eu estou bem aqui — funguei.

— Ela é geniosa, né? — Repuxou os lábios, segurando o sorrisinho que lhe escapava.

— Nem imagina o quanto. — Richard arqueou as sobrancelhas. Trinquei os dentes.

— Com licença, Black — ela dirigiu-se ao gato. A aparente frágil senhora caminhou em minha direção e encarou-me por alguns segundos. Quando suas mãos esboçaram um movimento em minha direção, reagi de imediato, jogando o corpo para trás. — Calma! Não vou te fazer qualquer mal. Diga isso a ela, filho.

Richard tinha a cabeça inclinada para baixo, os faiscantes olhos azuis fixados num pedaço de madeira solto do assoalho.

— Rick, tudo bem?

— Tudo. — Ele tornou a olhar para mim. — Leila não te fará mal algum, Nina.

Engoli em seco e permiti que ela se aproximasse. Após estudar meus olhos por um demorado tempo, Leila passou a mão na minha gargantilha e, quando ameaçou removê-la, eu a impedi.

Richard arranhou a garganta.

— O que foi agora, filho? — ela lhe perguntou confusa, olhando dele para mim com os olhos arregalados. — Eu só quero examinar. Posso, Nina?

O semblante de Richard era de tensão, mas acenou afirmativamente com a cabeça. Trêmula e sem opção, entreguei-lhe meu amuleto da sorte.

— Impressionante! — deslumbrou-se enquanto o cheirava com extrema atenção. — Como não pensei nisso antes? A pessoa que o fez é muito inteligente...

— Era! — explodi. — Era minha mãe! Vocês a mataram, seus assassinos!

Ela não me respondeu. Devolveu-me a gargantilha e voltou pensativa para a sua cadeira.

— Rick, gostaria de ter uma palavrinha a sós com você. Deixe-a ficar um pouco com os meninos.

Epa! Que "meninos"?

Richard permanecia calado, mas agora a fitava com ar austero.

— Por que a desconfiança? Você sabe que aqui não há qualquer perigo. — Ela apertou um botão preso à parede. Não ouvi nada, mas, pouco tempo depois, dois rapazes já estavam na sala, junto a nós. Um bem alto e cheio de acne no rosto e outro baixo e atarracado. — Meninos, fiquem com ela enquanto tenho uma conversa com Richard.

— Por Tyron! É ela? — perguntou eufórico o mais alto.

— Sim, Estwic — retorquiu a senhora.

— Uau! Hoje eu vou ter sobremesa!

— Não se atreva a tocar nela. — Os olhos de Richard escureceram, ameaçadores.

— Deixa disso, cara. Você sempre se amarrou nessas brincadeiras com as resgatadas.

— Eu sei — Richard respirou profundamente, recompondo-se —, mas acho arriscado demais tentar qualquer coisa com a híbrida.

"Híbrida?"

E, com jeito casual, acrescentou:

— Deixei Ben encarregado de uma humana linda. Se quiser, posso transferi-la para você.

"Humana linda?" Não gostei nadinha daquilo...

— Mas será que não podemos nem ao menos tentar na híbrida? Ela...

— NÃO! — Richard trovejou. — Desde quando você contesta uma ordem minha? O que é que está acontecendo com todo mundo, droga?! Fora daqui!

Visivelmente aborrecido, Estwic se retirou.

— Estwic não fez por mal, Rick. — Leila contemporizava. — Você sabe que *ela* é capaz de causar reações desse porte, não sabe?

Richard não lhe respondeu.

— Ewan, cuide de Nina enquanto converso com Rick — ordenou.

Sem pronunciar uma única palavra, o baixinho delicadamente me conduziu para a área externa. Ewan sentou-se num comprido banco talhado em um tronco de pinheiro. Apontou-me o lugar ao seu lado. Ao fundo da pequena casa, uma visão magnífica: um mar de crisântemos e gencianas me recepcionava com alegria. Eram tantos e em cores tão vivas, que pareciam executar uma coreografia. Abanavam para mim dançando ritmadamente de um lado para outro, sob o comando de um vento fino e mistral. Não sei precisar o tempo que ficamos ali naquele descampado, o medo talvez triplicasse a demora e os frutos de minha imaginação. *O que os dois estariam tramando lá dentro? Por que os outros dois também não podiam estar por perto? Provavelmente havia algum tipo de hierarquia nessas seitas... Não! Recuso-me a acreditar nessa maluquice!*

— Você quer? — Ewan oferecia-me um pedaço de chocolate.

Neguei com a cabeça.

— Você precisa recuperar as forças. Ainda tem uma longa viagem pela frente.

— Para onde?

— Para o grande deserto depois de Sabhã.

— Para que tanto trabalho só para...

— Para? — Olhava-me sem entender.

— Me matar. Por que não acabam comigo aqui mesmo?

— Ah! — E soltou uma risada alta. — Não é assim que as coisas funcionam. Temos protocolos a seguir.

— Protocolos? — Foi a minha vez de rir, só que de raiva. — Você quis dizer rituais? Tipo o que fizeram com os olhos da garota de Londres?

Ele se empertigou no lugar.

— Não posso falar mais nada, sinto muito. Terá que perguntar a Richard. Como seu executor, só ele pode lhe dar qualquer esclarecimento.

— Você quer dizer que só o meu específico assassino pode me fornecer as informações que preciso?

— Sim. Nós não podemos nos intrometer na missão de outro resgatador sem sua permissão.

Então era sobre isso que Richard e Collin discutiam?

— Existem resgatadores de mesma patente em cada clã — ele se apressou em explicar.

— Então existem outros atrás de mim?

— Sim. Um de cada clã.

Decidi continuar botando lenha naquele papo de maluco. Em algum momento Ewan haveria de se queimar e me entregaria informações importantes sobre a ridícula farsa.

— E se o resgatador não realizar sua tarefa?

— Nunca vi acontecer. — Franziu a testa, confuso. — Por que ele faria isso?

— Digo, hipoteticamente?

— Eu acho que seria expulso de *Zyrk* ou preso e destituído de seu cargo. Talvez até castigado. Não sei dizer.

— Castigado? — *Como eles tinham imaginação!* — Sei. E seria expulso para onde?

— Ora, para o *Vértice*!

— Você quer dizer o *inferno*?

— Ah, é isso mesmo! É assim que vocês *humanos* o denominam.

— Leila é a mãe de vocês três? — continuei.

— Não! — ele gargalhou alto.

— Então por que ela chama todos vocês de...

— "Filhos"? — ele me interrompeu. — Sei lá! Acho que aprendeu com as humanas.

— Pare de falar com ela! — ordenou Estwic, aparecendo do nada. — Sabe que não podemos confiar nos humanos!

O outro me olhava com semblante de raiva, muita raiva. E, antes mesmo que ele pudesse partir para qualquer gracinha idiota, Leila abriu a porta da casa e fez sinal para que entrássemos.

Anoitecera, e as luzes daquele pequeno lugar já estavam acesas. Meu pânico de antes não havia me permitido observar quão agradável era o pequeno ambiente. A cozinha era separada da sala de estar por uma meia parede de madeira. Uma bancada de granito fazia papel de aparador sobre o qual se encontravam cestas de vime repletas de frutas. Móveis talhados de imbuia encontravam-se arrumadamente dispostos ao redor de uma ampla mesa de jantar, igualmente rústica. Guardanapos de linho, pratos de porcelana branca e copos de cristal a deixavam requintada demais para um lugar tão simples. O cardápio exposto me fez salivar de tão apetitoso: carne assada com batatas coradas, arroz e uma bela salada.

— Espero que goste! — Leila me apontou um assento e acomodou-se bem diante de mim. Richard sentou-se ao meu lado. Rígido.

Durante o jantar somente Leila e Ewan falaram. Este último para suspirar e pedir que alguém passasse uma ou outra comida para perto dele. Leila divagava sobre coisas que eu não conseguia entender, sobre um mundo único, sem divisões.

— O fim da maldição — suspirava baixo.

— O quê? — perguntou Ewan, com a boca cheia de comida.

— Nada, filho. Coma — murmurou ela, e, nesse momento, senti o braço de Richard esbarrar no meu e o calafrio se espalhar por minha pele. Tentei evitar, mas não consegui deixar de observá-lo de canto de olho. Ele estava arrepiado e as negras sobrancelhas cerradas. Olhei para a frente e vi Estwic nos encarando desconfiado. Richard enfrentou-o com o olhar. Leila abafou a cena pegando uma flor do arranjo de crisântemos que enfeitava a mesa. Em seguida ela arrancou uma pétala e a depositou em sua pequena taça de cristal. Depois encheu a taça de vinho, bebeu de um gole só e soltou um sonoro e satisfeito suspiro.

— Os crisântemos são flores abençoadas e cheias de mistérios! Uma lenda antiga diz que uma única pétala do crisântemo colocada no fundo de uma taça de vinho é capaz de trazer vida longa e saudável.

— E você acredita nessas besteiras, Leila? — indagou Estwic impaciente.

— Eu acredito no poder dos vegetais e minerais. Acredito que de sua energia surge a força indispensável à nossa sobrevivência e… bem… Deixa pra lá! — retrucou contrariada, levantou-se, e jogou um pedaço de batata para Black, que não parava de ronronar sobre uma almofada ao pé da mesa.

O jantar havia terminado e, por mais incrível que pudesse parecer, lá estava eu calmamente ajudando aquela senhora a retirar a mesa. Uma sensação de bem-estar me invadia, como se algo me desse a certeza da chegada de dias melhores. Ewan e Estwic liam volumes do que parecia ser uma antiquíssima enciclopédia, enquanto Richard dormia recostado em um humilde sofá abaixo da janela.

— Coitado. Está exausto. — Leila deixou escapar um suspiro. — Ah! A maldição…

— Que maldição?

Num rompante, Estwic desviou seu olhar do livro e nos encarou, desconfiado.

— Maldição! Cortei meu dedo! — grunhiu Leila.

— Cortou? — questionei confusa, sem presenciar qualquer vestígio de sangue.

Aos tropeços entendi que aquilo era uma encenação. *O que Leila estava escondendo? E de quem?*

— Venha comigo! — ela exclamou, puxando-me rapidamente pela manga da blusa. — Meninos, coloquem água para ferver enquanto vou procurar mudas de erva-doce. Estou com o estômago embrulhado. Comi demais! Nina vai me ajudar. — E saímos, deixando-os para trás.

Leila pegou um lampião pendurado ao lado da porta de entrada, acendeu-o e, enquanto caminhávamos para uma horta situada bem distante do terreno, começou a puxar conversa:

— Acho que chegou a hora, minha filha. Já era tempo.

— Do que a senhora está falando?

— Eu não devia ter esta conversa com você. Só Rick poderia, mas acho que ele não o fará. Então resolvi quebrar os protocolos e lhe passar algumas informações para que você nos compreenda melhor. Você tem o direito.

— O que quer dizer? Vai me dar explicações antes de me matar? É essa a *hora* a que você se referia?

— Claro que não! — E riu animadamente. — A hora de, finalmente, colocarmos um fim nessa horrenda maldi...

— Que maldição? — Fui logo interrompendo.

— A maldição que acompanha meu povo há milhares de anos. Eu não sei exatamente como ela surgiu. Tudo que sei me foi contado pelos meus ancestrais e data de tempos remotíssimos.

Agora foi a minha vez de gargalhar. Ela se empertigou.

— Você precisa acreditar na lenda, Nina! Eu lhe rogo: acredite no que vou lhe dizer. Não tenho motivo algum para enganá-la!

— Só o motivo de me manter viva até uma determinada data e aí então...

— Mas pode ser diferente! Eu acredito que algo extraordinário está prestes a acontecer! — Sua fisionomia transbordava emoção.

— O que está prestes a acontecer? Que lenda?

Ela abriu um largo sorriso. Aguardava avidamente por meu súbito interesse.

— A lenda de *Zyrk*! Reza a lenda que, no início dos tempos, Tyron criou apenas duas dimensões e não quatro, como hoje em dia. Eram chamadas de *Plano* e *Intermediário*.

— Tyron?

— Sim. Tyron. O maior de todos os deuses. — E emendou: — Saiba que a sua dimensão, o *Intermediário*, também já foi a nossa em algum momento de um passado distante. Naquela época, meu povo ainda não havia sido banido dela. O *Intermediário* é onde hoje vivem os humanos, mas de onde fomos expulsos um dia — suspirou infeliz. — Veja bem — frisou —, *estou* aqui, mas não *sou* daqui. Eu não sou humana, Nina. Eu também sou uma resgatadora. Estou apenas na condição de humana para poder desempenhar minhas missões. Pertenço a uma dimensão paralela à sua.

Engoli em seco. Eu queria rir daquela loucura toda, mas a dúvida começava a frutificar dentro de meu atordoado cérebro. A gentil senhora parecia sincera.

— Então — ela continuou. — Tyron, assim como um pai que reparte a sua fortuna, dividiu o *Intermediário* entre seus dois únicos filhos. Diz-se que a sua divisão foi muito justa e que cada irmão seria totalmente soberano e responsável por uma metade dessa dimensão. A única incumbência dada a eles era cuidar bem daqueles que Tyron chamava de irmãos adotivos, ou seja, todos nós. No início, zirquinianos e humanos eram um único povo e não havia distinção.

Eu estava perdida naquele rico universo imaginário. Ela prosseguia com calma:

— Como já disse, éramos um único povo e só nos dividimos por causa da maldição. Vocês, humanos, tiveram a sorte de serem guiados pelo filho bom. Meus antepassados tiveram o infortúnio de ter o filho mau como seu mentor. — E limpou a garganta. — Reza a lenda que, após muitos e muitos anos, sem que os filhos soubessem, Tyron voltou ao *Intermediário* para examinar como cada um deles havia cuidado da sua parte e dos seus indefesos irmãos adotivos. Quando chegou aqui, ficou extremamente decepcionado e aborrecido com um dos seus filhos. O primeiro havia trabalhado duro, dando atenção a todas as suas terras, tornando-as mais belas e habitáveis. Cuidou carinhosamente dos irmãos e ensinou-lhes sentimentos de compaixão, perdão, amizade e o mais complexo deles: o amor. O segundo, por sua vez, legou um caminho de destruição e descaso por onde passou. Destruiu, arrasou e usurpou, tornou insuportável o que antes era perfeitamente habitável e, principalmente, semeou a discórdia e o ódio. Seus irmãos adotivos tornaram-se seres maus e invejosos. Quando Tyron descobriu tudo aquilo, sofreu como nunca havia sofrido. Diz-se que o grande dilúvio de outrora nada mais foi que seu choro de decepção. — Abriu um sorriso triste. — Lendas.

E continuou:

— Fingindo não saber de nada, e querendo dar mais uma chance ao filho mau, ele enviou um mensageiro ao *Intermediário*. O mensageiro comunicou aos filhos que Tyron lhes faria uma "visita" em uma determinada data. Seria o dia da prestação de contas de seus feitos. O segundo filho, ardiloso como sempre, mandou espiões checarem como estava indo a metade do irmão, e seus enviados ficaram assombrados com as maravilhas que encontraram. Cheio de cólera e decidido a arrumar um meio de escapar da ira iminente do Pai, o filho mau bolou um plano diabólico. Foi pessoalmente visitar o irmão, levando-lhe a falsa notícia de que o dia do encontro com Tyron havia sido alterado para uma data mais distante, e que ele precisava de sua ajuda. Ele o enganou contando que tivera muita dificuldade em administrar a sua metade e que havia sido ludibriado por algumas das criaturas que Tyron tinha lhe conferido proteger. Sabendo de sua bondade, pediu para ficar em seu lugar só por alguns dias. Disse-lhe que gostaria de aprender suas técnicas de cuidado e os seus seguidores veriam como seria viver em um bom ambiente, e com isso também se tornariam pessoas melhores. O irmão bondoso acreditou nas palavras daquele crápula e, juntamente com seu povo, trocou de posição às vésperas do *prestar contas*. Mas Tyron sabia de tudo! E, antes mesmo que chegasse o dia do encontro, surpreendeu os dois, aparecendo inesperadamente no *Intermediário*. Solicitou que cada um mostrasse as obras executadas. O irmão mau pediu para começar e Tyron permitiu.

"— Querido Pai, antes de lhe mostrar todas as minhas obras e conquistas efetuadas, gostaria de lhe dizer que algum estrago lhe foi causado dias atrás devido ao fato de ter trocado de posição com meu irmão. Emprestei-lhe a minha parte e conduzi meus protegidos à parte dele. — O irmão bondoso ficou perplexo com aquele discurso, mas não pronunciou uma única palavra. — Então — continuou o mau —, devido à sua tamanha desorganização e falta de controle sobre os seus protegidos, alguns danos lhes foram causados nesses dias, mas serão prontamente recuperados.

"Tyron, sabendo que tudo aquilo era uma farsa, voltou-se para o filho bom e perguntou:

"— O que tens tu a me dizer?

"— Dê-me algum tempo, meu Pai, que recuperarei a parte danificada. — O filho bom teve pena do irmão e se prontificou a ajudá-lo, a despeito da absurda calúnia.

"— Filho bom! A ti não darei apenas uma parte, mas sim o todo. Vá! Tudo te pertence a partir de agora.

"Depois se virou para o filho mau e disse:

"— Poderia apenas ter-me pedido desculpas e eu te perdoaria. Virás comigo e te ofertarei uma segunda chance.

"Mas o filho mau não aceitou ter perdido seu império. Esbravejou, blasfemou e, num acesso de fúria, atacou o irmão pelas costas, apunhalando-o mortalmente. Reza a lenda que Tyron chorou sangue naquele momento e baniu o filho mau do *Intermediário*, lançando-o para um novo e terrível plano que acabara de criar: o *Vértice*, ou o inferno, como vocês dizem. Ia fazer o mesmo com todos aqueles indivíduos maldosos que estavam sob sua influência, quando o filho bom, em seus braços, lhe fez um último pedido: que tivesse piedade daquelas pobres almas, pois elas eram fracas e manipuláveis. Tyron então olhou para aquelas perversas criaturas, que eram os meus ancestrais, e os amaldiçoou:

"— E vocês, horda de desgraçados, enquanto não souberem o que é compaixão, não saberão o que é e tampouco sentirão os efeitos do maior de todos os sentimentos: o AMOR. Jamais saberão o que é amar! Vou lhes poupar do *Vértice*, mas irei condená-los a uma nova dimensão, *Zyrk*, e à terrível tarefa de tirar vidas, ano após ano, para que um dia vocês se cansem de viver em função da morte e de toda destruição que vêm gerando, e entendam o valor do milagre da vida. A sua redenção só será possível no dia em que conceberem um filho por amor. Ele será a chave para o perdão de seus erros." E assim — concluiu Leila antes de ficar pensativa —, surgiram mais essas duas dimensões, *Zyrk* e *Vértice*, além das duas já existentes.

— Eu sou esse filho? — perguntei sob tensão.

— Acho que sim, Nina.

— E não era para vocês estarem felizes?! Isso não é bom? — bradei, sem compreender.

— Não. Para a grande maioria dos meus, você é um enorme perigo e, portanto, deve ser rapidamente eliminada! Se a lenda for verdadeira, você tem poderes além da sua compreensão. Poderes que podem afetar não apenas a minha e a sua dimensão, mas também o tormentoso *Vértice*.

— É por isso então que querem me matar?

— Exato. Além do fato, é claro, de sermos eminentemente maus, egoístas e predadores. É por isso que estamos condenados a essa vida medíocre e infeliz, compreende? Nós somos a continuação dos nossos horrorosos ancestrais. Não temos os bons sentimentos. Só os maus, como a ira, a inveja, o egoísmo, a avareza, a soberba, entre outros. Nós somos a antítese da vida, todos nós. É só o que podemos e sabemos fazer: matar! Dia após dia, séculos após séculos.

— M-mas então? — gaguejei atônita, completamente exangue.

— Por que ainda não matamos você? — Estreitou os miúdos olhos.

Balancei a cabeça com muito medo de ouvir a resposta.

— Pois creio que o milagre está acontecendo. Porque Tyron está mostrando compaixão por nós, depois de muito tempo esquecidos...

— Eu não entendo.

— Nem eu. Mas você está aqui, e eu não sei como... Você é o fruto do amor impossível de um dos nossos com uma dos seus.

— O quê?! — rugi, transtornada com a inesperada confissão.

— Sim, filha. Seu pai foi um dos nossos.

— Isso é tudo mentira! Eu nunca tive pai! — Meu cérebro ardia. *Como aquele bando de homicidas poderia saber de meu pai? Onde obtiveram tal informação se Stela nunca mencionara nada sobre ele com ninguém e nem mesmo para mim?*

— Nina, você é fruto de um amor infinito.

— Pare com essas mentiras descabidas! — eu cuspia as palavras.

— Você não poderia...

— Não poderia o quê? — interrompi furiosa.

— Existir! — Ela esfregou a testa. — Era para sua mãe ter morrido antes mesmo de lhe ter concebido, entende?

— NÃO!

— O que eu quis dizer é que não pode haver qualquer contato mais *profundo* entre os nossos povos. Seria letal! — Suspirou sem perder a paciência. — Além do mais, todos têm a *sua hora*. E não somos nós que decidimos. Apenas cumprimos ordens. *Dele.* Tudo na vida tem um ciclo: nascer, crescer, envelhecer, morrer. Nem todos conseguem completar o seu ciclo, mas esse é outro assunto... Tudo tem um porquê. Só não nos é confidenciado. Como lhe disse, nós só executamos as ordens.

— Eu continuo não entendendo, que inferno!

Confesso que havia ficado um pouco preocupada com aquela questão do "contato mais profundo".

— Melhor assim! — Sua entonação ficara rude pela primeira vez.

Leila se afastou e ficou calada algum tempo enquanto escolhia as ervas ou, quem sabe, as palavras apropriadas:

— Cada clã de *Zyrk* enviou seu melhor resgatador para eliminá-la, sabia? Nessa altura, a coitada de sua mãe já não teria mais como proteger você de nós. — Sua voz retornara ao habitual: suave.

— Deixe-me ver se entendi: vocês querem me eliminar não porque chegou a "minha hora", mas sim porque sou uma *híbrida*?

— Exato — disse taxativa.

— E por que só agora?

— Sempre estivemos atrás de você. Mas não podíamos cometer erros. Nós não podemos *matar diretamente* a pessoa errada. *Nunca!*

— "Diretamente?"

— Sim, quero dizer, eu não posso matar você se não for a sua hora, mas...

— Mas?

— Mas eu posso sugestionar mentalmente uma pessoa que está prestes a morrer a levar você consigo. É o que chamamos de morte indireta.

— O quê?! Vocês podem induzir uma pessoa a matar outra quando ela estiver perto da hora de sua morte? Induzir um assassinato?

— Sim.

— Então era por isso que nos últimos dias diversas pessoas tentaram me matar? — grunhi e me lembrei do comentário maldoso de Kevin sobre guiar a morte das pessoas.

— Isso aconteceu?

— Diversas vezes! E eu culpando minha sorte!

Ela ficou pensativa por outro longo período, seus olhos turvos denunciavam preocupação. Tive que perguntar novamente.

— Foi o que me aconteceu?

— Sim. Como não era para você ter nascido, os médiuns acabaram determinando que sua data de *partida* seria a sua data de *passagem definitiva*.

— O que quer dizer com data de passagem definitiva?

— É a data do seu décimo sétimo aniversário nessa dimensão, equivalente ao décimo oitavo aniversário em *Zyrk*. Há um descompasso de um ano entre nossas dimensões porque, depois da nova divisão de Tyron, *Zyrk* foi constituída um ano antes que a sua dimensão — esclareceu.

— Você está me dizendo que qualquer um que entrar nessa tal de *Zyrk* fica instantaneamente um ano mais velho?

— Isso mesmo. E que, a partir do décimo sétimo aniversário humano você teria livre acesso à *Zyrk*, a minha dimensão.

— E que meu "décimo sétimo aniversário humano" também seria a data da minha morte?

— Sim.

— Mas não vou entrar nessa tal de *Zyrk* porque vocês vão me matar antes, certo? — indaguei irônica.

Leila arregalou os olhos e apertou os lábios.

— Os seus resgatadores não poderiam buscar você antes dessa data, e então utilizaram outros meios... — desconversou.

— Meios indiretos?

Ela assentiu.

— E não tiveram muito sucesso, não acha? — desdenhei daquela situação, achando que ela se defenderia de imediato, mas fui surpreendida por um sorriso escancarado. Seu semblante era de pura excitação.

— Acho. É um milagre! — exultava de satisfação.

— Hã?! Que milagre? — indaguei, mas ela me deu as costas e balançava a cabeça de um lado para outro. — Por que só agora? Por que não me mataram antes?

— Não sei ao certo, mas acredito que, pelo motivo anterior, não poderíamos cometer erros. Além do mais, nunca acreditamos que essa lenda fosse verdadeira, que você existisse pra valer. Teoricamente não era para você ter nascido, por consequência, você não tinha uma época exata para morrer.

— Vocês "cometem erros"? A *Morte* falha? — ironizei.

— Depende do que você considera falhar. Que nós mataremos o humano quando sua hora chegar e cumpriremos a nossa missão é fato, mas na qualidade e no número de tentativas é que se encontra a diferença.

— Matar de primeira seria o mais eficiente?

— Sim. Sem deixar rastros ou desencadear uma morte dolorosa.

— Dolorosa para quem?

— Sempre para quem vai. Para os humanos que ficam, existe o aprendizado.

— Hum. E Richard... então... sempre acertou de primeira e nunca deixou rastro?

— Nunca — soltou pensativa.

— Então por que ele não fez logo o seu serviço e me liquidou de uma vez? Por que me salvou das mãos de Kevin e de Collin? Que interesse tem em me manter viva se pretende me matar em breve?

— Ele obedece a regras e... talvez exista um motivo maior — concluiu enigmaticamente.

— Qual? — esbravejei. — Arrancar os meus olhos em praça pública?

Leila não me respondeu, dando de ombros.

— Eu acho que é melhor nos recolhermos, o tempo esfriou.

FML PEPPER

— Você sente frio? Não disse que eram insensíveis?

— Nina, nós não temos os bons sentimentos. Sensações como frio, fome, calor, cansaço, dor são todas iguais às de vocês, humanos — rebateu com pesar. — Quando muito evoluídos, desenvolvemos a capacidade do bem-querer, do cuidado com os outros. Pouquíssimos conseguem. No geral, somos completamente frios. Achei, aqui estão! — Abaixou-se num rompante e pegou algumas mudas de erva-doce e de uma planta com raízes retorcidas e folhas oleaginosas que parecia estar em decomposição havia algum tempo. — Agora chega. Vamos entrar!

Num gesto de desespero, agarrei seu braço e supliquei-lhe a única resposta que me fazia sentido:

— Afinal de contas, o que vão fazer comigo?

Ela lentamente se soltou de mim e, com os olhos fixos nos meus, pousou suas mãos sobre meus ombros.

— Se soubesse, eu *realmente* lhe diria.

Dirigimo-nos até a porta da cabana em silêncio. Muitas coisas que Leila disse faziam todo o sentido dentro da minha outrora vida de nômade, entretanto, a lógica berrava em meu cérebro. Convencia-me a cada instante de que tudo aquilo não passava de um grande teatro, uma espetacular encenação de um grupo de loucos. Antes de entrar, Leila segurou meu braço mais uma vez e, com um olhar profundo, disse apenas uma frase:

— Confie nos sinais.

Congelei.

As mesmas palavras de Stela? Meu coração deu um salto e por pouco não escapuliu pela boca. *"Sinais?" O que ela queria dizer com aquilo?* Antes mesmo que eu pudesse formular qualquer pergunta, ela abriu a porta e encerrou o assunto.

— Que demora! — exclamou Estwic. — Pensei que tivessem se perdido por aí. — E riu olhando para Ewan, que nem reparou na piadinha sem graça, de tão entretido que estava lendo a enciclopédia. Próximo a eles, Richard permanecia em seu sono profundo.

Ainda desorientada com suas últimas palavras, acompanhei-a até a pequena cozinha anexa, observando pelo canto do olho aquela representação de Adônis dormindo no sofá.

— A beleza dele não é apenas essa que você consegue enxergar. Tenha paciência. É tudo muito novo e assustador para ele também — sussurrou Leila ao me flagrar admirando Richard.

O que ela queria dizer com aquilo?

— Observe estas mudas — divagando, apontou para a asquerosa planta que eu não conhecia. De aparência ruim, ela também tinha um odor desagradável. — Elas são o exato oposto das rosas. Depois que uma rosa murcha, o que resta?

— Os espinhos — respondi.

— E quando os espinhos caem?

— Não sobra nada.

— Exato. Infelizmente, as rosas são frágeis e egoístas. Cobram um preço muito alto se quisermos a sua companhia: poucas horas para termos o prazer de observar a sua beleza exuberante e muitos dias acompanhando sua deterioração. De presente, elas nos deixam apenas seus míseros espinhos... Estas plantas, no entanto, desabrocham e florescem com a adversidade. Esquisitas e até feias, murcham e morrem sem chamar a atenção quando permanecem no seu solo de origem. Mas são guerreiras inatas. Fazem questão de nos presentear com a sua própria morte, caso queiramos a sua companhia — suspirou. — Quando começarem a murchar, seus espinhos cairão e uma flor lindíssima brotará de seu caule. Esta rara flor, a qual chamo de Drahcir, é forte e resistente, e nos dá o prazer de admirá-la por meses a fio. Quando, por fim, sua beleza começar a se esvair, ela novamente nos presenteia com um chá de sabor maravilhoso, que nos proporciona a cura de muitos dos nossos males. Não se deixe enganar pelas aparências... Aguarde até os espinhos dele caírem — apontou para Richard com um gesto de cabeça — e terá muito a ganhar.

Estremeci. Que tipo de charada era aquela?

Aprisionada em meus pensamentos, adormeci com a cabeça caída sobre a mesa de jantar. Pelo menos é o que acho. Acordei já de dia e deitada sobre uma cama bem quentinha, acreditando por um breve instante que tudo aquilo não passara de um sonho. Fui trazida à realidade por um cochicho que se fazia ouvir pelas pequeninas aberturas da janela basculante acima de minha cabeça. Do lado de fora, duas pessoas entabulavam uma conversa tensa. A primeira voz era inconfundível, pertencia à Leila. A segunda era... de Richard.

— Nem pense em se envolver! Ela é *minha* missão — ele a advertia.

Missão? Era sobre mim que estavam falando!

— Ewan e Estwic estão chegando. Vamos ter que parar por aqui mas... Eu tentaria Wangor — continuou Leila.

— Pode ser... Preciso acabar logo com isso! Eu estou ficando louco, Leila! Não consigo mais traçar planos com objetividade. Eu não aguento mais, além disso, ela me tira do sério! — concluiu ele. Havia urgência em sua voz.

— Eu sei, mas você precisa ter paciência. Lembre-se de que ela não é um de nós, assim como o pai dela foi. Ela é diferente. Não faça nada de que venha a se arrepender depois, meu querido — sussurrou Leila.

Meu pai?

— Arranjei a moto que você me pediu, Rick. Está toda preparada — o entusiasmo de Ewan interrompia a conversa dos dois.

— E então? A belezura vai dormir a manhã toda também? — alfinetou Estwic.

— Vou acordá-la, mas você sabia que o sono é um excelente reparador, filho? — Leila respondeu àquele comentário com repreensão. — Saiba que ela é uma humana e, como tal, é muito mais vulnerável às necessidades fisiológicas do que nós.

Minha cabeça girava. *Seria tudo que acabei de ouvir pura encenação ou estaria Richard se interessando por mim e sentia-se em conflito? Seria ele capaz de ir contra aquele grupo macabro só por minha causa?* Minha alma transbordava de felicidade. Meu coração estava pra lá de agitado. Percebendo a aproximação de Leila, mergulhei por sob os lençóis, fingindo dormir o mais profundo dos sonos.

Não sei se fui convincente.

CAPÍTULO
16

— Está na hora. Precisam partir. E que Tyron esteja com todos nós! — Leila se despediu com uma fisionomia tensa. Se não estava representando, com certeza tentava esconder algo que a deixava aflita.

— Está com frio? — checou Richard, olhando-me pelos cantos de seus magníficos olhos azuis enquanto percorríamos uma estrada de terra que cortava extensas pastagens. Os animais caminhavam tranquilamente próximo às cercas, indiferentes à poeira e ao barulho produzidos pela nossa passagem. A moto em que estávamos era dessas utilizadas em ralis e, além de ser bem mais desconfortável que as anteriores, emitia um ruído estridente, deixando meus tímpanos em frangalhos. Contudo, naquele momento, isso pouco importava. O importante é que Richard estava comigo.

— Não. — Era a mais pura verdade. Eu estava em brasas, mais quente do que nunca. Mesmo com a moto em alta velocidade, eu era incapaz de perceber o vento frio da manhã trespassando meus nervos.

— Fique tranquila. Está tudo sob controle — tentou disfarçar, mas seu semblante permanecia preocupado. Surpreendentemente não havia tensão entre mim e aquele deus grego. Sua fúria parecia ter se abrandado.

— Eu estou tranquila — devolvi pela primeira vez de forma honesta, desde que meu martírio começara. Ele virou ligeiramente a cabeça em minha direção e intuí um sorriso. Uma nova onda de calor me invadiu e corei.

Céus! Que sensação era aquela que aquele garoto gerava em mim?

— Para onde estamos indo? — perguntei ao recobrar o raciocínio.

— Para o grande deserto além de Sabhã.

— Para o Saara? Vamos voltar para o continente africano?

Ele confirmou com um aceno de cabeça.

— Por que tão longe? — insisti.

— Porque os portais surgem apenas em locais especiais — soltou em seu tradicional jeito seco.

— Assim que saímos do aeroporto de Roma você comentou sobre eu ser receptiva. O que isso quer dizer? — fui direto ao ponto.

— Que você tem o dom da percepção. Alguns humanos têm! — exclamou enquanto fazia uma manobra rápida.

— E no que consiste esse dom? — Nossa conversa era aos berros.

— O humano perceber a nossa presença.

— Sei. — Arqueei as sobrancelhas. — Se estou olhando para você, logo eu consigo perceber sua presença, não acha óbvio?

— Você sim, mas a maioria dos seus só nos enxerga quando *nós* queremos. Espere um pouco. — E começou a diminuir a velocidade ao avistar uma humilde casinha de madeira, cercada por uma paisagem lindíssima. Cortinas quadriculadas de vermelho e branco dançavam animadas ao som do vento. Pareciam acenar para nós pelas pequenas janelas abertas, com beirais também pintados de vermelho. A porta e o telhado brancos davam o arremate àquela simpática casa de bonecas. Eu estava tão empolgada em viajar sozinha com Richard que mal percebi que tínhamos feito um longo percurso e que chegávamos a uma afastada área agrícola. Ele saltou da moto e, com cuidado, ajudou-me a descer.

— Onde estamos? — perguntei.

— Parada estratégica. Vamos fazer um lanche e descansar antes de continuar. A próxima etapa é bem pior.

— Mas...

— Chega de conversa! E cuidado onde pisa — ele me interrompeu bruscamente. Sua rispidez havia retornado com força total. Começou a andar em direção ao casebre, deixando-me para trás. *Caramba! Como seu humor era instável!*

— Eu preciso de respostas! — grunhi enquanto tentava acompanhar seus passos. Ele me enervava com aquela pose de general.

— Cuidado com o chão — ordenou, mantendo suas passadas firmes. — Está cheio de...

— Ah, não! — gemi logo atrás.

— Fezes bovinas.

Havia escorregado e acabei enfiando os pés em uma quantidade impressionante de estrume. Por sorte, não havia caído de quatro. Com exceção de dois estreitos caminhos de pedras, o restante era tudo lama. Um grande e desafiador atoleiro.

— Você é bem descuidada, não é mesmo? — Ele tinha impaciência ao falar. — Aprenda a ter mais atenção no que faz e por onde anda. Não posso te vigiar o tempo todo!

— Não preciso que me vigie! — retruquei no mesmo tom enquanto tentava, inutilmente, me livrar daquele estrume nojento.

— Sei. — Ele ergueu uma sobrancelha, achando graça.

— E também não preciso de sua ajuda! — acrescentei fingindo total controle da situação.

Ai! Aquilo era areia movediça?

— Hum. — Ele balançou a cabeça, os olhos cheios de malícia. — Tudo bem, então. — Cruzou os braços e aguardou.

Argh! Como ele conseguia me enervar!

— Você pode me dar uma mãozinha? — pedi exausta ao ver minhas pernas afundarem ainda mais depois de cinco minutos de infrutíferas tentativas. Como havia escorregado para longe do caminho de pedras, eu me sujaria toda para sair dali sozinha e não tinha outra muda de roupas.

Richard segurou o riso, coçou o queixo com calma e deliberação, e, após me avaliar por alguns segundos, veio em minha direção.

— Não se mexa — ordenou, mas nem precisaria. Eu já estava paralisada pelo seu olhar penetrante. Então ele também enfiou as botas no lamaceiro e, dono de uma força incrível, agarrou-me pela cintura e me retirou dali. Seu corpo grudado ao meu e seu olhar fixo em meus olhos fizeram minha respiração vacilar e, quando me colocou no chão, quase caí de novo. Minhas pernas de repente tinham adquirido consistência de gelatina. Sem graça, corei e desviei o rosto. Ele se afastou e me jogou sua bandana preta para que eu me limpasse.

— Obrigada — murmurei, com minhas funções cognitivas restauradas. — Quer dizer que você pode ser invisível para várias pessoas?

— Quase todas — respondeu ele, impassível. — É só querer.

— Quem são vocês? Extraterrestres? — E soltei uma sonora gargalhada sarcástica.

— Você ainda não entendeu absolutamente nada do que eu expliquei? Não conseguiu perceber a gravidade de todas as situações por que passou? — ele trovejava.

Engoli em seco, manchas vermelhas de vergonha começavam a afoguear meu rosto. Ele continuou, irritadiço:

— Por Tyron, também pertenço ao seu mundo, só que em uma dimensão diferente, uma dimensão paralela à sua!!!

Os malucos já haviam me explicado inúmeras vezes, mas só agora, depois de todos aqueles acontecimentos, começava realmente a acreditar.

— Então você é de fato a... a...

— A sua *Morte*? Sim! Eu sou o que vocês costumam chamar de Morte. O que mais eu tenho que dizer ou fazer para você acreditar em mim?

Minha gargalhada ganhou um tom nervoso e foi rapidamente substituída por um choro compulsivo.

— Para com essa loucura! — protestei. — Por que toda essa encenação? Por que tanta gente atrás de mim? Por que estão fazendo isso comigo? Se você é mesmo a minha Morte, me mata logo!

— Não — disse com toda a calma do mundo.

— Por que não? Por que me torturar?

— Eu não quero te torturar. — Seus olhos azuis brilhavam mais que o lindíssimo céu sobre nós e pareciam sinceros. Aquelas afirmações começavam a me perturbar.

— Por que eu? — insisti.

— Já disse. Você é especial.

— Ah! Certo! — desdenhei. — E como pode ter tanta certeza?

— Os seus olhos.

— O que eles têm?

— São diferentes dos olhos humanos.

Congelei dos pés à cabeça.

— C-como notou? — gaguejei.

— Inicialmente por eliminação e uma pitada de sexto sentido. — Ele pegou um graveto comprido e começou a rabiscar alguns desenhos no solo úmido.

— Eliminação?! — Minha pressão rolou ladeira abaixo. — Quer dizer que vocês realmente mataram outras garotas até chegar a mim?

Ele não reagiu a essa pergunta, o que me fez imaginar o pior.

— E depois? — adiantei-me.

— Depois porque eu percebi que você tem uma característica impossível para os seus.

— E qual é?

— Você não é sugestionável.

— Hã?

— Você não tem a mente suscetível aos nossos comandos, não entra em transe. Daí o porquê de nós não podermos eliminá-la através da morte direta.

— Só através dos que estão prestes a morrer? A morte indireta?

— Exato. Isso porque estamos proibidos de utilizar a força física sobre você antes da sua *data de passagem*.

Um ensurdecedor silêncio preencheu o ambiente. Meu cérebro lutava contra o mutismo insuportável. *Aquilo não podia ser verdade! Ou podia?*

— Sua mãe era uma mulher muito perspicaz — ele reiniciou a conversa de maneira inesperada ao perceber a sombra da dúvida se agigantar em minha face. — Conseguir enganar a morte por quase dezessete anos não é para qualquer um.

— O que você quer dizer com isso?

— Por que você acha que sua mãe vivia pulando de cidade em cidade, de país em país? — Havia uma pitada de piedade camuflada em sua voz. — Por que o humor dela mudava com tamanha intensidade, de uma hora para outra, diante de um mínimo sinal de perigo? Por que ela não gostava que você fizesse novas amizades?

— Por quê? — indaguei perplexa, quase afônica.

Como ele podia saber detalhes tão íntimos de nossas vidas?

— Porque ela simplesmente sabia de tudo e queria proteger você. Desde o momento em que você foi concebida, a vida daquela mulher acabou. Ela vivia só para manter você viva. Abdicou da própria existência com o objetivo impossível de livrar você de nós.

— Como ela sabia? Eu não entendo...

Ele caminhava devagar, olhando ao longe um pequeno grupo de homens que acabava de deixar a simpática casinha, um humilde restaurante no meio do nada. Ao sair, esqueceram a porta aberta e pude ver o movimento de pessoas comendo e conversando. Richard dirigiu-se então para algumas rochas que ficavam ao lado de um antigo caramanchão. Limpou-as com as mãos, fez sinal para que eu me sentasse ali e depois se acomodou mais acima, bem próximo de mim.

— Seu pai era um de nós. — Seus olhos se estreitaram, sua testa franziu. Ele parecia sentir algum tipo de sofrimento.

— Leila me explicou, mas... eu não entendo. Não pode ser! — objetei com os dentes trincados.

— Eles violaram as regras do universo.

— Hã?! O que quer dizer?

Richard ficou mudo.

— Eles se apaixonaram? É isso?

Ele assentiu com a cabeça.

— Como aconteceu?

— Nunca entendi. Eu não sabia que era possível — murmurou, esfregando o rosto com as mãos.

Eu estava perplexa com a cena.

— Nós não desenvolvemos bons sentimentos. — Ele respirou profundamente. — Não temos essa aptidão.

— Você quer dizer que... a *Morte* um dia se apaixonou? Isso é ridículo! — exclamei engasgada.

— Achávamos que era lenda. A profecia era milenar...

— Profecia? — Meus neurônios ferviam.

— Sim. Mas essa é outra longa história... Não temos tempo — adiantou-se. — Eu não sei de detalhes. Só sei que em uma missão seu pai conheceu sua mãe.

— Ela também era receptiva?

— Como você.

— O que você quer dizer com "eles violaram as regras"? — retornei ao ponto que me incomodava.

— Sua mãe deveria ter morrido há mais de dezessete anos, Nina. Ela era a missão dele! Mas seu pai não conseguiu porque se apaixonou por ela, e ela por ele. O amor deles era tão grande que, mesmo sabendo dos riscos, preferiram continuar juntos. Foi a primeira vez em toda a existência que um dos nossos conseguiu conceber um filho com um dos seus. Você!

Agora meus lábios tremiam involuntariamente. *Meu Deus! Como ele poderia ter inventado uma história tão bem bolada como aquela? Onde obtivera todas aquelas informações sobre mim e Stela?*

— E o que houve depois que fui concebida? — retruquei sentindo minha pulsação acelerar a níveis perigosos.

— Sua mãe fugiu.

— E por que minha mãe fugiu se o amava? Não faz sentido! — protestei, mas algo dentro de mim pressentia o pior.

— Creio que para proteger você.

— Mas me proteger dele? Se ele nos matasse, não acabaríamos juntos? Não iríamos para o mundo dele? Quero dizer, o seu mundo? O mundo dos espíritos?

— Eu nunca disse que meu mundo é dos espíritos! — ele bradou nervoso. — Por Tyron, nós também pertencemos a este mundo, apenas estamos em outra dimensão! Presta atenção, garota! A única diferença é que, diferentemente de vocês, temos conhecimento da sua dimensão, enquanto vocês ignoram a nossa existência! Então, quando uma pessoa morre, ela vai para as outras dimensões que mencionei, o *Plano* ou o *Vértice*, e não para a minha. Pela última vez, fui claro?

— Então por que está me levando para a sua dimensão? — enfrentei-o, esbravejando no mesmo tom.

— Isso não te interessa! — ele rebateu.

Aguardei algum tempo até que nossos ânimos melhorassem, enchi meus pulmões de ar e tomei coragem para continuar a sabatina:

— Então meus pais não queriam se separar?

— Exatamente. Se seu pai cumprisse a missão dele, que era matar a sua mãe, teria que abrir mão dela. E ele estava apaixonado demais. Se saísse de perto dela, outro resgatador seria enviado para concluir a missão em atraso.

— "Atraso?"

— Sim. Nós temos um determinado tempo para cumpri-las, em geral.

— As pessoas não têm o dia de sua morte já definido quando nascem?

— Mais ou menos. Excluindo a morte indireta, que, para nós, zirquinianos, trata-se de um ato desprezível, a grande maioria das pessoas têm o livre-arbítrio, que pode lhes dar ou tirar alguns anos de vida, mas não muitos.

— Então meu pai adiou um pouco a morte de minha mãe?

— Finalmente! E como não podia ficar com ela em tempo integral, porque tinha outras missões a executar, ele lhe ensinou alguns truques para manter outros de nós afastados dela enquanto trabalhava.

— Trabalhava? Rá, rá, rá! — soltei uma gargalhada sarcástica.

— Sim, Nina. Matar não tem nada a ver com o fato de nós, zirquinianos, sermos essencialmente maus. Esse é o trabalho dos resgatadores de *Zyrk*: manter o equilíbrio da sua dimensão. Algumas pessoas precisam morrer porque outras precisam nascer. É assim que tem que ser.

— Sei. E que truques eram esses?
— Está vendo esse cordão em seu pescoço?
— O que tem de mais? — Tremi.
— Foi ou não um pedido de sua mãe para que nunca o retirasse?

Apenas acenei com a cabeça. As evidências eram irrefutáveis. Ele se empertigou.

— Esse tipo de pedra é muito rara. Leila me contou que é um rubi-escarlate alquimicamente modificado. É uma pedra prensada com uma espécie rara de limão, oriunda apenas das florestas tropicais da Nova Guiné, associada a um tipo exótico de citronela que só dá em grandes altitudes. Tem ação repelente, potencializada pelo seu elevado índice de radioatividade natural.

— E como funciona?
— Nossa perseguição também é feita através da captura de cheiros, essências. Essa associação de substâncias confere à pedra a capacidade de eliminação de odores se estiver presa ao corpo da pessoa. Por isso não conseguíamos detectar você.

— Uma simples pedra pode enganar a morte? — indaguei incrédula.
— Por algum tempo. É o imenso poder da alquimia.
— Dezessete anos?
— Não.
— Então como você explica essa demora toda?
— Não explico. Não tenho acesso a esse tipo de informação. Além do mais, existe muito mistério envolvido na morte de seu pai, na sua concepção, no desaparecimento de vocês duas etc. Tudo que sei é que sua mãe era uma mulher inteligentíssima e que, quando soube que estava grávida, fugiu. Não deixou qualquer recado para seu pai. Simplesmente sumiu. Seu pai se sentiu traído e a perseguiu a vida toda. Ela sabia fugir dele como ninguém, pois ele mesmo lhe havia ensinado os truques. Quando finalmente a encontrou, seu coração se partiu em pedaços. Ela estava com um lindo bebê no colo e o bebê era sua filha, indiscutivelmente.

— Indiscutivelmente? — Pressentia uma estrondosa enxaqueca a caminho.

— Sim. Você herdou os olhos de seu pai. — Visivelmente abatido, ele encarava o solo úmido. — Essas pupilas verticais pertencem à minha espécie.

Sem que eu esperasse, Richard deixou suas explicações verbais de lado e tornou fisicamente visível aquilo em que eu me recusava a acreditar. Ele se levantou, caminhou um pouco mais à frente e ficou de costas para mim. De repente se virou, fazendo meu queixo despencar em queda livre.

— O quê?! Oh! — exclamei transtornada.

Suas preciosas pedras azuis haviam sido ofuscadas. Os holofotes estavam agora em suas pupilas, que me fuzilavam: *verticais e lagárticas como as minhas!* Meu peito queimava num misto de horror e satisfação, meu cérebro alertava-me de que eu não era mais uma aberração.

— Acredita agora? Acredita que herdou essa característica do meu povo? — Sua voz estava diferente, embargada talvez.

A sensação era de que a enxaqueca explodira algum vaso por detrás de minha córnea esquerda. O mundo girava, minha cabeça latejava com a surpreendente revelação: *Eu tive um pai e fui concebida com amor!*

— Então era por isso… Mas seus olhos… Eu vi… Você também usa lentes? — perguntei desnorteada.

— Não. Temos controle sobre as nossas pupilas quando chegamos à maturidade. Podemos contraí-las ou dilatá-las quando desejarmos, a não ser quando…

— Quando?

— Quando estamos sob forte tensão, estresse. Diante de um perigo, elas se fecham instintivamente.

— Então daqui a algum tempo as minhas pupilas vão abrir?

— Sim.

— Quando?

— Quando chegar a hora certa.

Era isso! *"Quando chegar a hora."* A frase predileta de Stela e que me deixava furiosa.

— Então eu sou uma de vocês? — Eu precisava saber mais.

— Não. É muito mais — confessou rouco. — Você é uma *híbrida*!

FML PEPPER   **208**

Toda a minha salivação secara, engoli de forma árida. Novamente um ser diferente...

— O que meu pai fez depois de ter nos encontrado?

— Ninguém sabe. Desapareceu. E outros zirquinianos assumiram a missão dele.

— Ele não voltou para a sua dimensão?

— Se voltou, eu não sei. Ninguém sabe, eu acho... — respondeu pensativo.

Um estalo brotou em meus pensamentos acelerados:

— Tinha algum motivo para minha mãe ficar tão perturbada quando meu aniversário se aproximava?

— Sim. E era forte. — Ele quebrou o graveto com violência, seus olhos devidamente restituídos. — Só temos acesso à minha dimensão através de um portal de entrada. Antes da sua data de passagem definitiva, você só teria acesso a *Zyrk* na sua data de aniversário. Os portais só permitiriam a sua passagem nessa data específica, o que provavelmente devia deixar sua mãe ensandecida.

— Então eu só poderia entrar na sua dimensão no dia do meu aniversário?

Ele assentiu com a cabeça.

— Está explicado... — soltei um murmúrio infeliz. *Era por isso que Stela tinha atitudes insanas sempre que meu aniversário se aproximava. Coitada!*

— Isso, devo ressaltar, porque você é uma híbrida. Aos humanos, qualquer tipo de passagem é vetada. — Soltou o ar e confessou: — Acredito que nem você saiba qual é a sua real data de nascimento, Nina. Sua mãe deve ter registrado você em dia diferente, próximo, mas diferente do verdadeiro.

— E existem vários portais?

— Não.

— Que perigo posso causar para que todos queiram me matar? — mudei o ângulo da conversa.

— Não sei. O Grande Conselho não chegou a uma conclusão definitiva. — Vincos se formaram instantaneamente em sua testa. — Os médiuns preferiram manter-se neutros e três dos quatro líderes decidiram que você deveria ser eliminada, para que se preservasse a harmonia entre as dimensões. Eles acreditam que nada deve ser alterado, sob o risco de perder o tão importante equilíbrio da vida. Um único clã crê que você deve ser capturada para estudos porque seus olhos podem ser a explicação de muitas dúvidas que pairam em *Zyrk*.

— Mas você não faz parte desse clã.

— Não.

— Então por que me salvou?

Apesar de não responder, sua atitude a seguir me agradou. Ele enrijeceu no lugar e, sem graça, não conseguiu disfarçar os olhos azuis marejados.

— Venha! Vamos comer — soltou com dificuldade. — Ainda temos muito chão pela frente.

Muito mais do que eu imaginava.

CAPÍTULO
17

— Cristo! Onde estamos?! — indaguei num sobressalto quando acordei dentro de um saco de dormir. Já havia anoitecido.

— Longe. Eu avisei que a segunda metade do trajeto seria cansativa — Richard respondeu sentado a uma curta distância enquanto me observava de um jeito estranho, quase perturbador.

— Onde? — insisti.

— Na entrada do grande deserto oriental. Na Argélia, próximo à fronteira da Tunísia.

— Mas por quê? — Para minha surpresa, nós já havíamos atravessado o Mediterrâneo.

— Porque é uma excelente rota de fuga. Beba. — E me apontou um cantil de água.

— Eu desmaiei?

— Mais ou menos. Você estava muito cansada, então resolvi dar uma ajudinha... — Lançou-me um sorriso sombrio.

— "Ajudinha?" Você me drogou?

— Não. — Ele franziu as sobrancelhas.

— Como apaguei então? — exigi, mas ele ignorou a pergunta.

— Venha comer — ordenou, afastando-se rapidamente.

Em uma fração de segundos, meu cérebro tentava desesperadamente racionalizar os últimos acontecimentos: havia um forte motivo para eu ter vivido como uma fugitiva e para a morte de minha mãe, eu tive um pai que me amou, Richard e todos aqueles com quem eu lidava eram pessoas que vinham de *Zyrk*, uma dimensão paralela, tinham suas pupilas verticais como a minha e a função de tirar a vida dos humanos e, o mais assustador de tudo, eu era uma híbrida. *Só não tinha conseguido entender se o fato de eu existir era um milagre ou uma maldição...*

Voltei a mim e me deparei com o estonteante cenário. Estávamos a sós, cercados por um oceano de areia e a escuridão era subjugada pela claridade de uma lua cheia e imponente. Uma toalha estendida sobre uma pequena duna acomodava uma série de iguarias. *Onde ele havia conseguido aquilo tudo no meio do deserto?*

— Comprei no caminho para cá — comentou com a voz quente e o olhar intenso. *Epa! Ele também era capaz de ler meus pensamentos? —* Ainda não sei do que você gosta.

Meu coração disparou e enrubesci furiosamente sob seu exame minucioso. A beleza de Richard era de tirar o fôlego e, mesmo faminta, os diversos tipos de frutas, queijos e pães perderam sua importância.

— Este é um deserto milenar, um lugar mágico — suspirou e me apontou a toalha, desviando seus olhos dos meus.

Uau! Ele estava aberto, sem a sua usual armadura.

Sentei-me na areia assim como ele e mordi uma nectarina.

— Está se sentindo bem? — perguntou, olhando para o horizonte, enquanto eu o observava com avidez.

— Sim. Só um pouco tonta. Mas acho que isso já faz parte da minha vida ultimamente.

Estava escuro, mas, pelo movimento de elevação da sua bochecha, acho que ele sorriu. Eu gostaria de ter visto. Algo dentro de mim dizia que estávamos indo bem. Aproveitei o momento:

— Quando inventei que precisava ir a algum banheiro decente lá em Túnis, que ideia te dei com aquela mentira?

— Deixar você sob os cuidados de Kaller, líder de Storm, sem que os outros soubessem — soltou com ar triunfante. — Dos quatro clãs apenas um não a quer morta, Storm. Eu não tinha conhecimento disso até o incidente do teatro. Com certeza, se eu não te salvasse naquela noite, outro te salvaria. Um rapaz que você também conhece.

— Outro rapaz?! Quem?

— John Bentley.

— O ruivo? — perguntei completamente perdida.

— Ele mesmo. John é o principal resgatador de Storm e é um sujeito discreto. Acredito que ele estava apenas aguardando o momento exato para intervir. — Ele escolhia as palavras que ia utilizar. — A missão dele não era matar você, como a nossa. Kaller, o líder dele, quer você viva para estudos. Comenta-se que ele acredita que você é a chave para a solução de muitas coisas em minha dimensão. Que o fato de você existir pode ser positivo, e não negativo como os outros três clãs imaginam. Segundo estes últimos, seria melhor aniquilar algo que nunca deveria ter existido.

— Talvez estejam certos — murmurei.

— Assim... — ele acelerou em dizer — aquela sua história de ir a um banheiro melhor *et cetera* era perfeita.

— "Perfeita"?

— Sim. Você queria fugir e eu a deixaria fugir, sem que você mesma ou alguém percebesse.

— Como sabia que eu conseguiria?

— Pressentimento. Além do mais, Collin não é muito esperto — acrescentou com ar debochado. — Dessa forma, sem que ninguém soubesse da minha intromissão, eu a resgataria e a levaria para John. Você não ficaria sujeita a uma morte infeliz e eu não seria punido por sua fuga.

Não era a resposta que eu gostaria de ter ouvido.

— Então você vem me salvando só para me poupar de uma morte dolorosa? Só por compaixão?

— Talvez você não morra. — Esquivou-se, tornando a olhar para o horizonte. — Kaller a quer viva.

— E aquela briga entre você e Collin? Igor disse que foi tudo armação dos dois para cima de mim. Quem me garante que o que você está me dizendo agora é verdade? — alfinetei-o sem piedade, instigada pela capa de dúvida que envolvia meu orgulho ferido.

— Canalha! — Esfregou as mãos no rosto e tornou a puxar o ar com força. — Realmente foi tudo uma grande armação. Collin falsificou a carta de Shakur na qual supostamente este lhe passava o domínio da minha missão. E aquela história do sumiço da Leila também era pura mentira. Ele fez tudo aquilo para me afastar de você, pois sabia que eu não permitiria que nenhum deles... — arfou. — Não permitiria que eles lhe causassem nenhum mal.

Céus! Em quem acreditar?

Ele percebeu meu estado de confusão e rapidamente tratou de melhorar o ânimo da nossa conversa:

— Você não imagina a cena de espanto que precisei fazer diante de um Collin apavorado com a consequência de sua própria incompetência. — E me lançou um olhar maroto. — Como ele explicaria a Shakur que havia deixado uma simples garota humana lhe passar a perna? — Suas feições tornaram a ficar leves, ele piscou e abriu um sorriso resplandecente. — Erroneamente acreditei que em Túnis seria fácil encontrar você. Acho que senti sua presença perto de uma cafeteria lá no centro.

— O cybercafe! Eu estive lá.

— Depois eu soube. Mas, como de costume, você complicou as coisas para o meu lado. Você tinha que correr imediatamente para os braços daquela víbora?

Em outro contexto seria até engraçado ouvir um assassino falar de outro assassino, uma Morte excomungar outra Morte.

— Como eu poderia imaginar que Kevin era...

— A mais terrível das suas possíveis mortes?! — repreendeu-me intolerante.

— Isso. — E abaixei a cabeça, constrangida por minha estupidez.

Suas mudanças de temperamento eram constantes, agora ele estava visivelmente irritado, encarando-me com furor.

— Não deu pra perceber o sorrisinho cínico e congelado durante todos aqueles dias lá no colégio? Você é tão ingênua assim? Não foi o que me pareceu lá no ateliê!

— Você ouviu?

— Sim, eu ouvi a parte final da sua encenação. E posso dizer que foi bem convincente! — Richard grunhia agora.

— Foi a única saída que consegui contemplar — disse satisfeita com aquela reação tempestuosa dele. *Seriam ciúmes de mim?*

— Eu estava ficando transtornado com a ideia daquele sujeito te agarrando... — Ele controlava a respiração com dificuldade. — E então compreendi seu ridículo plano quando o infeliz uivou. Levei um bom tempo até conseguir quebrar a fechadura da segunda porta! Aquele Alec estava tão enlouquecido que nem me ouviu arrombar a porta e partir para cima dele.

— Você mat...?

— Claro. É o que faço de melhor — grunhiu.

— E agora? — perguntei sem medo dele ou pena daquele Alec. *Estranho.*

— Bom, Collin colocou todos nós no seu encalço. Eu sugeri a ele que nos separasse para que pudéssemos cobrir uma área maior, antes que os resgatadores dos outros clãs pusessem as mãos em você. Sem a sombra de nenhum dos rapazes do grupo, eu poderia te achar com mais facilidade e dar continuidade ao esquema que havia bolado.

— Por que você fez isso tudo? Por que me salvou tantas vezes, se seu objetivo era exatamente o oposto? — eu insisti na pergunta mais elementar de toda aquela conversa.

Ele tornou a me fuzilar, um mar revolto dentro de seus olhos rutilantes.

— Você não escuta o que eu falo? — questionou irritado.

— Porque ainda não chegou a *minha hora*? Quer mesmo que eu acredite nisso? — confrontei-o e Richard recuou. Desta vez sua resposta foi bem diferente, apesar de não ser a que eu desejaria ter ouvido.

— Não achei correta a forma como queriam te matar — disse em tom baixo. — Se fosse apenas para eliminá-la, tudo bem. Mas eu percebi muita maldade exalando no ar por conta de uma curiosidade animal. — E desconversou com urgência. — Está na hora de descansar. Vamos!

Permaneci imóvel, uma lágrima dançava desamparada por minha face. Por um instante, um breve instante, poderia jurar ter visto a expressão de seu rosto vacilar, mas, no segundo seguinte, ele já estava de pé e concluía seu massacre sobre mim.

— Será que *ainda* não compreendeu, garota? Eu sou um zirquiniano! Não sou capaz de ter sentimentos humanos! Eu não sinto nem poderei sentir nada de bom por você nem por ninguém. Entenda de uma vez por todas que nós zirquinianos fomos criados para tirar vidas e não para nos apegar a elas, FUI CLARO!?!? — gritou quase tocando o nariz no meu.

— Muito. — Fechei a cara e me entoquei no meu saco de dormir.

Era madrugada quando acordei com Richard ditando novos comandos. Ele havia queimado todos os nossos vestígios.

— Rápido! Temos que partir agora.

— O que houve? Por que tudo isso? — perguntei de pé devido ao susto.

— Sem rastros, lembra-se? — Subiu como um raio na moto e me puxou para junto dele.

A viagem transcorreu em silêncio absoluto. Minha mente girava, perdida dentro de um turbilhão de perguntas, conflitos e emoções inesperadas. O frio começava a se dissipar, dando lugar a um agradável calor que logo se intensificaria. Richard acelerava feito um louco por algo que parecia ser vestígio de uma antiga estrada. O deserto impiedoso cobrara seu preço sobre ela. O calor aumentava de forma exponencial, quase insuportável, quando chegamos a uma espécie de vilarejo no meio do nada.

Entramos num curioso restaurante, a única e estratégica parada dos corajosos aventureiros daquela região. Apesar de simples, o local era devidamente preparado. Quatro grandes pias de porcelana lotadas de trincas denunciavam sua idade. Ficavam dispostas bem na entrada, junto ao que rudemente poderia ser chamado de hall. Toalhas encardidas dispunham-se penduradas ao lado de cada uma delas. Qual não foi a minha surpresa quando nos dirigimos para o salão principal! A arquitetura exterior não fazia jus à beleza interior. A inexpressiva fachada nos levava a crer que se tratava de um ambiente bastante humilde. Para meu espanto, o lugar possuía um salão enorme, coberto apenas nas laterais. O centro que ficava exposto e deveria ser castigado pelo sol era, no entanto, a mais interessante das paisagens. Exalava um frescor agradabilíssimo. Ocupado por um diminuto e cristalino lago e inúmeras palmeiras, tratava-se de um pequenino oásis, a nos oferecer conforto e frescor. Algumas mesas de madeira foram colocadas entre as palmeiras e as demais formavam um grande círculo na área coberta. Escolhi ficar ali, entre as palmeiras.

— Como você descobriu este lugar?

— Minha vida me fez conhecer os mais terríveis, mas também os mais incríveis lugares. Este é só mais um deles. — Deu de ombros.

Então toda a beleza ao meu redor desapareceu num passe de mágica quando, embasbacada, o vi retirar a jaqueta. Suado, ele deixou à mostra o musculoso tórax grudado à sua camiseta branca. Tentei demais, mas simplesmente não consegui conter minha expressão de puro deleite com aquela cena. Se estivesse em condições de reparar em mais alguma coisa, teria percebido que ele estava gostando da minha reação. Tive que fazer força para me concentrar na comida, mas, a cada descuido, eu me pegava admirando a perfeição de seu rosto, seu corpo, seus traços, sua masculinidade. Tudo nele era lindo, exuberante. *Definitivamente, eu estava flertando com a Morte!*

— Afinal de contas, que sentimentos vocês são capazes de ter?

— Os usuais. — Ele remexia as mãos e observava de esguelha dois beduínos que palitavam os dentes enquanto aguardavam a chegada da conta.

— E quais seriam? — insisti.

— Os sentimentos do meu povo são os piores possíveis, Nina. Não temos acesso aos bons sentimentos, nós não... não... — Ele limpava a garganta.

— Desembucha.

— Nós não sentimos nada que valha a pena. Fomos presenteados com as piores emoções possíveis. — Havia sarcasmo ferino em seu tom de voz.

— Os sete pecados capitais — murmurei, recordando-me da explicação de Leila.

— Exato. Fora as sensações essenciais para a nossa sobrevivência.

— Tais como?

— Basicamente: fome, sede, sono e dor. E sentimentos para autoproteção.

— Autoproteção?

— Sim. Quero dizer... bem... para nos defendermos de situações difíceis.

— E nas situações agradáveis? — provoquei. Ele arqueou as sobrancelhas e olhou bem dentro dos meus olhos, mas permaneceu calado. — Tudo bem! — emendei. — É verdade que vocês só possuem a dor física, nunca a dor emocional, como Ben comentou?

— É.

— Mas meu pai sentiu! — retruquei de imediato, sem pensar nas consequências daquela investida.

— Quem te disse isso? Foi Leila? — bradou, mas consegui captar alguma perturbação em seu tom de voz. — Eu sou a Morte, garota! Já não fui claro o bastante?

— Mas meu pai se apaixonou por minha mãe! E ele era a morte dela, assim como você é a minha! — rebati, tentando fazê-lo enxergar o que eu queria acreditar que fosse verdade: que ele estava tentando poupar a minha vida porque se importava comigo. Porque, apesar de se dizer insensível, ele gostava de mim. E avancei, vendo uma pitada de dúvida surgir em sua face perfeita: — Graças a esse amor, eu nasci! Eu sou a prova *viva* de que é possível!

FML PEPPER 218

Hesitante, ele não respondeu. Encarou-me com suas penetrantes safiras azul-turquesa e então abaixou a cabeça. Apertava os próprios punhos com violência. Aproveitei-me daquele seu momento de dúvida e tomei uma atitude que jamais poderia imaginar que teria coragem: eu, deliberadamente, me inclinei em sua direção. Ele levantou a cabeça, e nossos rostos ficaram a poucos centímetros, nossos olhos praticamente dentro uns dos outros. Suas pupilas começaram a vacilar, e, inconsequentemente, aproximei-me ainda mais.

— Isso é impossível! — ele trovejou mais alto do que nunca, jogando-se para trás.

— Mas Leila disse que... — Dentro de um misto de atordoamento e decepção, eu também recuei.

— NÃO! — rugiu nervoso. — Tudo não passa de uma ridícula lenda, garota! Quer saber? Estou cansado dessa loucura! — E levantou-se num rompante.

— As pessoas da sua dimensão são sempre grossas e inconstantes como você? — retruquei no mesmo tom.

— Vou fazer uns ajustes na moto. Acabe de comer e me encontre lá fora! — esbravejou e saiu trotando, deixando o dinheiro das despesas sobre a mesa.

Contrariamente ao que ele estava esperando, não demorei nem dois minutos para ir ao seu encontro. Queria tirar a limpo aquela história sobre os meus pais, mas fui surpreendida por uma conversa que arrancou o chão sob meus pés com absurda violência. Sem que ele me visse, pude escutá-lo com perfeição por detrás da porta lateral do hall de entrada. Ele estava na varanda e falava ao celular.

— Eu sei. Já botei as mãos nela, Collin.

Collin?! Novo choque.

— Sim, é claro que ela caiu na minha conversa. Todas caem, você sabe disso melhor que ninguém. — O convencimento em sua voz me dilacerou por dentro. — Não. Tranquilo. Ela nem imagina.

Imagina o quê? Cretino de uma figa! Meu estômago se contorceu diante da certeza escancarada: o mentiroso fazia jogo duplo! Era tão ou mais maquiavélico que Kevin ou Collin.

— Já vou te entregar, é... eu sei...

Ah, mas não vai mesmo!

Fui despertada por uma série de soluços desencontrados de um sofrido carburador. Pertencia a uma caminhonete para lá de rodada. Seu condutor buzinava impacientemente para o colega que usava o sanitário externo do estabelecimento. Uma pá reluziu na carroceria aberta. Nem precisei pensar: *um sinal!* Sem que ninguém percebesse, saí por uma portinhola lateral, corri abaixada e me joguei na caçamba. Dois minutos depois, estávamos de saída. Destino incerto, mas, com certeza, melhor que o que me aguardava ao lado daquele psicopata mentiroso de outro mundo. Rezava para que estivesse bem longe dali quando o filho da mãe desse por minha falta. Percebi que rezar seria insuficiente, precisaria de um milagre. Somando-se ao fato de que a estrada encontrava-se num estado lastimável, a caminhonete estava caindo aos pedaços. Para piorar, eu era castigada sem piedade por um sol escaldante.

Depois de um longo tempo sacolejando, comecei a ouvir vozes irritadas vindas da cabine. Antes mesmo que eu tentasse compreendê--las, fui lançada contra a lateral e quase caí da caçamba. Dois estrondos: a caminhonete havia atropelado uma cratera, e eu, tentando me agarrar em qualquer coisa, havia esbarrado na pá que caíra na estrada de terra batida. Paramos. Ouvi um barulho de porta abrindo e fechando. De repente o som de uma voz berrando frases indecifráveis de um dialeto local. E a voz começou a ficar cada vez mais clara e alta. Um dos homens se aproximava com a intenção de buscar a pá caída. Foi tudo tão rápido que não tive como reagir. Quando o sujeito se virou para recolocar o objeto na carroceria, levou um baita susto com a minha presença e desatou a berrar. Fiquei sem reação. O colega veio com rapidez em seu auxílio e, sem que me deixassem falar uma palavra sequer, puxaram-me pelos cabelos e me jogaram na estrada. Caída, implorei em todas as línguas que conhecia, na esperança que uma delas lhes fosse compreensível, mas nada. Nem francês. Árabe, só falavam e compreendiam árabe. A velocidade com que se desfizeram de mim foi impressionante.

Abandonada, naquele momento me deparei com o *nada* no sentido mais amplo da palavra. Não havia nada. Nem ao meu redor, nem na minha vida. Presenteada com um passado de mentiras e um presente de amarguras. Furtada de um futuro com esperança. Se morresse ali, ninguém daria por minha falta. Uma perfeita indigente.

Dando de ombros com a desgraça em que me encontrava, tomei a decisão de avançar a pé pela inóspita estrada esburacada. A partir daquele momento, era só o deserto em toda a sua imponência e ainda assim decidi desafiá-lo. Nem um único veículo passara por mim desde que saíra daquele restaurante. Media o avançar do tempo a partir dos danos físicos. Bolhas e mais bolhas surgiam, fazendo meus pés arderem à medida que estouravam em meus tênis, enquanto o boné que Richard havia me dado pouco conseguia filtrar a violência dos raios solares sobre meu rosto. Minha pele estava severamente queimada, eu estava mais do que quente, estava febril. O sol finalmente começou a ceder e um familiar vento morno assumiu o seu lugar, sendo rapidamente sucedido pela linda lua cheia de outrora. Neguei-me a encará-la. Ela me fazia recordar *dele*. Meu corpo tremia convulsivamente, só não sabia se era devido ao impiedoso frio ou se era a febre me consumindo. Por fim, minhas pernas cambalearam e caí. Havia chegado ao máximo do meu martírio. Um ser excluído, destinado a vagar entre as dimensões. Caída, eu delirava. Eu estava em um campo verde, bem cuidado e repleto de flores de diversos tipos e cores. O aroma de lavanda no ar, meu preferido. Árvores frondosas abrigavam-me amigavelmente nas sombras de suas copas, e eu descansava tranquila e feliz, em profunda harmonia com a atmosfera ao redor. Leila estava sentada ao meu lado e sorria carinhosamente para mim. Acariciava meus volumosos cabelos castanho-claros, que ao sol mostravam algumas mechas bem douradas. Depois olhou para mim, ela estava diferente agora, tinha os olhos com o mesmo defeito que os meus. Seu sorriso de repente desapareceu e seu semblante era de medo: *"Corra, Nina! Você precisa decifrar o caminho. Acredite na lenda, na sua lenda pessoal! A existência dos nossos mundos depende de você. Corra, filha!"* Eu queria perguntar de que caminho estava falando, mas ela desapareceu, como uma névoa que se dissipa.

E por que eu tinha que correr? Ao longe, uma figura singular fez meu peito se encher de felicidade: era *ele*, lindo e me fuzilando com seu olhar penetrante. Estava vindo em minha direção, e eu não tinha medo. Ele estava diferente, usava uma capa preta e carregava algo em suas mãos que eu não conseguia identificar. Como num passe de mágica, ele já estava perto de mim. Eu lhe estendi meus braços, deixando em evidência o arfar de meu peito e ele sorriu um sorriso estranho. Não era o seu inebriante sorriso, mas sim um sorriso forçado, amarelo e familiar. Num movimento brusco, vi suas mãos levantarem algo grande e assustador: uma foice cuja lâmina reluzia de tão afiada. Gritei apavorada o seu nome, mas a figura que estava na minha frente já havia se transformado num monstro. Ele havia se transformado naquilo que realmente era: a Morte.

— Nããããão! — berrei.

— Nina, acorda! Você está delirando! Está me ouvindo? — A voz aflita ricocheteou em minha mente carbonizada, fazendo-me recobrar parcialmente a consciência. Sem pestanejar, desvencilhei-me jogando-me para trás e arrastando meu corpo febril pela areia fervente.

— Eu te odeio, seu cafajeste mentiroso! — Com o resto de minhas forças, consegui me levantar. Ele tornou a me segurar.

— O que está acontecendo? Você é louca? — rugiu.

— Me solta! Quem é você pra falar de loucura? — trovejei inflamada. — Você sabe muito bem o que está acontecendo, seu canalha! Gostou do joguinho? A idiota aqui caiu direitinho, não foi?

— Joguinho?! Que joguinho? Você está delirando por causa da febre! — continuou em seu tom grave.

— Eu ouvi sua conversa com Collin, seu cretino mentiroso! — protestei, e, assim que senti suas mãos se afrouxando, tomei uma atitude inesperada para mim mesma: arranquei uma espécie de punhal que ele carregava na cintura. Sua cor transitou do vermelho púrpura para o branco pálido.

— Você entendeu tudo errado! — soltou tenso.

— Ah, é?

— Nina, tive que enganar Collin! Senão não teríamos nenhuma chance!

— Que ótimo! Pois agora quem não quer chance alguma sou eu! — gritava ao mesmo tempo que apontava o punhal para o meu próprio peito, segurando firme com ambas as mãos.

— Nina, para com essa brincadeira ridícula! Solta isso! — ordenou nervoso, mas, ao tentar se aproximar, toquei-me com a ponta afiada daquela lâmina. Foi o suficiente para brotar um fio fino de sangue em minha blusa. Seus olhos azuis ficaram enormes e ele recuou. Richard tinha o rosto e os braços cobertos de areia e suor. Para se proteger do sol, ele havia enrolado a camiseta branca ao redor da cabeça, deixando todos os esculpidos músculos e as inúmeras cicatrizes de seu peitoral à mostra. *Como, mesmo naquelas condições, ele podia ser tão lindo?* Num esforço colossal, consegui me livrar do seu magnetismo.

— Me diga: o que mais eu tenho a perder? Por acaso me sobrou algo por que lutar?

— Nina, eu... — Seu semblante transtornado era a certeza de que percebera a gravidade do momento e meu estado de perturbação. Como mágica, suas pupilas assumiram a forma vertical, fazendo-me vacilar ao admirar outro ser semelhante ao que eu sempre fui: *uma aberração*. Ele se aproveitou do momento e se jogou sobre mim. Me desequilibrei e caímos os dois, rolando pela areia ainda morna. O peso de seu corpo sobre o meu, uma de suas mãos imobilizando o braço com que eu segurava o punhal, sua boca a milímetros da minha...

— Me larga, seu desgraçado! Eu te odeio! — cuspi em seu rosto e comecei a socá-lo com o outro braço.

— Você é impossível! — vociferou.

— Então por que voltou? — berrei, tentando me desvencilhar de suas enormes mãos enquanto era atingida por uma onda de eletricidade em forma de calafrio que subia e descia por minha coluna ininterruptamente.

— Porque...

— Por que não me mata logo? — rosnei.

— Porque... Merda! — trovejou com violência, fuzilando-me sem compaixão com suas penetrantes gemas azul-turquesa. — Não consegue enxergar o que fez comigo? Você será a minha desgraça, garota! — urrou de ódio, e, antes que eu pudesse rebatê-lo, jogou a faca longe, me apertou contra seu corpo suado, segurou meu rosto com força e me deu um beijo avassalador. Sua boca na minha, sôfrega, desesperada, selvagem. As fagulhas entraram em combustão. Fogo. Incêndio. O meu corpo ferveu. Minhas terminações nervosas explodiram de prazer. *Minha nossa! Aquilo era um beijo de verdade!* Com a pulsação nas alturas, senti meu corpo amolecer e minha visão turvar. *Ah, não! Aguente mais um pouco, Nina. Você não pode desmaiar agora!*

De repente, senti o mundo se movimentar em câmera lenta enquanto suas mãos acariciavam meus cabelos e um vento agradável amansava o furor da minha pele em brasas.

Não. Não. Não! Fique acordada, Nina!

Ordem em vão.

Meu corpo não me obedecia.

CAPÍTULO
18

Primeiro chegou a audição. Identifiquei uma respiração ofegante em meio ao barulho de água se chocando contra uma superfície metálica. Depois, aos poucos, vieram as imagens, nubladas como a minha razão. Por fim, as sensações se fizeram presentes através de uma substância gelada sendo esfregada em meu rosto e arrepios. Muitos deles.

— O quê?! Ai!

— Shhh! Fique quietinha. — Era *ele* e sua voz estava suave como nunca. — Já estou acabando. As compressas geladas ajudaram bastante.

As imagens ainda estavam borradas, mas isso pouco importava naquele momento. Por mais que eu lutasse contra a decepção que corria solta em minhas veias, eu estava em êxtase ao vê-lo cuidar tão carinhosamente de mim.

— Por que não me deixou morrer? — provoquei amarga.

— Na primeira vez que eu poderia ter te matado, sem querer me encostei em seu corpo e algo nasceu dentro de mim.

Podia jurar que sua voz saiu fraca, quase trêmula. Estremeci internamente. *Aquilo era algum tipo de confissão? Ele ia se declarar?*

— Onde foi? — Não deixei minhas expectativas ganharem força.

— Num restaurante de Amsterdã, um pouco antes de você ir caminhando com sua mãe para uma praça. Naquele momento me senti fraco, impotente.

— A praça Dam?

Ele confirmou dando um estalo com a língua.

— Fiquei em choque comigo mesmo por ter permitido que aquilo acontecesse... Ter deixado você sobreviver — justificou-se. — Foi a primeira vez que falhei — murmurou. — Eu tentava me convencer, a cada instante, de que aquela falha havia sido casual, que tinha sido vítima de algum poder desconhecido de um híbrido e que não ocorreria novamente. — Minha visão ainda falhava, mas identifiquei um crispar de irritação em sua testa. — Mas não foi o que aconteceu! E eu falhei novamente porque, bem na *hora H,* não tive forças para eliminar você.

— Novamente?!

Ele confirmou com a cabeça.

— Quando?

— Com o andaime. — O volume de sua voz estava quase zerado.

— Foi você então?

Outro balançar de cabeça.

— E nos outros episódios, não consegui permitir que Kevin te matasse.

— Outros? Na grande avenida e...

— Na Barnes & Noble e no acidente de carro. Na grande avenida não — ele me corrigiu.

— Quem me salvou lá então?

— Foi o próprio Kevin.

— O quê?! — perguntei incrédula.

— Eu sabia que Kevin trapaceava. Em vez de procurar você por conta própria, ele preferia me seguir e ver o que eu havia descoberto. Até que eu descobri você, e ele também. O lado bom disso tudo é que deixei o cara em dúvida quando não te eliminei no momento em que poderia. Ele deve ter achado que eu havia me enganado e desistido de te matar porque descobri a tempo que você não era a nossa complexa missão.

— Que eu não era a híbrida que estavam procurando?

— Sim. — E passou as pontas dos dedos na palma de minha mão esquerda. Tremi. — Não podemos cometer erros...

— Eu sei. — E fechei a mão para senti-lo melhor. Eu tentava a todo custo enxergar a expressão em seu rosto, mas me sentia diante de uma televisão sem antena: imagem lotada de chuviscos.

— Kevin deve ter ficado muito confuso ao me presenciar desencadeando a sua morte e, em seguida, salvando você daquele andaime em queda. Acredito que ele me testou com o episódio da grande avenida. Ali quase perdi você. — Sua voz ficou rouca. — Como eu já disse, de início ele deve ter achado que eu tinha cometido algum engano, mas, inescrupuloso como ninguém, resolveu me colocar à prova na grande avenida. Eu não podia imaginar que ele se arriscaria tanto...

— Se arriscaria? Como assim?

— Ele estava invisível e tentou te matar utilizando apenas a força física, Nina.

— V-vocês ficam invisíveis? — Quase engasguei com a nova revelação.

— Sim — murmurou. — Agimos melhor quando estamos invisíveis, mas, por outro lado, nossa força física cai absurdamente nesse estado. Kevin não conseguiu te aniquilar com a morte direta, que é a morte desencadeada quando, mentalmente, ordenamos a vítima a se matar. Assim, ele teve que ficar no modo invisível e apelar para a força física para cumprir a missão.

— Foi ele quem me empurrou?!

— Exato! Ele teve que fazer isso porque você foi mais forte do que imaginei — vibrou, colocando uma nova compressa gelada em minha testa.

— Eu?!

— Sim. Mesmo ele usando todas as forças mentais que detém, não conseguiu penetrar na sua psique. Nina, você não é sugestionável.

— Mas fico fraca, minha visão escurece, sofro calafrios.

— É quando sua mente está se defendendo de alguma intervenção nossa, boa ou má. Você não entra em transe e aceita nossos comandos como os humanos. Sua mente luta para se manter alerta e, quando não aguenta mais, simplesmente apaga — explicou com a voz rouca. — Não faz ideia de quantas vezes tive que tentar, da dificuldade que passei para sugestionar você a entrar em contato com a sua mãe naquela noite da tempestade. Quase desisti.

— Então era isso! E eu achando que estava enlouquecendo, esquecendo coisas... — O intricado quebra-cabeça começava a fazer sentido. — Mas peraí! Como minhas feridas diminuíram? Como consertou a parca?

— Aprendi alguns truques com a melhor curandeira de *Zyrk*. — Senti uma pitada de amargura naquele comentário. — O seu casaco foi o menor dos meus problemas. Vi quando você comprou numa loja próxima à sua casa.

— Você trocou o rasgado por outro novo?!? — indaguei boquiaberta. — Mas... Por quê?

— Porque achei que você escutaria meu conselho de não voltar ao colégio e se mandaria dali com a sua mãe. Foi estupidez da minha parte — suspirou. — Aliás, é tudo que tenho feito ultimamente...

— Não entendo... Qual era o risco que Kevin corria por tentar me matar utilizando apenas a força física? — voltei ao assunto original ao detectar a sombra da incerteza avançar sobre sua face.

— Ele faria a loucura de quebrar os protocolos e mataria você antes do seu *dia de passagem*, mas é um covarde de índole tão ruim, que acabou sendo atingido pelo próprio veneno. — Richard inspirou com força e abaixou a cabeça. — Como eu estava do outro lado da avenida e não conseguiria atravessar a tempo de te socorrer, Kevin acabou sendo paralisado pela dúvida. Ele deve ter achado que aqueles episódios anteriores em que eu não matei você foram algum tipo de armadilha minha contra ele, e resolveu não arriscar. Mesmo contra a própria vontade, ele teve que salvar você.

— Ele poderia me matar antes do dia determinado?

— Até poderia, mas geraria uma guerra de proporções inimagináveis na minha dimensão, provavelmente com repercussão na sua, além de ser enviado para o *Vértice* na mesma hora.

— Então o que aconteceu na avenida foi pura encenação?

— Talvez. Não tenho certeza...

— E o que foi aquela perseguição horrorosa?

— Foi Kevin caminhando para o xeque-mate ao perceber que só conseguiria acabar com você através da morte indireta, aquela na qual sugestionamos um humano que está prestes a morrer a matar outro humano. — Repuxou os lábios numa careta de desprezo. — A partir dali tive que monitorar os passos daquele crápula vinte e quatro horas por dia. Praticamente dormia na sua rua.

— Então aqueles ruídos de motos que me atrapalhavam o sono todas as noites...

— Eram meus e deles também. Um vigiando o outro. — Afastou-se e foi buscar outra compressa. — Naquela noite, Kevin estava disposto a eliminar você de vez.

— E só não conseguiu por sua causa — relembrei-lhe feliz.

— Tivemos sorte e alguma ajuda.

— Ajuda?

— Hoje sei que os homens de Storm nos deram cobertura naquela noite, assim como alguns de Windston, o que não consigo entender... — Sua respiração ficou subitamente entrecortada e calou-se por um longo momento, perdido em seus próprios pensamentos. — Uma sensação inesperada, forte e indomável como uma fera, crescia dentro de mim. E ela não me deixava machucar você. Pelo contrário, ela queria proteger, cuidar de você — confessou num rompante e, agitado, desconversou: — Pronto. Se quiser, já pode se levantar.

— O que é isso? — guinchei ao constatar meu péssimo estado em um espelho descascado na parede, assim que minha visão começou a se restabelecer.

Ele soltou uma gargalhada.

— Não acredito que está preocupada com a aparência num momento destes!

— Mas estou horrorosa! — exclamei aborrecida ao perceber meus braços enfaixados no estilo de uma múmia e meu rosto coberto por uma oleosa pasta branca. Apesar de aconchegante, o quarto onde estávamos era desprovido de luxo. Com as paredes e o chão de pedras, a cama e os demais móveis eram feitos de palha entrelaçada. Os únicos enfeites ficavam por conta de um tapete colorido ao pé da cama e um quadro onde os raios de sol refletiam nas folhas de uma palmeira. *Onde nós estávamos, afinal de contas?*

— Eu acho o contrário, Nina Scott — rebateu, lançando-me um olhar penetrante, desprovido de qualquer humor. Atordoada e exultante com aquela resposta, enrubesci e olhei para os meus dedos. Era a primeira vez que ele dizia meu nome inteiro. Foi o suficiente para fazer meu raciocínio desintegrar e minha pulsação acelerar. *A temperatura do quarto começou a subir, ou era só a minha?* — A má notícia é que terá que ficar com esses curativos por alguns dias — anunciou com a voz mansa, deixando soltar uma breve risada.

— E a boa?

— A boa é que já pode tirar esse creme do rosto. Meu boné salvou a sua pele. Literalmente. — E me lançou uma piscadela, que acertou em cheio meu já danificado raciocínio.

— Hum.

Levantei-me com dificuldade.

— Desista da enfermagem, ok? Essa profissão definitivamente não te serve — falei em tom de desaprovação.

— Puxa! Era justamente o que eu pensava em fazer nas minhas horas vagas, entre uma e outra missão. — Ele ria com vontade.

— Pode me ajudar aqui? — resmunguei. — Com os braços enfaixados desse jeito, não tenho como lavar meu próprio rosto!

E, aproximando-se de mim, Richard se abaixou e jogou água com delicadeza, deslizando seus dedos por minha face ardida. Começou limpando minha testa, minhas sobrancelhas, olhos, nariz, bochechas e, à medida que seus dedos caminhavam em direção aos meus lábios, senti sua respiração modificar e meu coração sapatear no peito. Ele fez uma pequena pausa e, com o olhar, pediu permissão para continuar.

Assenti paralisada. Sua respiração estava cada vez mais forte, seu cheiro penetrando em meu cérebro. Pude perceber que seus dedos também tremiam.

— Pronto! — soltou sem mais rodeios. Impaciente, entregou-me uma toalha felpuda, afrouxou as ataduras e saiu como um foguete daquele minúsculo quarto.

Terminei o serviço passando a toalha em meu rosto ainda mais ruborizado pelo acontecido. Tentei me acalmar e saí logo em seguida. Ele estava de pé, olhando para o nada com a cabeça encostada nas ruínas de um enorme muro de pedras. Sua agonia era palpável.

— Uau! — exclamei para mim mesma, admirada com a maravilhosa pintura desenhada ao nosso redor. Estávamos em uma pousada construída a partir das ruínas de um antigo forte que havia sobrevivido bravamente à erosão do tempo e às guerras no grande deserto. Como prêmio por sua determinação em resistir, fora presenteado com inúmeras palmeiras, cada uma mais frondosa que a outra. Altíssimos e centenários troncos emergiram nas condições mais improváveis, dando-lhes um aspecto fotográfico, quase artificial de tão perfeito. — Um oásis de verdade! — soltei, tentando puxar assunto ao me aproximar.

— Existiam vários desse tipo. Restaram muito poucos.

— Este hotel está abandonado?

— Não, mas como seu acesso é muito difícil, poucas pessoas se hospedam.

Fui direto ao assunto que me importava.

— Conta logo, por que você voltou, Richard? O que quer de mim?

Ele me olhava de maneira diferente, seus olhos azul-turquesa conseguiam brilhar ainda mais que o habitual.

— Eu... Eu sinto uma dor terrível quando estou longe de você ou quando sei que você está em perigo, mas, por outro lado, fico estranho e perco a noção de tudo quando estou ao seu lado. — Ele olhava para o chão, remexendo os pés pela areia fina. — Eu não sei o que é isso. Ben comentou que eu ando esquisito. De repente passei a observar o modo como os humanos interagem. É tudo tão sem sentido!

— Sem sentido?

— Presenciar os humanos se abraçando e se beijando... Como se sentissem algo de excepcional nesses gestos tão... tão...

— Tão?

— Irrelevantes — confessou.

— *Irrelevantes?!* — perguntei exaltada.

— É que nunca significaram nada para nós.

— E aquele beijo roubado?

— Aquilo foi... um erro — rebateu com a testa lotada de vincos. — E também é um erro ficar aqui sozinho com você.

Ele radiografou a decepção em minha face.

— Eu não devia ter feito aquilo, Nina. Nós... simplesmente... não podemos.

A dor voltara a invadir aqueles preciosos olhos.

— Se tem tanta certeza disso, por que você está sempre nervoso? Se já está definido que nunca poderá haver nada entre nós, o que te aflige então? — enfrentei-o.

— Nada e tudo ao mesmo tempo — sua voz saiu baixa. Ele voltou a se calar.

— Eu sei que não é verdade! Existe um motivo específico! Você precisa me dizer! — exigi.

Como de costume, ele me assustou com sua abrupta mudança de comportamento. Praguejou alto e socou ferozmente o tronco de uma palmeira a seu lado. *Que ótimo! Voltara ao seu estado habitual: rude.*

— O que é verdade para você, Nina? Quais são as suas verdades, hein? — rugiu, deixando a voz mais contraída que os músculos. O sangue escorria por entre seus dedos.

Emudeci num instantâneo arrependimento de ter insistido naquele assunto. Seu golpe fora certeiro e extremamente doloroso. Ele era preciso com as palavras que empregava. *Minha vida sempre fora uma mentira, uma grande e infeliz mentira, logo, quem era eu para falar sobre verdade?*

— Verdade?!? A única verdade que tenho neste momento é o que sinto por você — confessei num murmúrio sofrido. — Como nunca senti por ninguém, Richard. Sei que não é lógico e muito menos sensato, mas é o que sinto. É puro.

Ele arregalou os olhos e ameaçou caminhar em minha direção, mas parou no meio do caminho.

— Impossível! Você não sabe o que está dizendo. Eu sou a sua morte, Nina! — Seu rugido mais parecia um gemido. Desnorteado, ele passava as mãos pelos cabelos e andava de um lado para outro. Desatou a pisotear as folhas secas que estavam pelo chão numa inútil tentativa de liberar a tensão que distorcia suas feições esculturais. — Por Tyron! Teoricamente, nós, zirquinianos, não poderíamos ter nenhum contato físico mais... — e parou para pensar na palavra que utilizaria — *íntimo* com nenhum humano. Mas você é diferente de tudo que conhecemos — completou. — Afinal, você é uma *híbrida*! E com híbridos não sabemos se existem reais possibilidades. Inferno!

— Quer dizer que...

— Que qualquer um de nós poderia matar um dos seus muito facilmente, dispensando qualquer tipo de arma! — rosnou e voltou a me encarar com ferocidade. Ele percebeu meu semblante atordoado e se adiantou: — Um gesto impensado, um pouco mais incisivo, já seria capaz!

— Um gesto? Você quer dizer...

— Eu não sei dizer que gestos *especificamente*! — trovejou. — Só sei que não podemos ter qualquer tipo de relação física com humanos!

Ele se virou, encostando a testa na palmeira. Estava angustiado. Caminhei em sua direção. Pela primeira vez, senti a sua dor. De impulso, abracei-o por trás, inconsequente. Ele não me repeliu. Sua rigidez inicial foi rapidamente substituída por um tipo de tremor e então cuidadosamente ele se soltou de meus braços e se afastou.

— Minha vida se resume em trazer problemas para os que estão ao meu redor — sussurrei. — Me desculpe, eu não sei o que fazer, eu... eu estou perdida.

— Eu também — soltou constrangido. — É tudo absurdamente novo e sem sentido para mim. Não consigo mais ser razoável.

— Então não seja — as palavras saíram impensadas, assim como meus gestos. Tornei a me aproximar e senti seu hálito quente em meu rosto. Viril, delicioso, era diferente de tudo o que eu conhecia.

— Nina, por favor não! Eu não posso... — Ele não me impediu, mas congelou com a minha aproximação. Talvez estivesse mais perdido do que eu. Por fim, segurou meu rosto com delicadeza e, fulgurando meus lábios trêmulos com seu olhar penetrante, tocou-os com seus dedos macios. — Não podemos — sussurrou.

— Eu sei.

Então ele afundou o rosto na curva do meu ombro e lançou os braços ao redor da minha cintura. Cautelosamente, suas mãos traçaram a linha do meu corpo gerando um caminho de arrepios enquanto as minhas percorriam os músculos e cicatrizes sob sua camisa de malha. Seus lábios úmidos fizeram uma trilha de beijos pelo meu pescoço e, prestes a encontrarem os meus, Richard parou e me presenteou com um raro sorriso de felicidade, aberto.

— Ah, Tesouro! — Ele soltou um gemido de satisfação e tornou a me abraçar. — Caso tenha algum mal-estar, afaste-se imediatamente de mim, compreendeu? — advertiu-me sussurrando em meu ouvido enquanto começava a beijar meu ombro desnudo. Sempre com seu ar de comandante, só que desta vez estava entregando as armas.

Jamais me afastaria! Eu queria mais era sentir! Menti de imediato, assentindo com a cabeça enquanto ele me beijava. Minha pulsação ultrapassara todos os limites, meu corpo queimava num fogo enlouquecedor à medida que seus lábios se aproximavam mais e mais dos meus, percorrendo a base do meu pescoço, roçando meu queixo, até pousarem lenta e delicadamente sobre os meus. Eu respondia da mesma forma, incrédula de poder experimentar tamanho sentimento. Eu estava indiscutivelmente louca por ele. E agora sabia que ele correspondia ao meu sentimento, também estava apaixonado por mim.

De repente Richard fechou os olhos, franziu a testa e então se afastou. Curvado sobre o próprio corpo, ele parecia sentir uma dor dilacerante.

— Richard? O que houve?

Sem resposta.

— Richard?! — insisti.

— O que senti agora foi bem mais forte que o da vez anterior, eu... — Arfava, atordoado. — Eu... eu não imaginava que fosse assim.

— Nem eu. — E sorri, inundada de felicidade.

— Mas eu não poderia sentir, Nina. Não dessa maneira.

Aninhei-me em seu peitoral de aço e ficamos ainda algum tempo ali, abraçados e imóveis. Ter seu corpo forte me envolvendo era o meu porto seguro. E era disso que eu precisava: paz. Finalmente a calmaria após a tempestade. Um magnífico bálsamo para minhas perdas e tormentos. Permaneci por um breve momento entregue àquelas sensações entorpecentes que emanavam de seu corpo quente e me atingiam sem cerimônia. Não comentei nada nem me afastei dele. O quebra-cabeça começava a se encaixar com perfeição. Tudo por que eu havia passado tinha um motivo, e esse motivo era *ele*.

— O que tanto te angustia? — tornei a insistir ao sentir sua respiração vacilante.

— Quando você desapareceu lá naquele restaurante, eu estava disposto a te esquecer, pensei até em abandonar tudo e deixar que outro resgatador concluísse a missão. Eu simplesmente não conseguiria te matar... — suspirou. — Nunca me senti tão impotente em toda a minha vida. No entanto, a mínima ideia de que outro poderia te eliminar a qualquer instante me consumia ferozmente, como uma profunda ferida aberta. Não consegui! — E, de repente, tornou a me beijar com mais intensidade, deixando-me tonta com a emoção que fluía de dentro de seu corpo. Ele percebeu meu estado alterado e se afastou.

— Me desculpa! Está vendo? — Sua voz saiu ácida.

— O quê?

— Essas sensações de fraqueza, tonturas... sou eu quem provoca em você.

— Eu já sei disso — respondi calmamente.

— O que você não sabe é que qualquer um dos meus pode gerar isso nos seus. Sugar sua energia vital.

— Hã? Vocês extraem nossa energia?! — paralisei, aturdida.

Ele assentiu com a cabeça.

— Nunca ouviu falar no famoso *"beijo da morte"*? Era isso que eu não conseguia te dizer. Eu sou a Morte, lembra-se? — indagou sarcástico. — Por isso não entendo como você foi concebida... É inexplicável o fato que seu pai tenha vivenciado um contato mais... *profundo* com sua mãe! Ele a teria matado!

Outra facada em meu peito convalescente. Richard bradava, deixando à mostra seu alto grau de irritação. Sua inconstância emocional me atordoava ainda mais que a inesperada revelação.

— Você não entende! — continuou. — Não era para eu sentir nada! Queima tudo. Só quando estou perto de você é que sinto essa febre abaixar, essa dor acalmar. Como se você fosse a minha cura, o meu remédio. Eu não sei o que fazer. Não tenho mais controle de minhas ações. E meu corpo...

— O que tem? — perguntei sem saber o que pensar ou fazer. Meu corpo já dava provas concretas do sentimento arrasador que nutria por ele.

Afastando-se de mim, ele respirou profundamente, encarou as próprias mãos e desabafou:

— Não tenho controle sobre ele também.

— Como assim?

— Não vê? Eu tremo. — E deu uma gargalhada nervosa. — A Morte tremendo! Como pode isso? — E me apontou as enormes mãos. — Tremem perto de você! Nunca tremeram! Nem diante das mais difíceis missões.

— Eu também tremo. Isso é normal quando estamos nervosos.

— Quando vocês HUMANOS estão nervosos! Nós não! Nós somos frios, lembra? — trovejou e suas pupilas estreitaram-se no sentido vertical. Desnorteado, ele balançava a cabeça de um lado para outro. — Não são apenas as minhas mãos que tremem. Outras coisas estão surgindo dentro de mim, incontroláveis.

Tudo dentro de mim já havia perdido o controle há muito tempo!

— Nina — sua voz agora estava impostada —, eu não tenho como te livrar *dos meus* por muito tempo. Não suporto a ideia de te matarem e menos ainda de te usarem para experiências. Só em pensar nisso, eu fico louco! Estou a ponto de explodir!

— Calma — pedi. O mais engraçado é que estávamos ali discutindo meu desgraçado futuro e era eu quem o consolava. — E se eu tiver outro tipo de valor para Kaller?

— Não consigo imaginar qual — foi taxativo.

— Leila disse que eu sou parte de uma lenda. E se for verdade? Não percebe? O improvável está acontecendo bem diante de nossos olhos! Sou uma híbrida que conseguiu sobreviver por quase dezessete anos e... você pode ter sentimentos até então impossíveis para os seus!

— Eu não sei se isso dentro de mim são bons sentimentos, ou...

— Richard, veja! — Peguei uma de suas mãos e a encostei em meu peito. Queria que ele sentisse a trepidação enlouquecida do meu coração. — Eu também sinto isso.

Ele não se entregava, lutava contra aquilo que o martirizava. Suas pupilas descontroladas eram a prova do tormento que eu lhe infligia.

— Mas não são iguais aos seus!

— Como pode ter tanta certeza? — indaguei-o severamente.

— Não sou capaz de ter sentimentos! Não os bons, Nina! — irritou-se. — O que sinto é uma reação ao que *você* gera em mim! Viu o que foi capaz de fazer com aqueles rapazes no navio? Eles perderam a cabeça como nunca antes vi acontecer! Seu poder sobre as nossas mentes e corpos é avassalador, e nos faz ter atitudes insanas como esta agora!

— Sua atitude é boa — minha voz saiu fraca.

— Mas a minha essência é má! Ainda não percebeu? — deu-me um sorriso irônico. — E acredito que o que eu sinto é o que vocês chamam de... — sua fala travou.

— De...?

Ele fechou os olhos e contraiu a testa.

— Egoísmo.

Aquela confissão me deixou confusa. Definitivamente não era o que eu esperava.

— O que você quer dizer com isso? — exigi com a voz falhando.

— Que eu não valho a pena, garota! Aliás, não valho nada. O medo que tenho de te perder não é por você. É por mim — arfou. — Eu estou enlouquecendo! E *eu* sou o senhor das ações, não você.

— Richard, eu...

— Eu sou a sua Morte, Nina — murmurou. — Eu não posso esquecer que sou a sua Morte... — Seu olhar transtornado era a prova cabal de que ele continuava impiedosamente torturado por uma dúvida ou medo atroz.

— Não. Você não é. — E, hesitante, caminhei em sua direção e afundei meu rosto em seu peitoral. Pude sentir sua respiração descompassada vibrar em minha pele. Demorou algum tempo até que ele me envolvesse em seus braços. Ficamos ali entrelaçados por um longo tempo. Não que eu sentisse, pois para mim o tempo agora passava de um jeito diferente, como se eu já estivesse em outro mundo...

— Nina, logo vai amanhecer e você precisa descansar. Sua febre está voltando.

— Como sabe?

Arqueando uma sobrancelha, ele me fitou com seu costumeiro ar de superioridade. Ele sabia e pronto.

— E você?

— Também vou descansar, vamos. — E me conduziu até o quarto.

Quando estava perto de entrar, ele me fez um pedido inusitado:

— Posso?

Arregalei os olhos, sem graça. Ele compreendeu minha reação e com desenvoltura se retratou:

— Não é nada do que você está pensando! Nem poderíamos, lembra? — emendou e soltou uma risada gostosa, apressando-se em me explicar. — Seu quarto tem duas portas e eu não tenho como vigiá-las ao mesmo tempo. Ficou claro?

— A-ah... claro... sim, ficou.

— Vou dormir no seu quarto, mas bem longe de você, se é o que te preocupa.

— Não. Quero dizer, eu...

— Tudo bem. Estamos esclarecidos. — Lançou-me um sorriso torto à medida que ia entrando. — Vamos! Deite-se! — E ajeitou os lençóis enquanto me apontava a cama.

— Não estou com nem um pingo de sono. O que Leila quis dizer com *"confie nos sinais"*?

Seus olhos azuis se contraíram por um instante, mas ele se esquivou:

— A gente conversa depois. Boa noite, Tesouro.

— Sabia que eu detesto que você me chame assim? Me lembra aquele Richard insuportável que...

— Que você adorou odiar? — interrompeu-me com seu típico sarcasmo. — Mas que no fundo...

— Eu odiava adorar? — Agora era a minha vez de interrompê-lo. — Vamos lá, é isso?

— Que diferença faz...

Richard estabelecera que era o fim das conversas por aquele dia e ponto final. Dei de ombros com a situação. Estava feliz demais para brigar. Amanhã ele me daria mais explicações. Deitei-me tão confortavelmente, que me esqueci das queimaduras, permanecia anestesiada.

— Boa noite — respondi num sussurro, forçando-me a parar de olhar aquela estupenda figura à minha frente. Ele era um oásis para os meus olhos, minha miragem pessoal.

Richard deu um carinhoso beijo na palma da minha mão e ajeitou o lençol que me cobria. Pude sentir algum grau de tensão naquele gesto.

— Sinais... — balbuciou e, abaixando-se, acariciou minha testa.

O que ele saberia sobre o assunto? Amanhã haveria de me responder. Agora era só endossar aquele carinho. Por mais que lutasse contra o sono, a força de seu toque era oceânica, enorme. Mergulhei tranquila naquele mar sem ondas, incapaz de imaginar o sangrento maremoto que estava por vir.

CAPÍTULO
19

Dois homens entabulavam uma conversa aos cochichos. De início, pensei que estivesse sonhando, o que não seria nada inusitado dadas as circunstâncias das últimas semanas.

— Por que ninguém acorda ela logo? O sol tá ficando forte!

— John prometeu a Richard que a deixaria dormir o quanto quisesse.

— Bobagem! Não vai dar em nada! Ele já se mandou mesmo.

— Também acho. Rick deve estar longe a esta altura.

Longe?! Acordei assustada. Pelo calor, o sol já se levantara havia um bom tempo, e um grupo de homens invadira meu quarto. *Não era um sonho, mas um pesadelo. E dos grandes!*

— Richard? Richard! O que está acontecendo? — Atordoada e agarrada aos lençóis, eu berrava com o tumulto que se formara em ambas as portas de entrada do quarto.

— Acalme-se, Nina.

— John?! O que você está fazendo aqui? Onde está Richard?

— Longe — respondeu o ruivo com indiferença.

— Mentira! — gritei. — Onde ele está?

— Ele só cumpriu a missão dele, como sempre. Não posso negar que Richard é muito bom no que faz.

— Missão?! Que missão?

— Você, é claro! Trocou você por sete mil moedas de ouro. Uma boa barganha, não posso negar... — suspirou.

— "Sete mil moedas de ouro?" — Engoli e não encontrei saliva: estava seca. — Mas... ele me disse que... — Não consegui terminar a frase. Todos os músculos de meu corpo paralisaram por completo. Uma contratura generalizada, inclusive cerebral.

— Vista-se — comandou.

— Não pode ser verdade — murmurei, em choque.

— É a pura verdade, garota — retrucou sem paciência e começou a puxar os lençóis com o intuito de me apressar. Foi o suficiente para meus nervos despertarem de seu estado catatônico.

— Não! Eu não vou sair daqui. Isso é uma armadilha! Vocês pegaram o Richard! Estão mentindo! — eu gritava sem parar.

— Acho que anda mal informada, é pena. Richard foi quem mentiu para você o tempo todo. — E repuxou os lábios, na inútil tentativa de camuflar o sorrisinho debochado. — E, pelo visto, mentiu muito bem...

O golpe foi certeiro. Podia jurar que tinham enfiado pregos em minha garganta. Asfixiada, vi meu mundo girar e ruir.

— Acelerem-na! — John ordenou aos dois rapazes.

Reagi antes que eles pusessem as mãos sobre mim.

— Por que não me matam logo? Por que não acabam com esse joguinho perverso? — rosnei aos prantos.

— Só cumpro ordens, e é o que Kaller deseja. Por mim, teria ficado com as moedas de ouro também, desculpe-me a franqueza.

— Eu não vou a lugar nenhum com vocês!

— Ah, vai sim, garota! Se não for por bem, irá por mal. É melhor decidir logo. Já perdemos tempo demais com essa história de deixar você dormir a manhã inteira.

— Seus porcos!

— Cinco minutos pra se arrumar ou vai sair assim como está. — Seguido por seus capangas, ele partiu acelerado, batendo a porta atrás de si.

Richard havia mentido para mim também? Tudo aquilo da véspera havia sido pura encenação? Enganara-me tão facilmente quanto Kevin? Eu era de fato uma... idiota! Havia mordido a isca novamente. E com vontade!

Fui tomada por um tremor involuntário, corpo e mente em colapso. A dor da traição deixara de ter apenas um gosto amargo, tornara-se ácida e putrefeita. O ódio consumiu o que restara de minha força física e meu equilíbrio emocional. Richard era um monstro sanguinário e inescrupuloso. Drenara o elixir de minha existência. Estava árida, completamente seca.

As duas portas vigiadas confessavam-me que o espetáculo em que fora forçada a atuar continuava mais sangrento do que nunca. No entanto, uma certeza gritava dentro de mim: *eu não tentaria mais fugir!* Pelo contrário, agora eu queria ver como aquela trama maquiavélica acabaria. Não tinha mais nada a perder.

A pontinha de algo branco cintilou na borda do bolso da minha calça jeans. Puxei-o rapidamente, antes que alguém pudesse aparecer. Era um bilhete composto de três palavras:

"Sinto muito, Tesouro."

"Tesouro?" Como você não enxergou isso antes, sua cega?, indagou severo meu subconsciente. Como não fui capaz de decifrar o significado daquele apelido estampado na minha cara? Tão óbvio! Sete mil moedas de ouro. Eu era, de fato, um tesouro ambulante. Estúpida, cheguei a acreditar que eu valia muito para Richard, mas esse valor passava longe de qualquer conotação romântica.

Atordoada, lavei o rosto, acabei de me vestir e saí do quarto. Do lado de fora, toda a magia daquele Éden havia desaparecido. Uma dúzia de motos off-road distribuída pelo pátio do hotel arruinava a paisagem, a mais linda que havia visto na vida, agora um verdadeiro inferno.

— Estou pronta — soltei resignada.

— Você vem comigo — ordenou John, já montado em sua moto. Subi e rapidamente ele deu a partida. Sob o castigo de um sol incessante e depois de várias horas percorrendo estradas em péssimas condições que cortavam grandes extensões de áreas desérticas, eles finalmente pararam para descansar. Meu corpo latejava e ardia por inteiro. A febre retornara com força total.

Estávamos em uma espécie de rodoviária perdida no meio de uma estrada que ia do nada para lugar algum. Muito suja, escura e, como sempre, longe de qualquer ser vivente. Nesse ponto eu tinha que aplaudir: eles sabiam escolher um lugar desabitado como ninguém. Fuga? Impossível! Também, fugir por que e para onde? Não tinha mais medo ou objetivo. Eles desapareceram assim como os bons sentimentos que habitavam o meu peito. A Nina que eu conhecia havia morrido e sido substituída. No seu lugar, jazia um abatido corpo sem alma.

— Beba. Você precisa se hidratar. — Era John Bentley trazendo-me uma garrafa de água e um pedaço de queijo de cabra. Eu estava deitada sobre um banco de madeira velho e bolorento. Entornei toda a garrafa de uma única golada, mas deixei de lado o queijo de aparência ruim.

— Garota, se adoecer, não saberei tratar você como vi que Richard foi capaz. É bom se alimentar.

— Não tenho fome — murmurei.

Ele deu de ombros e se afastou.

Com o corpo dolorido ao extremo, voltei a deitar no banco com a intenção de tirar um cochilo, mas fui obrigada a escutar dois de seus rapazes rindo em alto e bom som. Eles não perceberam que eu os observava. Abri ligeiramente os olhos e vi que outros se juntavam à dupla com o intento de se informar da grande fofoca. O grupo de John também tinha idade próxima aos vinte anos e usava roupas comuns, como jeans, camisetas e tênis. Não pareciam uma gangue de darks como a de Richard e seu séquito.

— É verdade! — comentou o que parecia ser o mais falador do grupo. — O faxineiro da noite viu tudo.

— Viu o quê? — perguntou um garoto magro com cabelo louro espetado que acabava de chegar. Em sua camisa destacava-se a logomarca em silkscreen do Metallica.

Aqueles garotos de outra dimensão também tinham suas preferências?

— Que Richard se deu bem duas vezes! — respondeu o primeiro, gargalhando. Ele era moreno jambo e falava gesticulando os braços. — Ele disse que os dois se beijaram e trocaram carícias o tempo todo.

— Será que ele... sentiu alguma coisa?

— Não sei. Só sei que o cara é esperto. Pegou a grana para Shakur, logo vai ter seu status aumentado, e, ainda por cima, tirou uma casquinha da belezura ali.

Um latejar furioso reverberava em minha cabeça.

— Será que...? — perguntou outro deles com súbito interesse.

— Apesar de arriscado, pode ser... Afinal, ela é uma híbrida. — Os olhos do rapaz tagarela faiscavam com luxúria. — Ele entrou no quarto com ela e ficou um bom tempo por lá.

A punhalada não podia ter sido mais profunda. Eu sangrava por dentro. Entregara-me de corpo e alma para um mercador que só queria me usar para conseguir o tesouro de seu líder, mas que, antes de completar a tarefa, quis tirar algum proveito da valiosa mercadoria. *Cretino! Miserável!*

Aos poucos os rapazes foram saindo dali, deixando-me sozinha com a minha ferida aberta. Perdi a noção de quantos dias se passaram depois daquele episódio. Não tinha mais interesse no fator tempo. Seguia com o grupo, cada vez mais sem forças. Meu corpo doía e eu não lhe dava atenção. Uma morta-viva.

— Você precisa se hidratar, Nina — insistia John na frase que mais parecia um mantra.

Eu estava sentada no chão de terra e recostava meu corpo numa parede descascada do velho galpão onde nos encontrávamos.

— Aqui! — Um rapaz enorme se aproximou de nós. — Comprei essa água de coco para a híbrida — disse de forma gentil o gigante. Assim como John, ele parecia preocupado comigo.

— Obrigado, Tom — agradeceu o líder. Tom era ruivo como John, e forte, muito forte, quase um halterofilista. *Como os rapazes daquela dimensão paralela eram fortes!* — Sua febre está muito alta, Nina. Ao menos beba isso.

John Bentley parecia ser uma Morte educada, serena. Apesar de atencioso aos itens básicos para a minha sobrevivência — sono, água e comida —, ele pouco se dirigia a mim. Não sei se era sua característica ou se apenas respeitava o meu doloroso silêncio.

Discreto. Meu cérebro se recordou do adjetivo que Richard havia lhe dado, mas eu rechacei aquele pensamento ou qualquer outro em que aquele mentiroso estivesse presente. No entanto, ele não mentira sobre isso. John poderia se valer de sua posição de resgatador principal de Storm, mas não o fazia. Sempre atento ao que se passava ao redor, tratava seus subordinados de maneira firme, porém cordial. Talvez por isso o clima entre aqueles rapazes era bem mais tranquilo do que o que eu vira no grupo de Collin ou no de Kevin. Durante a nossa escaldante jornada pelas estradas decadentes que margeavam o Saara, não presenciei disputas ou agressividade no ar. Eles pareciam bem entrosados e, sempre que paravam para descansar, gostavam de comer muito, jogar cartas, fazer piadinhas maldosas a respeito dos outros clãs e de beber. Aliás, esse era o único assunto em que parecia haver um descontentamento generalizado. *Aqueles garotos tinham adoração por bebidas alcoólicas!* John limitava com mão de ferro o consumo desse item e essa proibição gerava murmurinhos de insatisfação toda vez que ele precisava se ausentar, o que era raro acontecer. *Seria esse seu costumeiro padrão ou não confiava na conduta de seus rapazes diante de uma híbrida?* O fato é que John não saía de perto de mim. Apesar de não conversar comigo e se limitar a me observar e checar minha temperatura, mostrava-se cada dia mais gentil e solícito.

Certa tarde, no entanto, algo diferente aconteceu.

Eu estava fraca, sentada num canto de uma oficina havia muito abandonada. Era um lugar sujo e sombrio, como inúmeros outros pelos quais passamos. Normal. A diferença foi o que sucedeu nos minutos seguintes. Percebi um alvoroço além do habitual, mas não tinha acesso ao que estava acontecendo, tampouco queria. A despeito da minha falta de interesse, era impossível não ouvir os diálogos berrados, cada vez mais ao meu alcance. Pelo que eu havia entendido, um de seus homens havia morrido numa emboscada e o outro retornara gravemente ferido. De início achei graça. *Afinal, não é todo dia que se vê uma Morte morrer.*

— O que houve? — vociferou John para o coitado em via de partida desta para uma melhor. *Ou seria pior?* — Fala, homem! — ordenava.

— F-foi Collin!

— É muito sério o que você está afirmando! Tem certeza disso? — John gritava.

— Tenho, John. Ele disse que Shakur vai destruir o nosso clã assim que souber que trapaceamos.

— Trapaceamos? O que você está dizendo, homem? Não entendo. Fale!

— Ele disse — e suas forças chegavam ao fim — que nós raptamos a garota, matamos Richard e ficamos com o dinheiro. Estão furiosos! Eles...

— O quê?! Matamos Richard? Ficamos com as moedas de ouro? Eles sabem onde nós estamos? — John esbravejava, mas foi tudo que conseguiu sugar daquela pobre alma, se é que o coitado a tinha. Estava morto.

John começou a andar de um lado para outro como uma fera enjaulada. Suas acentuadas sardas e os cabelos ruivos nunca estiveram tão vermelhos, em chamas. Seu rosto era a visão do desespero.

— Não pode ser! Ele nos ludibriou! Não estão vendo? Richard pegou o dinheiro para si! Ele enganou os dois lados! Aquele ladrão! Ele vai ver quando eu puser as mãos nele... — irado, ele vomitava as palavras.

De início, também senti ódio mortal. Richard conseguia ser muito pior do que eu supunha. Salvou-me diversas vezes porque ainda não era *a hora*. Canalha! Não a *minha* hora, como me fez acreditar, mas a hora da sua bem bolada falcatrua. Depois achei graça de tudo aquilo, até mesmo da cólera de John. *Seria ele capaz de sentir desespero ou só estava preocupado com a própria pele quando tivesse que prestar contas com o tal Kaller?*

— Não podemos mais esperar!

— Mas ainda não estamos na *data de passagem* dela, John! Como a garota vai atravessar o portal? — perguntou Tom preocupado.

— A hora dela está se aproximando e, afinal de contas, quem nos garante que a data que ele nos deu é precisa? Richard mentiu o tempo todo, Tom! Temos que tentar! — esbravejava John.

— Adiantar nossos planos em vinte e quatro horas é muito arriscado. Se ela conseguir a passagem antes do anoitecer, tudo bem, mas, após o anoitecer, você sabe que não poderemos entrar em *Zyrk*!

— Eu sei. Mas não temos alternativa — John respondeu sem muita convicção.

— Collin nos alcançará se tivermos que pernoitar por lá! — outro rapaz retrucou.

— Quem lhe garante que ele está por perto? Andem logo! Talvez o tempo esteja a nosso favor!

— Ou contra! — rosnou um terceiro rapaz, bastante contrariado. — Tudo por causa dessa garota! Por que Kaller também não a quis morta como os outros?

A pergunta daquele rapaz acertou-me em cheio. De fato, teria sido melhor para todos se eu tivesse ficado sob os cuidados de Collin ou Kevin. A esta altura do campeonato já estaria morta. Fim do meu sofrimento. Fim de uma jornada que nem deveria ter sido iniciada. Simplesmente, fim.

— Essa pergunta não nos cabe. Vamos! — rebateu John impaciente.

Os motores rugiram. Havia tensão no ar. *E se houvesse de fato um confronto? E se me perdessem?*

As motos abandonaram a estrada asfaltada e, forçando passagem pelas altas dunas, seguimos em direção ao coração do grande deserto. A paisagem limitava-se a duas cores: branco e azul. O branco-dourado da areia que quase nos cegava ao reluzir os raios solares, e o impecável azul-celeste do céu acima de nós, perfeito e sem a mácula de uma única nuvem sequer. O sol cobrava o pedágio sobre nossos corpos, os redemoinhos de areia e vento navalhavam nossos rostos. A areia fofa dificultava o percurso, tornando-o hostil e penoso. A despeito do calor inclemente, meu coração estava congelado. Fui chacoalhada de meus martírios por um grito de pavor de um dos rapazes.

— John, temos que correr! Burt identificou homens de Collin a sete horas de distância do nosso grupo.

John, entretanto, não se afugentou. Agiu como um líder e, principalmente, como um estrategista. Com as motos ainda em movimento, ele deu comando para que todos reduzissem a velocidade e, posicionando-se bem no meio deles, passou a traçar os passos seguintes, berrando como louco na tentativa de transpor os capacetes.

— Temos que dobrar esse tempo! — bradou. — Owen, vá na frente e peça reforço em *Zyrk*. Eu seguirei para o portal, o mais rápido que conseguir, com mais dois homens me dando cobertura. Os demais ficarão na última saída a leste do Saara.

O comando do embate estava agora realmente declarado.

— A saída leste é muito óbvia, John! Eles devem estar planejando algo diferente! — berrava um dos motoqueiros.

— Se Richard estivesse com eles, seria provável que sim — confidenciou. — Mas Collin não teria capacidade para tanto, e essa é a nossa sorte.

Os rapazes sorriram. Ficara claro que John contava com uma única arma: a estupidez de Collin. Os rapazes obedeceram e continuamos nosso caminho infernal.

A moto de John respondia com dificuldade aos seus comandos, sofrendo devido ao peso excedente: eu.

— Temos que descansar um pouco! A garota não está nada bem — ordenou John após algumas horas de viagem.

— Mas, John, estamos bem perto do portal — argumentou um dos rapazes. De cabelos escuros, ele era magro e tinha os olhos grandes e amedrontados.

— De nada adiantará toda essa luta se eu entregá-la morta nos braços de Kaller, Yly. Veja! Ela está ardendo em febre! Temos que hidratá-la e refrescá-la antes de continuar, senão ela não suportará o trecho restante.

— Vamos continuar. Eu aguento — rebati. Não que eu fosse uma garota durona. Longe disso. Tudo que desejava era levar meu corpo à exaustão máxima e, como prêmio, conseguir desfalecer e me ausentar daquela loucura. Sem que eu esperasse, John afagou meu rosto.

— Você é forte, garota. — Pela primeira vez, notei um brilho diferente em seus olhos cor de mel. — Gosto disso. — Ele me lançou um sorriso tímido e, após umedecer meu rosto em brasas com um pano molhado, tornou a comandar dando nova partida na moto: — Yly, vá atrás de notícias. Eu seguirei com Tom.

Meus poros se abriam buscando filtrar o vento quente que nos atingia. Meu corpo tremia por inteiro. Algum tempo depois, Yly retornava com notícias desagradáveis.

— Consegui informações com Burt. — E emendou agitado: — Ele disse que houve uma tentativa de conversa, mas Collin partiu para o ataque.

— Como prevíamos que aconteceria — arfou John. — Onde aconteceu?

— No exato local onde você disse que estariam.

— Chega a ser ridícula a previsibilidade de Collin e seu bando de imbecis — bradou John. — Houve muitas partidas?

Partidas...

— Os nossos não tiveram a menor chance, apesar de terem feito um bom estrago.

— Droga! — retrucou Tom.

— Continue, Yly — ordenou John.

— Quando Burt chegou ao local, o confronto já tinha acabado. Encontrou os nossos cinco homens mortos e doze dos dele, mas não achou o corpo de Collin. Com certeza ele escapou.

Dezessete pessoas mortas por minha causa?! Relembrei-me do rosto de alguns daqueles rapazes e senti uma onda de tristeza e culpa avançar sobre a febre que me consumia.

— Doze? Ótimo! — soltou John. — Vamos ganhar tempo até Collin conseguir reforços.

— Mas ainda assim não será suficiente e agora somos só nós três — gritava Yly, visivelmente nervoso.

— Vamos! Não temos tempo a perder. Logo vai anoitecer — comandou John, colocando a mão sobre minha testa. — Ela está muito mal!

Meu esqueleto estava mole, desestruturado. John utilizou-se de uma corda e amarrou meu corpo ao dele, com medo que eu caísse. Era provável. Minha visão e minha lucidez não eram mais as mesmas. As imagens iam e vinham sem que eu tivesse controle sobre elas. No entanto, uma paisagem imponente me trouxe à compreensão dos fatos por instantes. Uma enorme montanha rochosa. Rochas de todos os tamanhos esculpiam uma bela e interessante paisagem bem no meio daquele hostil oceano de areia fervente. Tive a impressão de que uma daquelas enormes rochas refletia o pôr do sol de maneira bem distinta das demais. *Seria ilusão de ótica ou provável imaginação de meu estado perturbado?*

— Vejam! Alguém esteve fazendo estrago recentemente por aqui. — Tom tinha um risinho camuflado em seus lábios. Forcei a visão e entendi o motivo de sua alegria: uma dezena de corpos encontrava-se próximo a tal rocha brilhosa.

Ah, não! Seria eu a culpada por essas mortes também?

— Confira os clãs, Yly — ordenou John.

Meio receoso, Yly desceu da moto e foi em direção aos cadáveres. Checou a mão direita de cada um daqueles coitados e berrou:

— Pertencem a Thron e Marmon!

— Estranho — John murmurou preocupado. — Onde estão os resgatadores de Windston? Quem poderia ter feito isso? E por quê?

— Collin também tinha mandado homens para vigiar o portal. Não é tão estúpido assim, hein, John? — comentou Tom, estrategicamente posicionado mais distante de nós.

— Não acredito que tenha sido ideia dele — rebateu John. — Mas, de qualquer forma, estamos com sorte.

— Quem os matou não deixou nenhuma pista — concluiu Yly após checar os corpos.

— Vá, Yly, enquanto ainda está claro — tornou a ordenar John.

Constatei meu péssimo estado mental quando vi Yly atravessar aquele monte de pedras reluzentes e desaparecer, deixando sua moto ali jogada. *Cristo! Estou tendo alucinações!* Logo depois Yly retornou, saindo das mesmas rochas e vindo acelerado em nossa direção.

— Tudo ok, John. O terreno está limpo.

— Com certeza Collin não acionou ninguém em *Zyrk* para que Shakur não ficasse sabendo que perdeu a garota. Ele pode ser burro, mas dá bastante valor à vida. Conhece o pai que tem — concluiu John.

— Vamos tentar agora! Falta muito pouco para anoitecer! — gritou Yly, ansioso.

Por que eles teriam essa preocupação exagerada com o anoitecer?

Com o rosto fixo no meu, John desamarrou a corda que nos unia e me desceu da moto. Senti um tremor involuntário me atingindo. Se eu estivesse em condições normais, poderia jurar que o tremor era procedente de John e não do meu abatido corpo. Ele me entregou para o gigante Tom que me carregou até o mesmo lugar onde Yly havia desaparecido, no meio daquele aglomerado de rochas.

— Devagar com ela — comandou John para Tom assim que alcançamos as pedras brilhosas. Atordoada, vi seus corpos lentamente desaparecendo ao meu lado enquanto o meu era repelido de imediato.

— Ai! — reclamei. — O que vocês estão fazendo?

— Ela ainda não pode passar pelo portal! Não está na hora — lamentou-se John.

Ah, claro! Um detalhe que havia me esquecido: eu não podia passar pelo portal porque ainda não era o dia do meu aniversário.

— O que vamos fazer? — indagou Yly, superaflito. Seus olhos grandes pareciam ter dobrado de tamanho. — Logo eles estarão aqui! Já está anoitece…

— Ainda temos tempo! — interrompeu-o John. — Lutaremos até o final, como é o nosso dever.

— Mas é certo que vamos morrer!

— Se quer ir embora, então vá agora! — sacramentou John, mostrando-se um líder de fato.

— Desculpe. Ficarei — murmurou Yly, curvando-se de vergonha.

John apenas assentiu com a cabeça, atento a tudo ao seu redor. Virou-se para mim com calma e perguntou:

— Nina, eu preciso que me escute com atenção, pense com calma e me responda. Sua mãe alguma vez lhe disse a hora exata em que você nasceu?

— Minha mãe? Hora? — balbuciei, mentalmente confusa.

— Sim, Nina. Algum comentário qualquer?

— Não sei... não...

— Desista, John. O estado dela é preocupante. Ainda está viva só porque é uma híbrida — concluiu Tom.

— Droga! O que vamos fazer? — John pôs as mãos no rosto, nervoso.

A sorte estava lançada.

CAPÍTULO
20

A cada cinco minutos, John pedia que eu tocasse o rochedo de entrada, ou o portal, como ele costumava chamá-lo. O sol deixava seu turno e era substituído por uma lua de tensão. O calor dava lugar a um vento frio, cortante. Os aglomerados de rochas nos protegiam de suas rajadas violentas.

— Só nos falta agora uma tempestade de areia! — reclamou Tom, visivelmente aborrecido.

— Talvez até nos ajude, Tom. Sabe como é difícil encontrar este caminho com uma cortina de areia sobre os olhos. Pode nos dar um pouco mais de tempo antes do confronto.

Confronto? Mais sangue!

— Podemos deixá-la aqui e sair em busca de ajuda! — soltou Yly, colocando para fora o que estava vergonhosamente guardado em sua mente havia algum tempo. Não tinha sugerido anteriormente por medo de assumir a sua covardia. Mas, agora, era a sua vida que estava em jogo, e os covardes nunca brincam com isso. Nunca.

— Bem pensado, Yly. Vocês dois saiam agora e tentem contatar alguns dos nossos na cidade mais próxima. Ficarei aqui com Nina o tempo que for necessário.

Mesmo em meu péssimo estado, foi fácil compreender a ridícula desculpa de John. Provavelmente ele não queria arriscar a vida de mais dois homens na sua batalha perdida. Se era para morrer, ele morreria sozinho. Muito nobre. Confesso que fiquei admirada. A postura de John me comoveu. Tarde, de fato. Mas comoveu.

— Não vou — protestou Tom.

— Por que não? É uma boa ideia — atiçou Yly.

— Deixa de ser fraco, seu covarde! — As veias sobre os enormes músculos de Tom estavam ainda mais proeminentes. *Caramba! Além de muito forte ele parecia ter mais que dois metros de altura!* — Por que não diz logo que está se borrando nas calças? Sabe muito bem que não teremos como pedir ajuda. Até conseguirmos acionar um grupo de socorro, eles já terão matado John e a garota. Eu fico. Vou dificultar as coisas para Collin.

— Podemos enterrar esses corpos e nos esconder em outro lugar. Eles podem pensar que já entramos com a garota e partir atrás de nós — Yly retrucava sem encarar os colegas.

— Mesmo que a gente faça isso e que Collin continue nos perseguindo em *Zyrk*, de nada adiantará. Não se esqueça de que apenas Kaller, nosso líder, a quer viva. Os demais líderes a querem morta. — John revirou os olhos fustigados. — Nenhum dos clãs tinha exata certeza da data de passagem dela. A partir de agora, eles colocarão homens de plantão neste e nos demais portais para eliminá-la. Não apenas a ida da híbrida para a nossa dimensão será definitivamente vetada, como ela não terá nenhuma chance. Se não levarmos a garota para *Zyrk*, do jeito em que nos encontramos, estará tudo acabado para nós. Se não pela morte, com certeza pela desgraça e humilhação. Não carregarei esse fardo.

A aflição deles me alcançou. Apesar de me encontrar sob a proteção do único clã que me queria viva, estava claro que ele não era o mais forte deles. Por mais valentes que fossem, John e seus rapazes não teriam como poupar a minha vida. Sendo assim, o que eles estavam esperando então? Um milagre? E eu ficaria ali, assistindo à morte deles e à minha como uma mera espectadora? Uma força incontrolável crescia dentro de mim e alertava que, mesmo em meu estado deplorável, eu precisava agir. Mais do que isso, eu tinha que lutar.

A luz do luar pouco ajudava e, fora a claridade proveniente dos faróis das motocicletas, o mar de penumbra ao nosso redor aumentava ainda mais a ansiedade que pairava no ambiente. Os minutos seguintes pareciam horas, e as horas, dias. A espera de algo ruim é realmente dolorida, lenta. Em vigília contínua, eles me colocaram sentada numa das laterais do grande rochedo protegida dos golpes do vento, mantendo meu corpo em contato permanente com o tal portal para *Zyrk*. Meu acesso ainda proibido. Após uma infinidade de horas em espera, Yly teve uma crise nervosa. Gritou, esperneou, chorou e correu para o portal, desaparecendo magicamente bem diante de nossos olhos.

— Além de covarde, aquele imbecil é louco de entrar em *Zyrk* agora! — berrou Tom.

O que haveria de tão inusitado em entrar na dimensão deles à noite?

— Talvez ele não seja tão covarde... mas foi melhor assim. Não me sentirei culpado por seu infeliz fim — concluiu John. E soltou aflito: — Droga! Por que este tempo não passa logo?

— Calma, John. Não podemos perder a cabeça. Não agora — intercedeu o amigo.

— Você está certo. Sempre soube que podia contar com você. Te encontro no *Vértice*, parceiro! — Soltou uma risada forçada.

— Para com isso! Pensamento positivo. Nós vamos para o *Plano* e ponto final — rebateu Tom de bate-pronto.

"Vértice?" "Plano?" Oh, não! Aquilo era um adeus? John e Tom sabiam que iam morrer? E por minha causa? Apesar de entender que eles me defendiam por terem um propósito a cumprir em favor de seu clã, Storm, e não porque realmente se importavam comigo, eu não podia deixar acontecer. John e Tom não me trataram como uma mercadoria. Pelo contrário, eles foram os únicos seres daquela outra dimensão que se mostraram gentis e atenciosos comigo.

— Com certeza *você* vai, amigão. Eu não sei de mim... Espere! Você escutou alguma coisa? — perguntou John em alerta máximo.

— Um trepidar — respondeu o gigante.

— Nina?!?

A pergunta estava claramente estampada em seu semblante preocupado.

— Não. Sem passagem — respondi enquanto eles me olhavam apreensivos. Por mais que lutasse contra, o controle do meu corpo e minha lucidez se esvaíam com rapidez.

— São eles, Tom! Chegou a hora. Posicione-se mais à direita — ordenou ao amigo e, ao se abaixar, disse olhando bem dentro dos meus olhos: — Nós vamos conseguir, Nina. Não vou deixar que ninguém faça mal a você. Prometo — afirmou categórico.

Sem que pudesse esperar, ele me abraçou com vontade e novos tremores se espalharam pelo meu corpo. Fechei os olhos e uma sensação de bem-estar invadiu minha mente sofrida e meu corpo doído, como se John fosse uma bateria e estivesse me recarregando. Fui tomada por um surpreendente desejo: eu não queria que aquele abraço tivesse fim, que seus braços me soltassem. Mas acabou. Quando dei por mim, John sorria enquanto afastava uma mecha de cabelo dos meus olhos arregalados.

O que havia acabado de acontecer? John só precisava me manter viva e me levar para Storm. Ele não precisava ser bom ou se importar comigo, certo? Cristo! Era o que eu estava imaginando? John estava se interessando por mim?

— John... — Meu estado mental conseguiu piorar depois daquele gesto inesperado. Eu estava completamente confusa.

— Shhh! Você fica aqui. Ouviu bem, Nina?

— Hã?

— Não adianta, John. Ela está péssima — detectou o amigo.

— Não saia daqui, Nina! — berrou John, sacudindo meus ombros. A situação devia ser muito ruim mesmo, pois John tinha enviado sua habitual calma e educação para o espaço. Suas sardas estavam mais destacadas do que nunca. — Permaneça encostada no portal e, caso consiga passagem, só entre se tiver amanhecido, fui claro?

— Amanhecido... Por quê?

— Porque sim! Fui claro? — trovejou enquanto me dava as costas. Assenti sem compreender. Meu rosto agora exangue. — Ah! — E virou-se repentinamente para mim. — Se por acaso você conseguir passagem, lembre-se de se proteger com isto. — E lançou-me uma espécie de manta feita de um tecido linóleo, estranhamente aveludado.

Eu já estava usando um grosso casaco de lã que John me dera para ajudar a suportar o frio das noites do deserto. Para que me serviria essa capa então? Seria Zyrk um lugar mais frio ainda?

Pisquei forte e então reparei que Tom também trazia consigo aquele tipo peculiar de coberta. Quem foi a culpada dos meus devaneios? A minha inocência ou a maldita febre? Cheguei a acreditar que tais vestimentas serviam para agasalhar nossos corpos das geladas noites no deserto...

Um grupo de homens surgiu ao longe, aproximando-se muito rápido. Instintivamente procurei a figura horrenda de Collin e não a encontrei. O vento forte lançava golpes de areia em nossos rostos, prejudicando a visão. Era quase impossível abrir os olhos. Tremi. Bem diferente dos arrepios que vinham me assolando, um discreto calafrio começou a tomar conta de mim. Não gostei daquilo. Sabia que tinha outra origem que não o meu estado doentio e, como já imaginava, era o meu cérebro alertando-me sobre o perigo iminente. Um prenúncio ruim. Passei a manter uma de minhas trêmulas mãos em contato contínuo com aquela estranha rocha. O calafrio se intensificava. Seria Richard no meio deles? Tentei distinguir as figuras mais visíveis e, para meu horror, deparei-me com a pior das Mortes. O calafrio, de fato, era um sinal de defesa contra aquele crápula.

— Não é Collin. É Kevin! — Ninguém me ouviu. Era quase impossível distinguir minha rouca voz dos uivos agudos do vento.

— O que você disse? — John berrou de volta.

— É Kevin!

Ele voltou a fixar o olhar no horizonte e esboçou um sorriso.

— É verdade! Tom, você consegue ver daí quantos são?

— Não estou entendendo. Acho que são apenas cinco! Deve ser uma cilada! — conferiu Tom, situado mais à frente.

John alargou o sorriso.

— Não é cilada. Estamos com sorte, amigo. Não é Collin. Aquele é Kevin. E não tem um grupo grande como o de Collin. Deixa ele comigo.

— Ok, chefe. Eu cuido dos outros quatro. — Salivava o brutamonte.

À medida que se aproximavam, notei que Kevin fazia um sinal de trégua para os meus dois protetores. O calafrio piorava de intensidade. Meu corpo era castigado pela febre, minha mente torturada pelo pavor de reencontrar aquele assassino inescrupuloso.

John e Tom abaixaram suas armas.

Armas?

Meu estado de confusão mental com certeza me fizera perder detalhes, contudo, um erro grotesco de percepção eu havia cometido. Toda aquela loucura dos últimos dias me fizera negligenciar algo que não passaria despercebido nem para um cego. Eles carregavam as mantas sempre amarradas a um objeto estreito, longo e reluzente. O objeto era protegido por uma bela capa com algum tipo de brasão bordado: *Uma espada! Como não tinha reparado naquele instrumento medieval em pleno século vinte e um?* Ela destoava de todo o contexto, como dentro de um jogo dos sete erros para imbecis. *Eu era a imbecil!* Por que lutar com espadas se poderiam se utilizar de meios muito mais rápidos e letais? Estariam cumprindo algum tipo de ritual? Nada daquilo fazia sentido…

Kevin e mais um dos seus desceram de suas motos e vieram andando em nossa direção. Kevin sorria, é claro. Aquele seu falso e contínuo sorriso amarelo céreo.

— Olá, John! — começou ele com jeito cínico.

— Kevin — a resposta foi seca.

— Os seus o abandonaram? — perguntou em tom jocoso.

— O que traz você aqui? — John não estava para bate-papo.

— Ora, ora! O mesmo que você. — Kevin olhou rapidamente para mim e repuxou os lábios.

John permaneceu calado. Tom pigarreou e cuspiu no chão, como um animal demarcando seu território. Kevin continuou:

— Sejamos diretos — disse, agora com um semblante nebuloso: — Eu quero a garota e estou em maior número. Logo, se você for um homem sensato, vai entregá-la sem qualquer resistência. Para o bem de todos.

— E se eu não for?

— Estupidez! Vai perder a vida à toa. A garota vai morrer de qualquer maneira.

— Você não vai encostar um dedo nela — rosnou John.

— Sério? — Kevin coçou o queixo, estudando-o. — Hum. Pelo visto a híbrida fez você sentir alguma coisa...

John nada disse, mas sua testa franziu e seus olhos se estreitaram, ameaçadores.

— Uma pena. A híbrida não me fez sentir nada. — Kevin desviou o olhar, encarando-me com malícia. — Mas a sensação que experimentei quando matei a mãe dela foi indescritível.

Senti a pele de todo o meu corpo arder. Febre? Ódio? Pouco importava agora. Quem ia matar aquele idiota era eu! A lâmina de uma adaga brilhou no chão próximo a Kevin. *Era isso: um sinal!*

— Nina, o que você está fazendo? — indagou John com os olhos arregalados ao perceber que eu caminhava lentamente em direção a eles.

John, não se meta. Eu tenho que fazer isso. Naquele momento eu não conseguia raciocinar e era guiada apenas pela ira e pelo reflexo hipnótico da lanterna da moto sobre a adaga.

— Nina, volte! — bradou ele enquanto Kevin me observava com um misto de satisfação e incredulidade.

— Eu vou com ele — murmurei sem diminuir o passo e encarando Kevin que, surpreso, tornou a vestir seu sorriso asqueroso.

— Nina, não! — John berrou com fúria e, nervoso, voltou-se para Kevin: — Que truque você está usando nela, Kevin?

Antes que eu pudesse assimilar os movimentos seguintes, John já havia sacado sua espada e saltado para cima de Kevin, que prontamente se defendeu. Tom também se lançou sobre o outro rapaz e teve mais sucesso, ferindo-o seriamente e partindo para os outros três que se aproximavam.

— Venha para cá! — ordenou Kevin a um dos rapazes que digladiava com Tom. Agora John e seu parceiro lutavam cada um contra dois, e, apesar de ser evidente a superioridade dos dois, a desvantagem começava a mostrar seus efeitos. O cansaço os abatia bem mais rapidamente do que a seus oponentes. As lutas eram hipnotizantes e assustadoras. A cada peculiar ruído que soava das lâminas se chocando, era como se golpes frios estivessem me acertando em cheio os pulmões, asfixiando-me.

Escutei um rosnado sofrido.

Tom tinha sido seriamente ferido pelas costas enquanto eliminava um adversário. John, em atitude heroica, plantou-se diante de seu corpo caído e, com bravura, pôs-se a lutar contra Kevin e os dois restantes.

— Foi você que eliminou Alec, não foi? — Kevin espumava, fazendo sinal para que seus dois capangas cercassem John e dessem uma trégua nas investidas. Eles o encurralaram, afastando-o do corpo abatido de Tom. — Achou que sairia impune? Que eu não vingaria a morte do meu melhor escudeiro?

— Eu não matei Alec — retorquiu John, ríspido.

— Antes de acabar com você, vou degolar o infeliz que está ali no chão, assim como você fez com Alec — gritou enlouquecido.

Richard degolou o tal de Alec naquele nefasto ateliê? Fui tomada por um misto de horror e prazer com aquela notícia.

— Mate o grandão! — ordenou Kevin para um de seus homens.

John ameaçou correr na intenção de proteger o amigo, mas foi impedido por Kevin e outro rapaz que exibia um rosto atormentado. Era óbvio que Kevin só recomeçaria a luta depois que John presenciasse a morte de seu grande companheiro. Queria vê-lo sofrer. Típico daquela víbora. O segundo capanga se aproximou de Tom e iniciou malabarismos com sua espada afiada. Um tipo de exibição antes do espetáculo propriamente dito. John urrou de cólera e partiu para cima de Kevin e seu comparsa de semblante malévolo. Novamente me vi agindo por instinto. Sempre ele. Meus pulmões se contraíram dentro de minha caixa torácica. Queriam me dizer alguma coisa... *Era isso!*

— Aqui! — berrei, almejando desviar a atenção para mim e comecei a correr em direção oposta ao duelo. Devo ter feito a coisa certa.

Imediatamente Kevin ordenou que o carrasco de Tom paralisasse a sua tarefa e fosse atrás de mim. A boa distância entre nós me conferiu alguns segundos de vantagem. E só. Pouco tempo depois, fraca e febril, eu estava de volta, arrastada pelo capanga enfurecido. De longe ouvíamos grunhidos e uma significante redução na frequência do tilintar das espadas. A tempestade de areia nos castigava, piorando a visibilidade e a nebulosa atmosfera de tensão.

— Rápido! Proteção! — Era a voz de Kevin pedindo por socorro.

Ele estava combalido, gemendo e rolando de dor de um lado para outro. Percebi que ele não tinha mais condições de se pôr de pé, muito menos de lutar.

Olhei ao redor e custei a entender o que minha turva visão me confidenciava: um milagre havia acontecido! Ereto, plantado exausto em frente ao corpo desacordado de Tom estava John. Ele respirava com muita dificuldade. Encontrava-se ferido nas costas, na cintura e no braço, mas, por sua vez, havia acabado com um deles e ferido seriamente parte do tórax e o braço direito de Kevin.

O homem me empurrou para um canto e correu para o ataque. O duelo parecia se equilibrar agora. Um contra um, apesar de serem visíveis as melhores condições do escudeiro de Kevin em relação a John. Enquanto digladiavam concentrados entre si, percebi que uma nuvem de fumaça e areia começava a se desenhar na linha do horizonte. Pelo tamanho, deduzi que um grupo bem maior de homens aproximava-se rapidamente de nós. Algo em mim pressentia o pior: Collin.

Tudo tinha sido em vão: a luta, as mortes. De repente, ouvi uma batida seca seguida de um silêncio. Virei-me assustada e vi uma cena comovente: o comparsa de Kevin havia se desequilibrado, caindo abruptamente e batendo sua cabeça num amontoado de pedras. Ele estava desacordado e John poderia tê-lo aniquilado se quisesse, mas não o fez. Apenas removeu a espada das lânguidas mãos do rival e a lançou para bem longe do seu alcance. Guardou sua espada na bainha. Começou a pressionar o próprio braço para estancar o sangue que jorrava com abundância, chegou onde eu estava e caminhou com dificuldade em direção a Tom. Por um instante minha massa cinzenta se liquefez e eu me esqueci completamente de avisá-lo sobre o perigo que se aproximava, sobre Collin. Fiquei chocada com sua atitude. Ele era nobre até com seus inimigos. Seu semblante de preocupação era a prova cabal de que o estado de saúde de seu grande amigo não era nada bom. Ele se abaixou e começou a pressionar o peito de Tom de maneira ritmada. Fui sugada do magnetismo daquela triste cena por um furtivo movimento logo atrás de John. Compreendi com dificuldade o negro capítulo que se desenhava bem na minha frente.

Quis adverti-lo. Tentei berrar. Inútil. Minha voz saiu do mesmo jeito que eu estava: fraca. Vi John ter sua panturrilha seriamente ferida em um ataque inesperado de Kevin. A áspide, que inicialmente se fingira fora de combate, aproveitara o momento de distração de seu opositor, arrastara-se silenciosamente sobre o próprio ventre e o apunhalara por trás com uma faca.

— Ahrrr! — John urrou e caiu de lado, dando chance a Kevin de roubar a espada que estava presa em seu cinturão. Desarmado e com visível semblante de dor, ele começou a se arrastar, trôpego, jogando seu corpo para trás, na tentativa inútil de se afastar do inimigo. Kevin conseguiu se levantar com dificuldade, empunhando a espada meio desajeitada com a mão esquerda. Concentrado, caminhou lentamente na direção do nobre guerreiro caído, como que saboreando o momento em seus mínimos detalhes.

Novamente o infortúnio nos assombrava, mas eu me recusava a ser refém dele. Eu tinha que lutar. Reuni o que sobrara de minhas decadentes forças e desatei a correr em direção à iminente tragédia. Eles não perceberam minha aproximação, ocultada pelos ruídos de fundo das motos que se aproximavam. Kevin estava sobre John e erguia a espada no ar:

— Isto é por Alec e para que os seus aprendam a lição! — bradou.

— NÃO! — Continuei correndo até chocar-me bruscamente contra as costas de Kevin.

— Urgh!

Eu o desequilibrei fazendo-o tombar para a frente, e, antes de cair sobre o meu próprio corpo, ainda consegui chutar a espada para longe de suas mãos assassinas. John e Kevin me fitaram com os olhos arregalados. Não houve tempo para mais nada. Fomos atingidos pela nefasta nuvem de fumaça que, se entranhando por nossos corpos, ocultou por segundos o horror que nos cercava. Quando ela baixou, minha expressão de pavor foi imediatamente refletida nos olhos de John. O número de homens que dava cobertura a Collin era bem maior do que eu poderia imaginar. Eram mais de dez. Tudo acabado.

John pousou seus olhos cor de mel nos meus e não conseguiu ocultar a angústia, a dor que o invadia. Seu sofrimento tocou meu coração e parecia ter outra causa que as feridas camufladas pela fina areia que havia aderido ao seu corpo, grudento de suor e sangue. Compelida por pena e culpa, e não mais controlando minhas inúteis pernas, comecei a rastejar em sua direção.

— Aonde a garota pensa que vai, Collin? — Aquela voz irritante era inconfundível: Igor.

— Detenham a vadia! — Collin ordenou e dois de seus capangas cresceram rapidamente sobre mim. Um deles me acertou o pulso direito com a ponta afiada de um punhal.

— Arrrh! — gemi e me curvei sobre os joelhos. Antes mesmo que eu pudesse estancar o sangue que jorrava da ferida, fui abruptamente puxada pelos cabelos pelo segundo rapaz.

— Seus idiotas! — berrou John. — Não veem que ela está mal?

— Cala a boca!

Ouvi um baque surdo ao longe. Talvez uma pancada. Meu estado cada vez mais debilitado me distanciava da realidade ao meu redor. A ferida queimava, minha cabeça estava prestes a explodir.

— Gostou de apanhar, John? Não vai ter a menor graça te matar agora. Não nesse estado deplorável. Que pena que perdi a briga, deve ter sido boa… — Collin soltou uma gargalhada típica dos filmes de terror de quinta categoria. E olhou em volta contando os feridos. — Kevin está morto?

— Não, Collin. Apenas desmaiado — respondeu um de seus homens.

— Fraco! — desdenhou. — Quatro mortos, hein, John? Três do grupo do Kevin, um do seu.

— Nenhum do meu! — mesmo caído, John retrucou. — Tom está apenas ferido.

— É verdade... por enquanto. — E riu novamente em alto e bom som, sendo imitado pelo seu robotizado séquito. De maneira inesperada, a fisionomia de Collin assumiu uma fúria animal. — Achou que ficaria com o dinheiro depois de matar Richard e pegar a garota? Achou que conseguiria me passar para trás e se safaria com essa tropa ridícula?

— Eu não matei Richard!

— Ah, não? Por sinal, quantos homens você perdeu nesta empreitada, hein?

— Já te disse. Richard te enganou e a mim também! Ele pegou o dinheiro para si mesmo, não percebe? — John falava em tom de desespero. Estava claro que ele não queria nem conseguiria lutar.

Collin era o semblante da dúvida.

— Ele está blefando! Não dê ouvidos a ele, Collin! — exclamou Igor.

— Levante! — ordenou Collin. — Eu não quero te matar dessa forma vergonhosa. Levante e lute como um homem!

— Me ouça! — John ainda implorava.

— Seu mentiroso! — E partiu para cima de John, direcionando sua espada para o peito do adversário. Uma nuvem de areia o fez errar o alvo. Era Tom, que num inesperado rompante de garra e lucidez havia desviado a espada de Collin ainda no ar, chocando a sua contra a dele.

— Matem esse merda! — ordenou Collin irritado. Imediatamente o gigante ferido foi cercado por meia dúzia de homens, todos empunhando armas em sua direção. Era o fim para Tom.

— NÃO! — berrei, e todos olharam assustados para mim.

Na verdade, não era bem para mim, mas sim para algo que surgia do negrume atrás de mim, saindo daquelas malditas rochas. Um tremor seguido por um tropel de cascos. Um calafrio paralisante. Um solavanco me fez cair de boca no chão, assim como os sujeitos que me imobilizavam. Minha visão não era contínua, bem como a compreensão dos fatos que ocorriam ao meu redor. Feroz e impaciente, a febre queria colocar um fim imediato naquele último capítulo de minha existência. Com muita dificuldade consegui me reerguer, mas os dois rapazes não.

Jaziam mortos na areia sepultadora. Apavorada, virei o rosto na direção do que havia provocado aquelas fulminantes mortes. Uma figura com rosto encoberto e toda vestida de negro montada num imponente cavalo de ébano saía por detrás de uma nebulosa nuvem de areia. Zonza e com tudo rodando, quando tentei tomar conhecimento do que acontecia ao redor, meu corpo foi abruptamente suspenso no ar. O cavaleiro negro me puxava para junto de si, segurando-me com força junto a seu corpo. O majestoso animal sob mim empinava nas patas traseiras e relinchava com furor.

— Richard?! — A voz de Collin exalou um pânico colossal. Ele parecia estar diante de uma assombração.

"Richard?!"

Olhei para trás e, ao ver o véu cair, deixando seu rosto perfeito à mostra, quase desmaiei de vez. Por uma breve fração de segundo, meus olhos se depararam com suas impiedosas gemas azul-turquesa e uma descarga elétrica me atingiu sem piedade. Perturbada e imobilizada por suas enormes mãos, desviei o olhar e me obriguei a resistir à sua fulminante presença sobre mim. *O que aquele mercenário queria agora? Já não bastavam as sete mil moedas de ouro e toda a amargura pela qual me havia feito passar?*

— Bom trabalho, Collin — ele começou em tom provocativo.

— Mas... você... você estava morto!

Richard deu uma gargalhada estrondosa.

— Acertou — rebateu com a respiração acelerada. — *Aquele* Richard que você conheceu realmente está morto.

— Eu... não... eu não entendo...

O sujeito estava pra lá de branco, estava translúcido.

— Você não devia acreditar em tudo que escuta, Collin! Que tal se me acompanhasse mais de perto, hein? — soltou irônico. E, mudando o tom de voz, ameaçou: — Escutem todos porque não vou avisar novamente: a híbrida é minha missão! Coitado daquele que se esquecer disso. Este aviso serve para você também, John — acrescentou ele. — Mas, por ora, obrigado por sua ajuda.

— Rato traidor!!! — Collin finalmente entendeu o que acabava de acontecer, mas estava tão petrificado, que mal reagiu à manobra seguinte do adversário. — O que está fazendo? — berrou por fim, atordoado, ao ver que Richard puxava as rédeas do belo cavalo negro, fazendo-o dar meia-volta e retornar em direção ao portal. — Volte aqui e lute como um guerreiro!

— Siga-me você se for homem o suficiente! — bramiu Richard sob o olhar amedrontado de todos ao redor, enquanto jogava uma manta sobre o meu corpo febril. Minha visão estava cada vez mais falhada, minha razão captando apenas flashes, atordoada e perdida. *O que ele estava fazendo?*

— Impeçam o cretino! Ele vai matar a garota! — distingui os berros apavorados de John ficando para trás.

Era chegada a hora.

CAPÍTULO
21

As cenas seguintes ficaram borradas em meu cérebro. Intermitentes. Só consigo me lembrar da incrível aceleração que Richard impusera ao corcel, de seu musculoso braço me apertando contra o corpo, do vento gelado me atingindo e da grande muralha de pedras crescendo em nossa direção. *Cristo! Ainda não estava na minha data de passagem. Eu morreria esmagada!* Lembro-me ainda de ter soltado um berro de pavor e fechado os olhos, protegendo minha cabeça em seu peitoral largo e convidativo. O cavalo finalmente parou e, após um breve momento, o único som que preenchia o ambiente vinha das batidas aceleradas dos nossos corações. Fraca e sem coragem de reabrir os olhos, eu permanecia com a cabeça aninhada em seu peito e meu corpo imobilizado por seus braços. *O que estava acontecendo, afinal? Por que Richard havia retornado?*

— Por quê? — sussurrei sem me mexer. Eu não precisava completar a frase. Ele sabia o que eu queria perguntar. Ambos sabíamos, e ele, assim como eu, talvez não quisesse confrontar a dura realidade estampada na face do outro. Na minha, sofrimento, amargura, decepção. Na dele, traição, cobiça, triunfo. Sua respiração quente e ofegante ficou ainda mais forte, penetrando em meus cabelos e atravessando a manta, mas ele não respondeu.

Ah, não! Ele tinha que me dar respostas!

— Por que eles não nos seguiram? — indaguei quando finalmente arrumei coragem para levantar a cabeça, dividida por emoções contraditórias: chorar, lutar, xingar e, principalmente, entender, perdoar, ávida por seus beijos e carícias. No breve instante em que nossos olhares se cruzaram, procurei algum vestígio de remorso, culpa ou vergonha em sua face, qualquer mínima expressão que pudesse me dar esperanças de que tudo havia sido um grande engano e que ele retornara por mim, por nós. Mas não havia nada. Tudo que encontrei foi um semblante frio, indiferente. Senti todo o ar sendo violentamente tragado dos meus pulmões. Nem um ferimento profundo me consumiria tanto. A frieza que irradiava de seu olhar causou um irreparável dano dentro de mim.

— Se eles nos seguissem, morreriam — respondeu de má vontade enquanto descia do cavalo. Estendeu a mão para me ajudar, mas recusei. Agitado, Richard rasgou a faixa dourada que amarrava o turbante sobre sua cabeça. — Deixe eu ver isso — pediu, tomando meu braço ferido.

Richard fazia uma espécie de torniquete para estancar meu sangramento e, enquanto enfaixava meu braço, eu me esforçava em não admirá-lo, o que se tornara uma tarefa hercúlea para os meus pouquíssimos e desavergonhados neurônios em funcionamento. *Como alguém tão vil e inescrupuloso podia ser tão sedutor?! Como, apesar de tudo, eu ainda me sentia loucamente atraída por ele?*

— Por que está cuidando de mim? Sete mil moedas foi pouco, Richard? Resolveu aumentar o lance das apostas? — provoquei.

— Não temos tempo para gracinhas, garota. Desça! — ordenou e, sem que eu esperasse, me puxou do animal. Nossos corpos tornaram a se roçar, uma palpável e intensa energia fluiu por nossa pele. Eu tremi. Ele tremeu.

Richard se livrou do cavalo com rapidez. Olhei ao meu redor sem saber bem o que estava procurando e me deparei com um lugar muito mais amedrontador do que o deserto que acabara de atravessar. Um mar de escuridão nos ladeava. *Jesus! Teríamos atravessado o portal?* Visivelmente agitado, Richard me levou em direção a uma gruta estreitíssima e, assim que entramos, ele colocou algumas pedras para ocultar a entrada.

— "Garota?" Já esqueceu meu nome? — tornei a provocá-lo, tomada por uma dor que me invadia a alma: a dor da certeza. Onde antes havia a esperança da dúvida, agora imperava a certeza do descaso. Ele já havia se esquecido de mim, de nós. — Mas o seu nome não sai da minha cabeça, Richard — confessei encarando-o.

— Estupidez a sua — retrucou de forma ácida enquanto terminava de amarrar meu braço com a faixa. Outro golpe certeiro. Seria difícil me recuperar agora. Senti uma fraqueza generalizada e a respiração ficando cada vez mais difícil.

— Estúpida... porque acreditei em você... — murmurei e ele esboçou um sorriso indecifrável. Minhas pernas começaram a tremer e tive medo de desabar. — Diga apenas o porquê, Richard — insisti, fazendo de tudo para me manter de pé.

— Eu disse que era um erro. Nunca escondi que tinha minhas dúvidas — explicou em tom sarcástico.

Eu não conseguia acreditar no que estava acontecendo. Eu tinha me enganado tão redondamente assim? Aquela figura desprezível à minha frente era realmente ele?

— E não tem mais? — Tentei enxergá-lo melhor, precisava ver sua reação, mas era quase impossível na penumbra.

— Não. — Ele fechou os olhos, franziu a testa e comprimiu os lábios em uma linha fina. Logo depois tornou a me encarar com um olhar sombrio e ameaçador. Meu corpo se arrepiou por inteiro. — E, se você for um pouquinho inteligente, terá compreendido o que eu quis dizer.

— Você... Por quê? — Levei as mãos à boca, atordoada. Meus olhos ardiam, mas não havia lágrimas. Seca. Desértica por dentro.

— Porque sou um zirquiniano! — E soltou uma gargalhada congelante. — E zirquinianos não valem nada. Será que ainda não entendeu o ponto mais importante da história?

— Você valia tudo para mim — rebati sem pensar, tentando controlar a vertigem que se apoderava de meu corpo. Por um momento ele pareceu vacilar e uma veia latejou em seu pescoço, mas, logo em seguida, tornou a vestir a couraça de indiferença.

— Você é que vale muito, híbrida — ironizou e meus joelhos por pouco não dobraram. O peso da decepção era demais para mim. — Valeu a pena o esforço.

— "Híbrida?" "Esforço?" — balbuciava sem conseguir acreditar na dureza daquelas palavras.

— Ainda estou te fazendo um favor, se quer saber.

— "Favor"? — A vertigem avançou e a visão ameaçou opacar. Respirei fundo, mas não encontrei ar. — Que favor, Richard? Do que você está falando?

— Não te interessa e basta deste assunto! — respondeu impaciente e, vendo minha condição perturbada, concluiu o massacre de forma cruel: — Você sempre soube o que eu sou, híbrida. Por que se iludiu?

Respire, Nina. Aguente.

Lancei-lhe um olhar tão gelado quanto a minha alma.

— Me responda só uma coisa: por que se esmerou em me enganar se não havia necessidade de me fazer acreditar que sentia algo por mim?

— Eu nunca enganei você — respondeu ele com a voz subitamente rouca.

— Não? Ah! — arfei. — Como imaginei... Foi só para matar sua curiosidade, só para me usar. Tem razão, Richard. Você não vale nada!

— Desde o início eu avisei que te deixaria sob os cuidados de John — disse ele, tentando manter a fisionomia impassível, mas começava a cerrar os punhos.

— Mas não comentou que partiria na manhã seguinte, que me venderia como uma mercadoria — rebati furiosa. — Que prazer teve em me fazer sofrer após ter me usado? Eu já não tinha sido suficientemente penalizada, Richard?

Ele engoliu em seco e não me respondeu.

— E o que planeja agora? — inquiri sentindo minhas pálpebras se fechando.

Ainda sem resposta.

Aguente só mais um pouco, Nina. Já vai acabar. Concentre-se.

FML PEPPER 272

— Já não conseguiu o que queria? — insisti e, tateando, apoiei-me na gelada parede de pedras atrás de mim. Senti que ia desmaiar.

— Não! — retrucou áspero. — Você é minha missão, e de mais ninguém.

Era óbvio! Era isso que ele queria dizer: ele era a minha morte! Se alguém devia me matar, esse alguém era ele.

— Ah, sim! Claro! Por que não pensei nisso antes? — soltei irônica. — Você é a minha morte...

— Sim, garota. Eu sou a sua morte! — rosnou entre os dentes.

— Ótimo! — guinchei. — Então me mata agora, Richard, acaba logo com isso!

Ele arregalou os olhos e começou a andar de um lado para outro.

— Foi para isso que você voltou, não foi? Além de ficar rico, vai ganhar muito prestígio concluindo sua missão, não é? — ataquei com uma força remanescente que jamais pensei possuir.

Silêncio.

— Responda! — berrei animalescamente e ele franziu o cenho.

— Não é tão simples assim, eu... — rebateu tenso.

Na mosca! Nem a escuridão do entorno podia esconder a confissão estampada em seu rosto.

— O que está esperando? Me mata agora, Richard! Não foi para isso que veio me buscar? — voltei a ordenar, aproximando-me dele. Podia jurar ter visto suas pupilas tremerem.

— Não! — Ele arregalou os olhos e deu um passo para trás. — Eu... eu não consigo — balbuciava transtornado sem me encarar, como se estivesse travando uma batalha interna. — Longe de você tudo fica tão fácil, tão claro, mas, quando me aproximo, nada faz o menor sentido, eu simplesmente não consigo ir adiante, eu...

— Não precisa se consumir, Richard. — Lancei-lhe um sorriso debochado. — Você não terá trabalho algum, afinal já me matou há vários dias. O que você está vendo... é apenas um corpo sem alma.

— Nina, eu...

— Será que não percebeu que a decepção que me fez passar teve o mesmo efeito que um punhal cravado nas minhas costas? — indaguei feroz. — Ops! Esqueci. Zirquinianos não sentem nada, não é mesmo? Pelo menos, nada que preste.

— Nina, eu... — Suas pupilas se contraíram num rompante. Agitado, ele não me contestou, apenas me segurou pelos braços com força e me puxou para junto dele, abraçando-me com desespero e avidez. Eu quis reagir, mas simplesmente não conseguia me afastar de seu magnético tórax. Nova onda de calafrios. — Eu não... — arfou. — Nina, eu não tive a intenção, eu...

— Acaba logo com isso, Richard — implorei baixinho com a cabeça afundada em seu peito. — Mas, por favor, não me deixe sofrer.

Ele me apertou com intensidade contra seu corpo quente, quase tão febril quanto o meu, e soltou um gemido.

— Me perdoe, por favor. Nina... — fuzilando-me sem compaixão, ele afastou minha cabeça de seu musculoso peitoral e a segurou entre mãos trêmulas.

— Não precisa me pedir desculpas, Richard — falei, para meu espanto, sem tristeza ou rancor. — Eu sei que não teve culpa. Fez apenas o que foi treinado desde que nasceu: matar.

— Não! — bradou e uma veia calibrosa latejou em sua têmpora. — Nina, eu... — Ele hesitava. — Por Tyron! Eu não sei mais o que fazer! — trovejou. — Eu preciso de você! Eu quero você, Nina. Mas eu não devo! Não posso!

Seu olhar era uma arma letal. Laser! E me atingiu de maneira devastadora. Senti meu corpo desfalecer, mas, dentro de mim, algo sombrio permaneceu intocado e alerta, insensível à presença arrasadora que Richard exercia sobre minha matéria e espírito. *Lá dentro. Borbulhando... Crescendo... Ganhando forma...* Uma ideia mórbida e sedutora começava a dominar minha mente e fincava seus alicerces na resposta que ele mesmo havia me dado: "Os zirquinianos existem para tirar vidas e não para se apegar a elas."

Egoísmo! Esse era o porquê de tudo!

De fato, Richard havia me avisado. Não era amor o que sentia por mim, mas, sim, desejo. Desejo de despertar seu corpo anestesiado. Desejo por tudo que poderia experimentar por meio de uma híbrida. Eu valia muito mais do que uma fortuna em moedas. Minha morte era sinônimo de vitória, status, poder. Ele seria o grande vencedor dessa louca jornada. Mercenário e inescrupuloso, ele já havia rolado os dados. Só que agora era a minha vez de jogar...

— Me beija, Rick — pedi, deixando meu rosto roçar pelas palmas de suas mãos.

— Eu não posso. Você está muito fraca. — Ele afagou o meu rosto e, delicadamente, envolveu-me junto ao seu corpo fervente. O calor que exalava de sua pele me atingia em instáveis ondas eletromagnéticas. Calafrio. Quentura. Faíscas. — Eu não posso, Tesouro — sussurrou e escondeu o rosto atormentado na curva de meu ombro, deixando suas mãos acariciarem meus cabelos e minha nuca. Tornou a se afastar e nossos olhares se sustentaram, vidrados. *Por uma eternidade ou apenas uma pulsação?* Impossível saber. O fator tempo se desintegrou, mas era chegada a hora de colocar em prática o que havia aprendido com ele mesmo: blefar! Era o momento da cartada final: *o beijo da morte*. Agora era a minha vez de decidir e a opção era fácil: morrer. Perdera minha mãe, meus sonhos tinham sido aniquilados, minhas verdades, eliminadas. O pior de tudo: meu coração fora trapaceado pela única artéria de esperança que o fazia pulsar, ir adiante. Enganada e abandonada pela única pessoa em que a minha alma havia apostado todas as suas fichas. E o que me restara? Nada. Morrer era o que eu mais desejava naquele momento. Um fim para o meu martírio, um ponto final. Rápido e indolor.

— Eu estou bem — menti. — Me beija — tornei a pedir, mas, na verdade, eu queria dizer mais. Dizer que, apesar de tudo, eu o amava. Que, no fundo, eu compreendia a razão da sua dualidade, de tudo. Que não o culpava pelo seu execrável destino. Afinal de contas, a quem eu queria enganar? Tão extraordinária e simples como uma vida que se inicia, Richard era o desfecho surpreendente, o término de uma jornada inexplicável, a minha morte.

— Ah, Tesouro — gemeu e, hesitante, tornou a me estudar com seus hipnóticos olhos azul-turquesa. Teria captado o que não consegui dizer? Compreendido o que estava por trás daquele pedido? Ou simplesmente agia de acordo com seu instinto zirquiniano e ansiava por desfrutar, uma vez mais, das espetaculares sensações que uma híbrida poderia lhe oferecer? A resposta pouco importava agora.

Eu já havia decidido.

— Richard... — Sorri e aproximei meu rosto do dele ainda mais, permitindo que nossas respirações se encontrassem. Após um suspiro de satisfação, ele sorriu de volta e se curvou. Apertando-me violentamente contra seu corpo, deixou seus lábios fundirem-se nos meus. Richard era um fio de alta tensão desencapado e me eletrocutava de prazer. Sua boca macia, sua pele ardente, suas mãos vigorosas... Não tive força para lutar contra, nem queria. Foi quando aconteceu: ele sugou minha energia vital, ou o que restava dela. Senti meu coração trepidar freneticamente no peito até perder a força e parar de bater.

Há pouco mais de um mês, eu nunca havia pensado em como morreria. Paradoxalmente, a Morte surgiu em meu caminho e, junto com todos os horrores, ela me trouxe felicidade, vida. A vida que eu jamais imaginaria ter. Muito além das minhas expectativas. Infelizmente, com uma mão ela me acariciava e, com a outra, me ceifava. A lâmina da foice, entretanto, não era fria e cortante, mas ardente e arrebatadora.

— NINA?! — Escutei um berro de pavor.

De repente, um novo choque. Dor. Calor. Combustão. Um curto-circuito avassalador e paralisante. Senti meu corpo ser comprimido e arremessado à estratosfera. Um fogo incandescente me queimava as entranhas. Tudo ardia, me consumia, me entorpecia...

— Ah, não! Nina?! — Havia desespero e remorso em seus gemidos desesperados.

Onde eu estava? Por que sua voz vinha tão distante...?

— Não! Não! Não! Tesouro?! Fale comigo!

Espasmos. Meu corpo era violentamente castigado por uma sequência de espasmos incontroláveis.

— Nina?! Eu não podia ter beijado você desse jeito!

Eu já não sentia mais meu corpo. Imagens borradas dançavam em meu campo de visão.

— Por Tyron, o que foi que eu fiz?! Tesouro, NÃÃÃO!

Os berros de pânico chegavam baixinho, quase como uma melodia de fundo para o lindo sonho cheio de sussurros e espectros dançantes...

— Ah, não, Nina, não! Por favor, fique comigo! Nina, você consegue me ouvir? — A voz distante trepidava.

Senti o tudo e absorvi o nada. Eu estava completa e vazia.

Que voz suave era aquela? Eu a conhecia?

— Nina, por favor! Me escute, por favor, por favor, Tesouro, não! — implorava a voz sacudindo o meu corpo inanimado.

Minha audição conseguia distinguir um soluço de desespero açoitando a bem-vinda quietude. *Estaria sonhando?*

— Não desista, por favor, não desista. — Ouvia um choro compulsivo. Cortante.

Desistir...

O sonho estava perdendo a cor, a definição.

— Minha Nina! Não! Eu sinto muito. Eu, eu... — Novos soluços. Uma agradável sensação percorria meu rosto. Estava sendo acariciado e umedecido ao mesmo tempo. Um sabor. Uma mistura de doce e salgado. Gosto de lágrima. Um mar delas. Foi a última coisa que senti. — Por favor, aguente firme! Tesouro, eu... — E a bela voz desapareceu.

Sem vestígios.

Sem despedida.

O sonho perdeu o som. Os espectros se foram, dando lugar a um oceano de sombras, agonia e escuridão.

Um incômodo em minhas pálpebras. *Claridade?* Meu corpo sacolejava de um lado para outro. Como reflexo de defesa, abri os olhos e me levantei num rápido impulso.

Que estupidez! Deveria ter permanecido como estava e de olhos bem fechados!

— Onde estou? — Em pânico e atordoada, berrei para um sujeito de calvície reluzente montado sobre o cavalo que ladeava a carroça onde eu me encontrava. A paisagem árida ao meu redor era completamente cinza e mórbida.

— Finalmente! — bradou satisfeito o homem. Ele deixou um largo sorriso se abrir logo abaixo de seu volumoso bigode ruivo. Extasiadas pupilas verticais me saudavam, pupilas que abriam e fechavam sem a mínima timidez. — Bem-vinda a *Zyrk*, híbrida!

Ah, não!

AGRADECIMENTOS

Tantos a agradecer...

No trem da minha curta viagem literária, alguns passageiros fizeram toda a diferença para que o percurso fosse realmente inesquecível. Cada um contribuindo com seu ponto de vista, história e experiência, indiscutíveis provas de carinho que levarei pelo resto dos meus dias. Quero agradecer à equipe da Editora Valentina por apostar em mim: Marcelo Fraga, Vânia Abreu, minha queridíssima Carina Derschum e, em especial, Rafael Goldkorn, a alma e o faro certeiro dessa editora encantadora. "Bombamos", hein, Rafa?

A Fabiana Camargo, que começou como minha revisora, se transformou em amiga e hoje é a irmã de sangue que nunca tive.

A Rosana Fernandes, a guru dos números mais gentil e divertida do mundo.

A você, Alexandre, minha estrela cadente, amante, revisor, beta-reader, saco de pancadas, porto seguro, meu tudo. Nos momentos em que minha fé hesitava foi você quem nunca duvidou. A vitória é sua também. Eu te amo.

E, principalmente, quero agradecer a razão de tudo: vocês, queridos leitores (e amigos de blogs, Facebook e Twitter),

pelo entusiasmo arrebatador,

pelo carinho incondicional,

pelas incessantes palavras de incentivo,

pelas broncas e ameaças diárias (que, por sinal, não foram poucas! kkk),

e, principalmente,

por existirem e, por consequência, permitirem que a criança com seu mundo fantástico que vive dentro de mim pudesse ganhar vida, alçar voo e acreditar que o milagre será sempre possível.

Se alguns infinitos são maiores do que outros, como diria meu adorado John Green, podem apostar que os nossos são gigantescos.

Afinal, como medir o tamanho dos sonhos?

A viagem não teria sido possível sem vocês.